東西学術研究所研究叢書第５号
日本文学研究班

日本言語文化の「転化」

長谷部　剛　編著

関西大学東西学術研究所

はじめに

主幹　長谷部　剛

二〇一三年から二〇一五年の三年間、関西大学東西学術研究所において「日本文学研究班」を組織し研究活動を展開した。本研究班は、二〇一〇年から二〇一二年の「日本文学・芸能研究班」を継承しつつも、今回新たに研究テーマを「日本言語文化の『転化』」とし、或る文化表象の形成・展開のありかたを「転化」ととらえ、六名の研究員、一名の委嘱研究員、そして若干名の非常勤研究員がそれぞれの研究活動を遂行した。

研究代表者（主幹）である長谷部剛と研究員、関肇・増田周子の「日本近代文学における『転化』」は、中国など海外の文学を日本の文学者がどのように受容しどのように自らの作品として「転化」していったのか、また、日本の文学作品・評論が外国語に翻訳され受容された時にどのように「転化」していったのか、検討した。山本登朗は「日本中古文学における『転化』」と題し、平安時代の歌物語文学の代表ともいえる『伊勢物語』が、どのように古代中国や朝鮮半島の言語文化の影響を受容し自らのものとして「転化」していったのか、論究した。大島薫は「日本仏教説話における『転化』」として、仏教説話の形成・展開について研究を続けた。そして、溝井裕一は「ヨーロッパ表象文化の日本における『転化』」とのテーマで、妖精などヨーロッパの文化記号がどのように日本の表象文化として「転化」していったのか、論究した。

さらに、本学以外から、関西学院大学の大橋毅彦教授を委嘱研究員として迎え、当該研究の深化・拡大を図った。大橋教授は、横光利一や武田泰淳など日本近現代の文学者の上海体験などに優れた研究業績を持ち、当該研究に携わるメンバーとして大橋教授以外の研究者を見いだし得なかったからである。

以上の個々の研究課題に共通するのは、日本の言語・文化の異文化受容、および異文化への波及を具体的に考察することであり、これら個々の課題を通じて広範な視野から「日本言語文化における『転化』」について論じるものである。このたび、三年間の研究成果報告として九名が論文を執筆し、ここに世に問う。

なお、「日本文学研究班」は、二〇一六年より同名の新規研究班として再発足し、「日本古典文化の形成と受容」のテーマのもと研究を継続していることを付言しておく。

二〇一七年三月吉日

関西大学東西学術研究所研究叢書
日本文学研究班

日本言語文化の「転化」

目次

資料紹介

「和習」再考

山本登《とく》朗《ろう》

一 「和習」とは何か

「和習」の概略については、谷口孝介氏が「「和習」の淵源――『新撰万葉集』巻上の漢詩を中心として――」(筑波大学国語国文学会『日本語と日本文学』四九号・平成二十一年)の冒頭で的確に述べているので、まずはその叙述に沿ってまとめておく。

「和習」は「和臭」とも書き、おもに江戸時代の儒者、文人によって特に問題にされた。総じていえば、「和習」は中華の言語に習熟していない者が、日本人の語感によって案出してしまった和製の表現であり、正格の漢文からみると誤用と考えるべきであるとされた。もっとも強く「和習」を問題にしたのは、言葉を通して儒教の本来の姿を理解しようとした荻生徂徠であり、その著作である『文戒』には、日本の儒者が陥りやすい誤用例が「和字」「和句」「和習」の三項に分類して指摘されている。「和字」は同訓異義などによる文字の誤用、「和句」は語順を中心とした語法的な誤りであるが、最後の「和習」は、表面的な単語や文法の誤用ではない、言語表現のニュアンスにかかわる問題とされている。（ちなみに「和習」の語は『文戒』ではこのような意味に用いられているが、一般的には「和字」「和句」「和習」すべての総称としても用いられているので、本考も、特にことわらないかぎり、便宜的にその一般的用法に従っておく。）

谷口氏は、『文戒』の言う「和習」について、「はたして文学表現の含意性に関わるこの種の用法を、中華的かどうかという基準のみで一概に否定しさることは、文学の問題としてみたばあい建設的な議論といえるだろうか」と述べ、小島憲之氏の『日本文学における漢語表現』（昭和六十三年・岩波書店）の言葉を引きつつ、日本漢文学における「和習」の価値を考察しているが、本考もその驥尾に付して、「和習」の、単に誤りとは言えない側面について考えようとするものである。

二　大津皇子の臨終詩をめぐって

大谷雅夫氏は「大津皇子の臨終の歌と詩」（『国語と国文学』平成二十八年一月）で、『懐風藻』に収められている大津皇子の「臨終」と題された詩について論じている。その本文を、大谷氏が論文中に示している「試訳」とともに掲げておく。

金烏臨西舎　　金烏西舎に臨み
鼓声催短命　　鼓声短命を催す
泉路無賓主　　泉路賓主無し
此夕離家向　　此の夕家を離れて向かふ

この詩の表現は、小島憲之氏などによって、処刑に臨んで作られたとされる中国の「臨刑詩」の類型的表現に極似していることが指摘されているが、それら中国の「臨刑詩」は、これも大谷氏の論文から一例のみ示すと、「鼓声推命役、日光向西斜、黄泉無客主、今夜向誰家」（陳後主）のように、「日暮を告げる鼓の音。西に傾く日。これからおもむく黄泉への道には旅の宿りがない、いったいどこに泊まることになるのかという不安」という共通の類型的構造を持っている。『懐風藻』のこの詩の本文には異同があり、いくつかの伝本では「離家向」が「誰家向」となっている。「誰家向（誰が家に向かふ）」の本文の方が中国の「臨刑詩」の類型的表現に一致することになり、これを本来の形とする見方も多いが、さらに、大谷氏が引いている金文京氏「大津皇子『臨終一絶』と陳後主『臨行詩』」（『東方学報』七三・平成十三年）は、「大津皇子詩の末句の『誰』は一に『離』に作るが、前稿で述べた如く、これが字形の類似によって日本語的な語順を改めようとした結果であることは、一連の臨刑詩を見れば明らかであり、原作は『誰』であったに相違ない」と述べ、「誰家向」が「向誰家」という正格の語法からはずれた「日本語的な語順」であったため、後の人がそれを正すために「離家向」という本文に改めたと主張する。

これに対して大谷氏は、『懐風藻』伝本についての土佐朋子氏の詳細な研究をふまえて諸本を精査し、「誰」という文字が、江戸時代の「漢学の造詣の深い人たち」によって、中国の「臨刑詩」の知見に基づいて、「離」から改められた可能性を指摘する。

そして大谷氏はさらに、小島憲之氏『萬葉以前——上代びとの表現——』（昭和六十一年・岩波書店）が、「『離レ家』は、当時の歌語『家離《いへざか》る』に同じ」として、『万葉集』の

> 離レ家《いへざかり》いますわぎもをとどめかねやまがくしつれこころどもなし（四七一、大伴家持）

などの例をあげていることを指摘し、次のように述べる。

> 小島氏は、「『離レ家』」は上代の詩と歌に共通することばといえる」と述べる。その「上代」とは日本の上代の意である。中国の古代詩には「離家」によって人の「死ぬ」ことを言う例はない。つまり、もしも皇子の詩に「離家」が挽歌語「家離る」の意に用いられていたとするなら、それは日本人の漢詩にありがちな日本語の表現に引かれた用法、すなわち「和習」と称せられる表現となるだろう。

大谷氏は続いて、『懐風藻』に収められた大津皇子の他の詩にもさまざまな「和習」が見られることを指摘して、この「臨終」の詩に「和習」があっても不自然ではないことを述べ、「誰家向」が本来の形であったとする金文京氏等の説を批判して、同じ理由から、この詩を後人の仮託であって大津皇子の実作ではないとする説をも、次のように否定している。

> 後人が中国の「臨刑詩」にならって皇子に仮託した作なら、「臨刑詩」にもっと似せた表現を用いるであろう。なにより押韻を過つはずがない。偽作の死だから「此夕誰家向」がその本来の形だとも説かれるが、しかし、「向誰家」とすべきものを「誰家向」とするような語順の転倒を、『懐風藻』時代の知識人が犯すものとは思われない。皇子の「臨終一絶」を他作とする根拠はどこにもないのである。

「和習」に積極的な価値を見出して、「日本語の表現に引かれた用法」である「離家向」こそ本来の形であった

と認定する大谷氏の論述はみごとだが、氏はさらにそこから進んで、この詩を後人の偽作とする説をも、ほぼ同じ理由によって否定する。その仮託説批判には、なお考えるべきことがらが残されているように思われる。

大谷氏は前引部で、「『向誰家』とすべきものを『誰家向』とするような語順の転倒を、『懐風藻』時代の知識人が犯すものとは思われない」と述べている。これが日本人特有の誤りによる語順の転倒であるとすれば、本考冒頭で見た荻生徂徠の『文戒』に言う「和句」にあたるものだが、長谷部剛氏の御示教によれば、中国詩にも類例のある表現であって、特に問題にはならない。それはともかくとして、大津皇子の詩作に見える「和習」を、大津皇子でなければ用いなかった特有表現と認定して、それを理由にこれらをすべて皇子の自作であったとする論述には、無理があるように思われる。次章以下で述べるように、「和習」的表現はより広く、より一般的に、日本人の漢詩に用いられているように思われるからである。

三　『文華秀麗集』の「燕」詩群

嵯峨天皇の勅命によって弘仁九年（八一八）に編集された勅撰漢詩集『文華秀麗集』下巻の「雑詠」部に、「燕」を詠んだ五首の詩が連続した形で収録されている。その最初の一首は、巨勢識人《こせのしきひと》（巨識人）の、現在は残っていない「春日四詠」に和して詠まれた嵯峨天皇の作である。『文華秀麗集』には、「春日四詠」に和して詠まれたであろう嵯峨天皇の四首のうち、「舞蝶」（110）「飛燕」（111）の二首が次のように並んでおり、「燕」を題とする五首の詩群は、その第二首（111）から始まっている。（『文華秀麗集』の本文と訓読は、小島憲之氏校注『日本古典文学大系・懐風藻・文華秀麗集・本朝文粋』〈昭和四十四年・岩波書店〉により、一部を改めた。）

和巨識人春日四詠。二首。　御製

舞蝶（110）

数群胡蝶飛乱空、雑色紛々花樹中。
本自不因弦管響、無心処処舞春風。

飛燕（111）

望裡遙聞燕語声、双飛来往羽儀軽。
本期借屋初乳子、還恥空為漢后名。

巨識人《きよしきじん》の「春日四詠」に和す。二首。　御製

舞蝶《ぶてふ》（110）

数群の胡蝶空に飛び乱り、雑色《ざつしよく》紛々《ふんぷん》たり花樹《くわじゆ》の中。
もとより弦管《げんくわん》の響きによらず、無心に処処《しよしよ》春風に舞う。

飛燕《ひえん》（111）

望裡《ばうり》遙かに聞く燕語《えんご》の声、双飛来往《さうひらいわう》して羽儀《うぎ》軽《かろ》し。
もとより期《き》す屋を借りて初めて子を乳《そだ》てんと、還《かへ》りて恥づ空《むな》しく漢后《かんこう》の名を為《な》すことを。

これに続いて、同じ巨勢識人の「春日四詠」に和した朝野鹿取と滋野貞主の、おそらくはこちらも本来は四首ずつ詠まれたであろう作の中から、「飛燕」を題とする詩だけが次のように並べられている。

和巨内記春日四詠。一首。　朝鹿取

飛燕（112）
衣玄裳素入蘭閨、双去双来不独栖。
梁上登巣居是逸、簾前向戸飛暫低。
巨内記《きよないき》の「春日四詠」に和す。一首。　朝野鹿取《かとり》
飛燕（112）
衣《ころも》玄《くろ》く裳《も》素《しろ》く蘭閨《らんけい》に入《い》り、双《なら》び去り双《なら》び来たりて独《ひと》りは栖《す》まず。
梁《りやう》上《じやう》巣に登りて居ること是れ逸《いつ》なれど、簾前《れんぜん》戸に向かひて飛ぶこと暫《しばら》く低し。
和巨内記春日四詠。一首。　滋貞主
飛燕（113）
故年剪爪今春帰、棟宇改修猜未依。
稟性将凡鳥□□、再三飛到狎簾帷。
巨内記《きよないき》の「春日四詠」に和す。一首。　滋野貞主
飛燕（113）
故年爪《こねんつめ》を剪《き》り今春帰れど、棟宇改修《とうかいしう》すれば猜《そね》みて未《いま》だ依《よ》らず。
稟性凡鳥《ひんせいぼんてう》と□□、再三飛び到りて簾帷《れんゐ》に狎《な》る。（□□は欠字部。）

さらに続いて、嵯峨天皇の「観新燕（新燕を観《み》る）」という詩に「奉和」した佐伯長継、小野年永の作が次のように並べられて、「燕」の詩群は終わっている。

奉和観新燕。一首（114）。　佐長継

海燕新来度春天、差池羽翼如往年。
既能忘却蒼波遠、朝夕欲巣画梁辺。

「新燕を観る」に和し奉る。一首（114）。　佐伯長継

海燕新たに来たりて春天を度《わた》り、差池《しち》たる羽翼《うよく》往年の如し。
既に能《よ》く蒼波《さうは》の遠きことを忘却し、朝夕巣《す》くはむとす画梁《がりやう》の辺《あたり》。

奉和観新燕。一首（115）。　野年永

早燕双飛入曙晴、遙経聖眼奏新声。
還嗟未狎鴛鴦帳、先負漢家妖艶名。

「新燕を観る」に和し奉る。一首（115）。　小野年永

早燕双び飛びて曙晴《しよせい》に入《い》り、遙かに聖眼を経《へ》て新声を奏す。
還《かへ》りて嗟《なげ》く未だ鴛鴦《ゑんあう》の帳《とばり》に狎《な》れざるに、先《ま》づ漢家妖艶の名を負ふことを。

燕は、雌雄一対で飛び、人家を恐れず近づいて梁の上などに巣を作る習性を持つが、中国の詩では、古くから、宮廷の奥深く「簾」のあたりまで近づき、時に后妃や女官たちの部屋にまで入り込もうとする姿が、多く詠まれている。その一例として、主人に棄てられた夫婦の心を一対の燕に託して詠んだとされる南朝宋の鮑照の作「詠双燕」（『玉台新詠』巻四）と、初めて飛来したばかりの燕を詠んだ梁の簡文帝の作「新燕」（同・巻十）を次に揚げておく。

詠双燕　　鮑照

双燕戯雲崖、羽喬始差池。
出入南閨裏、経過北堂陲。
意欲巣君幕、層楹不可窺。
沈吟芳歳晩、徘徊韶景移。
悲歌辞旧愛、銜泥覓新知。

双燕を詠ず　鮑照

双燕雲崖《うんがい》に戯《たはむ》れ、羽喬《うがく》始めて差池《しち》す。
南閨《なんけい》の裏《うち》に出入《しゆつにふ》し、北堂の陲《すゐ》を経過す。
意《い》に君が幕《ばく》に巣くはんと欲するも、層楹《そうえい》窺《うかが》ふべからず。
沈吟して芳歳晩《く》れ、徘徊《はいくわい》して韶景《せうけい》移る。
悲歌して旧愛を辞し、泥を銜《ふく》んで新知を覓《もと》む。

新燕　梁簡文帝

新禽応節帰、倶向吹楼飛。
入簾驚釧響、来窓碍舞衣。

新燕　梁簡文帝

新禽《しんきん》節に応じて帰り、倶《とも》に吹楼《すゐろう》に向かつて飛ぶ。
簾《れん》に入《い》らんとすれば釧響《せんきやう》に驚き、窓に来たれば舞衣《ぶい》に碍《さまた》げらる。

『文華秀麗集』の「燕」を詠んだ五首の詩の趣向や表現も、多くは中国詩の表現をそのままに学び取っており、独自の要素は必ずしも多くはない。しかし、そのような中にあって、最初の嵯峨天皇「飛燕」（111）と最後の小野年永「奉和観新燕（『新燕を観る』に和し奉る）」（115）のそれぞれの末句に、漢の成帝の后であった女性「趙飛燕」が詠み込まれていることが注意される。趙飛燕は、「怨歌行」（『文選』巻二十七等）の作で名高い班倢伃に代わって成帝の寵を受けた女性として知られるが、『漢書』（巻九十七下、外戚列伝六十七下）によれば、もと官婢であって歌舞を学び、顔師古の注によればその「体」が「軽」かったために「飛燕」と号した。いま問題にしている『文華秀麗集』の二首の詩にはその「飛燕」という名そのものは示されていないが、嵯峨天皇「飛燕」（111）の末句には「還恥空為漢后名（還りて恥づ空しく漢后の名を為すことを）」、小野年永「奉和観新燕（『新燕を観る』に和し奉る）」（115）には「還嗟…先負漢家妖艶名（還りて嗟く…先づ漢家妖艶の名を負ふことを）」とあって、詩題の「飛燕」や「燕」から、そこに漢の成帝の后「趙飛燕」の名が暗示されていることが容易に理解される。前者の詩では、雌雄一対で飛来しておそらくは宮廷の殿舎で子育てをしようと「期」している「飛燕」が、皇帝の寵愛を受けた后である趙飛燕と同じ「名」を持ちながら、そのような実体を伴わないただの「飛燕」であることを恥ずかしく思っているその思いが、「飛燕」自身の立場から述べられている。後者の詩では、「新燕」すなわち初めて飛来したばかりの不馴れな燕が、後宮の部屋の「帳」に親しく近づくこともまだできていないのに、自分が「飛燕」という、「妖艶」で名高い漢の后と同じ名前を空しく持っていることを嘆いている。

　趙飛燕は古く後漢の張衡「西京賦」（『文選』巻二）に「衛后興於鬒髪、飛燕寵於体軽（衛后は鬒髪より興り、飛燕は体の軽きにより寵せらる）」と見え、初唐の沈佺期「鳳簫曲」に「飛燕侍寝昭陽殿、班姫飲恨長信宮（飛燕寝に侍す昭陽殿、班姫恨みを飲む長信宮）」とあるように、帝の寵愛を受けた后の例として、詩にも多くその名が詠まれている。しかし、「燕」という鳥を題にして詠まれた中国の詩の中に、この「趙飛燕」という歴史上の人名を、いわば掛詞（相関語）的に詠み込んだ例を、いま見出すことができない。この種の表現は、あるいは『文華秀麗集』に、つまりは嵯峨朝漢詩に特有の表現だったのではないかと推測されるが、そうだとすれば、その背景には、どのような事情が考えられるだろうか。

四 「言にしありけり」

『万葉集』には、次のように、「言《こと》にしありけり」という定型句を用いて詠み出された歌が五首見出される。（以下、万葉集の訓読は、小島憲之・木下正俊・東野治之各氏校注『新編日本古典文学全集』〈平成六～八年・小学館〉による。）

《巻四・七二七・大伴家持》

萱草吾下紐尓著有跡鬼乃志古草事二思安利家理

（忘れ草我が下紐に付けたれど醜《しこ》の醜草《しこぐさ》言にしありけり）

《巻七・一一三二》

夢之和太事西在来寤毛見而来物乎念四念者

（夢のわだ言にしありけり現《うつつ》にも見てけるものを思ひし思へば）

《同・一一四九》

住吉尓往云道尓昨日見之恋忘貝事尓四有家里

（住吉《すみのえ》に行くといふ道に昨日見し恋忘れ貝言にしありけり）

《同・一一九七》

手取之柄二忘跡礒人之曰師恋忘貝言二師有来

（手に取るがからに忘ると海人《あま》の言ひし恋忘れ貝言にしありけり）

《同・一二一三》

名草山事西在来吾恋千重一重名草目名国

（名草山《なぐさやま》言にしありけり我が恋ふる千重の一重も慰めなくに）

また、同集の巻六には次のような長歌が見える。ここには「言にしありけり」という定型句は用いられていないが、その後半の内容は、右の五首、中でも一二一三番歌とまったく同じである。

《巻六・九六三・大伴坂上郎女》

大汝　小彦名能　神社者　名著始鶏目　名耳乎　名児山跡負而　吾恋之　千重之一重　裳　奈具佐米七国

（大汝《おほなむぢ》　少彦名《すくなびこな》の　神こそば　名付けそめけめ　名のみを　名児山《なごやま》と負ひて　我が恋の　千重の一重も　慰めなくに）

同種の表現は、これ以外にも、万葉集中に次のように見ることができる。

《巻七・一〇九七》

我勢乎乎乞許世登人者雖云君毛不来益山之名尓有之

（我が背子《せこ》をこち巨勢山《こせやま》と人は言へど君も来まさず山の名にあらし）

《巻十五・三七一八・（遣新羅使の歌）》

伊敝之麻波奈尓許曾安里家礼宇奈波良乎安我古悲伎都流伊毛母安良奈久尓
（家島は名にこそありけれ海原を我が恋ひ来つる妹《いも》もあらなくに）

これらの歌では、植物の名、地名、貝の名といったさまざまな「名」が、名前だけでその実体を伴っていないものとして非難されている。一一三二番歌を除けば、他の五例ではすべて、そのような「名」を持ったものや場所が、「名」にふさわしい実体を持っていないものだったとして非難されているが、作者はその非難を通して、それらの「名」にすがろうとした自分自身の恋や憂いの耐えがたさを嘆いているのである。

右の八首のうち一一三二番歌だけは、以前から見たいと願っていた吉野川の「夢のわだ」を実際に見ることができたのであり、作者はそのことを喜んでいて、けっして嘆いてはいない。しかしながら、ここで作者は、現実に見ることなど不可能だと絶望していたこれまでの自分が、「夢のわだ」の「夢」という「名」に惑わされていたことを過去にさかのぼって確認し、「夢のわだ」という地名が実体を伴っていなかったことを、喜びつつ非難している。用いられ方に違いはあるが、「名」が実体を伴っていないことに気付き、それを信じていた自分を嘆いてみせるという点においては、この一一三二番歌も、他の七首と変わらないのである。

万葉集だけでなく、平安時代十世紀に書かれたと考えられる『大和物語』（第一四七段）でも、二人の男に求婚され一人を選ぶことができず困惑して入水した主人公の女が、次のような辞世の歌を詠んでいる。

すみわびぬわが身投げてむ津の国の生田の川は名のみなりけり

「生く」という「名」を持った生田川で逆に死ななければならないという、苦悩に追い詰められた自分の運命に対する嘆きを、女は、さきの『万葉集』の歌と同じように、生田川の「名」が実体を伴っていなかった事への非難という形で表現しているのである。

五　「名」への注目

　これらの歌で実体を伴っていないとして非難されていた「名」の多くは、「夢のわだ」「名草山」「名児山」「巨勢山」「家島」といった地名であった。よく知られているように、『播磨国風土記』や『出雲国風土記』でには、たとえば次のように、きわめて数多くの地名の起原が語られている。（風土記の訓読は、植垣節也氏校注『新編日本古典文学全集・風土記』〈平成九年・小学館〉により、書き下し文のみを示す。）

《『播磨国風土記』飾磨郡》

阿比野《あひの》といふ所以《ゆゑ》は、品太《ほむだ》の天皇《すめらみこと》、山の方《かた》ゆ幸行《いでま》しし時に、従臣等《おもとびとども》、海の方ゆ参り会ひき。故れ、会野《あひの》と号《なづ》く。

《『出雲国風土記』意宇郡》

安来《やすき》の郷《さと》、……神須佐乃袁《かむすさのを》の命《みこと》、天《あめ》の壁《かき》立ち廻り坐《ま》しき。その時、此処《ここ》に来坐《きま》して詔《の》りたまひしく、「吾《あ》が御心は安平《やす》けく成りぬ」と詔りたまひき。故れ、安来と云ふ。

　当時の人々の「名」に対する意識が、とりわけ地名に集中していたことが、これらのおびただしい地名起原譚によってうかがわれるが、同様の事情は、また以下のような万葉集の歌からもうかがうことができる。巻五には、「領巾振嶺《ひれふるみね》」という山の名の起原を詠んだ山上憶良の歌（八七一）と題詞が、次のように見える。（題詞は書き下し文のみを示す。）

大伴佐提比古郎子《おほともさてひこのいらつこ》、特《ひと》り朝命を被《かがふ》り、使ひを藩国《はんこく》に奉《うけたま》はる。……妾松浦《をみなめまつら》い、この別れの易きことを嗟《なげ》き、その会ひの難《かた》きことを嘆《なげ》く。即ち高き山の嶺に登り、……遂に領巾《ひれ》を脱《ぬ》きて麾《ふ》るに、傍《かたはら》の者涕《ひとなみだ》を流さずといふことなし。因《よ》りてこの山を号《なづ》けて、領巾振嶺といふ。乃《すなは》ち歌を作りて曰く、
得保都必等麻通良佐用比米都麻胡非尓比例布利之用利於返流夜麻能奈
（遠《とほ》つ人松浦佐用姫夫恋《まつらさよひめつまごひ》に領巾振りしより負へる山の名）
ここでも、『風土記』と同じように、「領巾振嶺」という地名（山の名）の起原が、説話の形で語られ、歌に詠まれている。これらの例では、地名という固有名詞がその成立時に持っていたとされる普通名詞的な意味が、その地名の起原（語源）として呈示されていると言ってよい。これに対して、次のような場合は逆に、既製の地名から、掛詞的な発想を通して、さまざまな普通名詞的意味が読み取られていると考えられる。
《巻七・一一九三》
勢能山尓直向妹之山事聴屋毛打橋渡
（背の山に直《ただ》に向かへる妹《いも》の山事許せやも打橋渡す）
ここでは、吉野川（紀の川）を隔てて向かい合っている背の山と妹の山が、その名前によって擬人化され、恋人同士の男女であるかのように詠まれている。
《巻十・一八二二》
吾瀬子乎莫越山能喚子鳥君喚変瀬夜之不深刀尓
（我が背子《せこ》を莫越《なごし》の山の呼子鳥《よぶこどり》君呼び返せ夜《よ》の更《ふ》けぬとに）
この歌では、莫越の山という地名が、掛詞的に、超えさせないでほしいという意味の「な越し」に解釈され、一首全体の意味に大きく関わっている。

《巻七・一二六九・柿本人麻呂歌集》

児等手乎巻向山者常在常過往人尓往巻目八方

(児らが手を巻向山《まきむくやま》は常にあれど過ぎにし人に行き巻かめやも)

ここでは、巻向山の地名から「巻く」すなわち手枕をするという意味が引き出され、死んでしまった近親者に会えない寂しさが嘆かれている。

《巻十・一八一八・柿本人麻呂歌集》

子等名尓関之宜朝妻之片山木之尓霞多奈引

(児《こ》らが名にかけの宜《よろ》しき朝妻《あさづま》の片山崖《かたやまぎし》に霞たなびく)

ここでは、地名「朝妻」が、「あの娘の名に結びつけたい」名前とされ、それによって、その娘への恋情が表現されている。この莫越の山や巻向山、そして朝妻には、「な越し」や「巻く」「妻」という意味にふさわしい実体は、言うまでもないことだがそもそも備わっていない。もとよりそれを承知のうえでこれらの歌は詠まれているのだが、その実体のなさをことさらに疑い、非難すれば、それはそのまま、前章で見た「言にしありけり」などの表現に連続することになる。地名という「名」に注目し、そこに掛詞的解釈を通してさまざまな意味を読み取ろうとしたり、逆にそれらさまざまな意味にふさわしい実体がないことを指摘して非難したり嘆いたりする方法は、日本の説話や和歌が、さまざまな形で展開してきたものだったのである。

その後、平安和歌の世界では、この種の表現の延長上に、「名にし負はば」という定型句を用いた歌が、次のように数多く詠み出されてゆくことになるが、ここではその事実だけを確認して、詳細な検討は別の機会に譲ることにしたい。

《『古今集』羈旅・四一一・在原業平、『伊勢物語』第九段》
名にしおはばいざ事とはむみやこどりわが思ふ人はありやなしやと
《『後撰集』羈旅・一三五一・たはれじまを見て・よみ人しらず、『伊勢物語』第六一段》
名にしおはばあだにぞ思ふたはれじま浪のぬれぎぬいくよきつらん
《『後撰集』恋三・七〇〇・女につかはしける・三条右大臣》
名にしおはば相坂山のさねかづら人にしられでくるよしもがな
《『古今和歌六帖』あふぎ・三四四五》
名にしおはばたのみぬべきをなぞもかくあふぎゆゆしと名付けそめけん

六　嵯峨朝文学の「和習」

『文華秀麗集』の「燕」詩群の二首に見える、趙飛燕という歴史的人物を持ち出して、燕が、同じ「飛燕」や「燕」という名を持ちながら「趙飛燕」のような帝の寵愛を受ける存在になれない自分を恥じたり嘆いたりする表現は、これまで見てきたような日本の和歌の表現方法にきわめて似通っている。いま問題にしている二首のふたつの詩句には、「還恥空為漢后名（還りて恥づ空しく漢后の名を為すことを）」、「還嗟…先負漢家妖艶名（還りて嗟く…先づ漢家妖艶の名を負ふことを）」というように、両者ともに「名」という文字が、その末尾に用いられていた。「趙飛燕」の「名」に掛詞的に「飛燕」ないしは「燕」という意味を読み取り、それにことさらにこだわり、それにちなむことによって詩歌表現を作り出そうとする姿勢には、日本の和歌の詠作姿勢が大きく影響しているのではないかと考えられる。

ちなみに、もとより「趙飛燕」は人名であって地名ではないが、多くの漢籍に頻出する漢代の著名な人名は、作者たちにとって、地名と同じように遠慮なく扱うことができる「名」であったと思われる。また、この二首の場合、「名」にふさわしい実体を持っていないのは趙飛燕ではなく「飛燕」ないしは「燕」たち自身の方であって、「飛燕」や「燕」はそのことを恥じたり嘆いたりしている。その点においても、この二首の場合とさきに見た万葉集の表現の間にはいささかの異なりがあるが、いまは、そのような差異も含めて、両者がともにことさらに「名」にこだわった詩歌表現を作り出しているところに注目しておきたい。

工藤重矩氏は『平安朝和歌漢詩文新考　継承と批判』(二〇〇〇年・風間書房)のⅢ第一章「平安朝漢詩文における縁語掛詞的表現」の中で、漢詩に見られる縁語掛詞的表現について、「平安初唐の勅撰三漢詩集には顕著な用例がみられない」と述べているが、本論で注目した『文華秀麗集』の「燕」詩群の二首は、その数少ない実例であったと言えるであろう。また同氏は前掲論文で、和歌と比べて漢詩に縁語掛詞的表現がはるかに「少なかった」理由として、表音文字と表意文字の違いのほかに、遊戯的要素が強すぎたことを挙げている。「燕」を擬人化して、その「燕」の立場から、「趙飛燕」のようになれない自分を恥じらせたり嘆かせたりする「燕」歌群の二首の表現は、そもそもきわめて遊戯的、戯笑的である。後藤昭雄氏は、「「銅雀台」――勅撰三集の楽府と艶情」(『アジア遊学・日本古代の「漢」と「和」』・二〇一五年・勉誠出版)で、嵯峨朝文学において注目すべきことがらとして、天皇の命を受けて臣下が奉和詩を作るだけでなく、天皇が臣下の作に和して詩を詠んでいることをあげ、同種の例は他の時代にはまったく見られないと述べているが、『文華秀麗集』の「燕」詩群の第一首(11)は、臣下である巨勢識人の「春日四詠」に和した嵯峨天皇の作であった。またもう一方の第五首（115）は、嵯峨天皇の作に奉和した臣下・小野年永の作である。君臣の上下を問わず、互いに詩を唱和しあう親しい雰囲気の中だからこそ、「燕」の詩に趙飛燕を持ち出すという、きわめて遊戯的な表現、日本の和歌では一般的だった「名」にこだわり「名」にちなむ表現が、このように用いられたように思われる。

嵯峨朝の文学は、嵯峨天皇を中心にした親密な人間関係の中で、いわば「座の文学」として作られたものが多いと思われるが、その親しい交わりの中で、彼等の詩作は、必ずしも中国の文学そのままの引き写しではない、きわめて日本的な雰囲気、つまりは「和習」を、このように交えてもいたように思われるのである。

付記

本稿は、平成二十八年二月二十六日に行われた関西大学東西学術研究所研究例会において発表した内容をまとめたものである。発表後、第三章以下の内容を、同年三月三十一日に刊行された関西大学国文学会『国文学』第一〇〇号にも掲載した。

敦煌歌辞「王昭君　安雅詞」をめぐって

長谷部　剛

一「王昭君　安雅詞」について

敦煌文献P.2673「王昭君　安雅詞」[1]は、その題名の通り王昭君故事を詠う、七十六句からなる五言斉言の長篇詩である。この「王昭君詩」は後述するように、人口に膾炙するごく一般的な王昭君故事を詠うものであるためか、同じく敦煌文献P.2553「王昭君変文」に比べて、文学研究者に強い関心を抱かれることはなかったようである。例えば日本でこの「王昭君詩」について言及するものは、管見の限りでは川口久雄「敦煌変文の素材と日本文学——王昭君変文と我が国における王昭君説話——」[2]があるに過ぎない。しかも、川口論文は『敦煌遺書総目索引』によって同詩の存在を紹介するのみで、詩本文を紹介・分析するものではない。

今回は、従来あまり顧みられることのなかった、この敦煌出土のP.2673「王昭君　安雅詞」に焦点を当て、その音楽との関係から「敦煌歌辞と日本を結ぶもの」について考えてみたい。
P.2673「王昭君　安雅詞」は全七十六句からなる五言斉言詩であり、四句で換韻するスタイルをとる（押韻字には傍線を施し、〝」〟によって換韻を著した）。

「王昭君」　安雅詞

自君信丹青　　陛下が絵に描かれた私のすがたを信じたばかりに
曠妾在掖廷　　いたずらに私は後宮にあった
悔不隨衆例　　悔やまれるのは、多くの宮女の例に従って
將金買幃風」　　金で（自分を美しく描いた）屏風絵を買わなかったこと
惟明在視遠　　陛下がご聡明であったのは、遠きに志を抱いていたことと、
惟聰在聽德　　有徳の士のことばをよく聴いたこと。
奈何萬乘君　　どうして万乗の君たる皇帝が
而爲一夫惑」　　平凡な男のように色香に惑うようなことがあろうか
所居近天闕　　私のいるところは、皇帝の居所に近く
咫尺見天顏　　わずかの距離で玉顔を垣間見ることもできた
聲盡不聞叫　　ただ声を尽くしてもその叫びが聞かれることはなく
力微安可攀」　　力は弱くどうして（障壁を）越えることができようか
初驚中使入　　宦官は（王昭君の居室に）入ってくるやいなや
忽道君王喚　　たちまち「皇帝のお召しである」と言った

拂匣欲粧梳
催入已無筭|」
君王見妾來‖
遽展畫圖開‖
知妾枉如此‖
動容凡幾迴‖」
朕以富宮室
美人見未畢≀
故勒就丹青
所期按聲實≀」
披圖閲宮女|
爾獨負儔侶|
單于頻請婚
倏忽悞相許|」
今日見娥眉‖
深辜在畫師‖
故我不明察
小人能面欺‖」
掖廷連大内≀
尚敢相曚昧≀
有怨不得申

化粧箱を開け、化粧をし髪を整えようとしたが、
急き立てられて装いも満足にはできなかった
元帝は私が来たのを見て
急遽、私を描いた絵を開かせた
私がこのように歪曲されていたことを知り
幾たびも表情を変えた
朕は後宮に美女を蓄えているので
何人まみえても尽きることはない
だから召すときには絵によるしかないが、
本当のその人の声を聴きたいものだ
絵を開いて宮女を閲してきたが
（いま思えば）なんじだけがわが伴侶たりえる
（匈奴の）単于が頻りに漢室と婚姻を結ぶことを願ってきており
すぐさま誤ってそれを許してしまった
今日、なんじの美しいかんばせを見て
絵師に大罪があることを知った
だから朕に見抜けるはずがなく
小人が我らを欺けたのだ
後宮は内裏につながってはいるが、
それでもはやり、後宮のことには暗かったのだ
怨み言があっても述べることもできず

況在朝廷外」　ましてや朝廷の外のことであればいかんともしがたい
往者不可追　（『論語』にも言うように）去る者は追うことはできず
來者猶可思　来る者についてはまだ思うことができる
鬱陶胡（乎）余心　鬱々たる思いが我が心を覆い
顔後（厚）有忸怩」　厚かましくも忸怩たる思いを抱く
所談不容易　申し渡すのは、はなはだ難儀なことではあるが
天子言無戲　天子の言うことに戯れはない
豈緣賤妾情　どうして卑しいわたしめの気持ちに従って
遂失邊番意」　陛下の辺境を馴致しようとする御意を邪魔立てできましょう
二八進王宮　二十八の歳で王宮に入り
三十和遠戎　三十の歳で遠いえびすの地へと嫁ぐ
雖非兒女願　（えびすの地へと嫁ぐのは）おんなこどもの願いではなく
終是丈夫雄」　ますらおの勇敢さと言えよう
脂粉總留著　べにとおしろいの類いはすべて漢の地にとどめ置き、
管弦不將去　管弦の類いもまた持って行くことはない
女爲悅己容　女はその美しさを喜ぶ者のために装い
彼非賞心處」　彼の地は心を喜ばせる所ではない
禮者請行行　朝廷の礼部の官は出発するように請い
前駈已抗旌　前を駈ける衛士はすでに旗を高く挙げている
琵琶馬上曲　馬上にて琵琶を弾き
楊柳塞垣情」　別れの曲「楊柳」は辺境のとりでへと向かう悲しみを深くする

抱鞍啼未已　馬の鞍を抱いて泣き止まず
牽馬私相喜　馬を引く者はその姿をみてひそかに喜んだ
顧恩不告勞　天子の恩を顧みれば、自らの苦労など申し上げるべくもなく
爲國豈辭死」　国のためならばどうして死を辞したりしましょう
太白食毛頭　辺境の地で兵士たちは草の芽までも食べてしまい
中黄没戍楼　勇士は塞上の城楼で死んでゆく
胡馬不南牧　(王昭君が嫁いだおかげで) えびすたちは南下して馬を放牧せず
漢君無北憂」　漢の君王には、北の憂いがなくなった
預計難始終　先を見通すのは難しいもの
妾心豈期此　私のようなものがどうしてこのことを予期できたでしょう
生願疋鴛鸞　生きているときは、鳳となって（天空を飛ぶ）ことを願い
死願同螻蟻」　死しては、おけら・蟻とともに（地中に）あることを願う
一朝來塞門　ある日、やっと辺境のとりでへと到着したが
心存口不論　心に抱くことを言葉に出したりはしない
縦埋青塚骨　たとえ埋められて青塚の骨となったとしても
時傷紫庭魂」　常に紫庭にまします陛下の御魂を悲しませるでしょう
綿綿思遠道　遠く、王昭君の嫁いだ地への道を思うと
宿昔令人老　遥か昔のことゆえ、時の経過は人を老いさせる
寄謝輸金人　金を絵師に贈っ（て自分を美しく画かせ）た宮女にこと寄せたい
玉顔長自保」　玉のように美しいかんばせをどうかとこしえたもたれるよう

〈表1〉

安雅「王昭君」詩	P.2553「王昭君変文」(3)
（20句）王昭君の匈奴降嫁が決まるまで	〈缺亡〉
（28句）匈奴の地までの道行き	（七言24句）匈奴の地までの道行き
（20句）匈奴の地に到着	（文）到着と結婚
（8句）王昭君の感慨	（七言24句）婚礼と王昭君の嘆き
	（文）王昭君の悲しみと単于の狩
	（七言32句）狩りの様子と王昭君の嘆き
	（文）王昭君の病気
	（五言20句七言4句）王昭君の遺言
	（五言16句七言4句）単于の嘆き
	（文）王昭君の死
	（七言24句）葬礼と単于の嘆き
	（文）葬礼の様子
	（七言24句）葬礼と埋葬（青塚）
	（七言24句）葬礼と単于の嘆き
	（文）哀帝の弔問使派遣
	（七言32句）使者の弔問と単于の答辞
	（文）使者の青塚での弔祭
	（祭詞）韻文

本詩の注目すべき点は、第一句から第二十句までは王昭君の語りによって、第二十一句から第四十八句まで漢の元帝の語りによって、第四十九句から終結部までは王昭君の語りによって、王昭君が匈奴への降嫁候補者に選ばれ、匈奴の地に到着するまでのものがたりが語られる点で、説唱文芸としての特徴を濃厚に持つことが指摘できる点である。

ただ、この安雅「王昭君」詩は王昭君が匈奴の地に到着するまでを語るのみで、その後の出産や再婚、そして死までは語られない。以下、P.2673「王昭君」詩とP.2553「王昭君変文」との対照表を掲げる（〈表1〉）。この表を一見するだけでも、この「王昭君」詩が王昭君故事の冒頭部を詠うのみの、極めて断片的なものであることが理解できるであろう。

二　楽府詩「王明君」「王昭君」

敦煌文献P.2673「王昭君　安雅詞」は、中国詩歌史において、どのように系統づけることができるだろうか。本節はこの問題について考察したい。

郭茂倩『楽府詩集』巻二十九「相和歌辞」四は、西晋・石崇の「王明君」詩を載せ、その解題に言う。

「王昭君」とも言う。『旧唐書』音楽志には「『明君』は漢の時代の曲である。元帝の時、匈奴の単于が入朝し、帝は詔して王嬙を単于に降嫁させた。これが王昭君である。王昭君が匈奴の地に赴く時、皇帝の前に進みいとまごいをすると、まばゆいばかりの光が彼女から放たれ、周りの者は驚き立ちすくむほどであり、天子はひどく後悔した。漢の人々は王昭君が遠くに嫁するのを憐れみこの歌を作った。晋の石崇の妓女、緑珠は舞をよくしたので石崇はこの曲を教え、さらに自ら新しい歌を作った」とある。案ずるに、この歌はもともと中華の旧曲であり、唐の時代に呉声となったのは、おそらく呉の人がこの歌を伝承していくうちに訛伝されたのであろう。（…省略…）『古今楽録』には「『明君』の歌と舞は、晋の太康中の石季倫（石崇）が作ったものである。王明君はもと名を「昭君」といったが、晋の文帝の諱に触れるため、晋の人は「明君」と呼んだ。（…省略…）初め、漢の武帝が江都王劉建のむすめを、烏孫王昆莫に嫁がせた時、琵琶を馬上にて奏でさせ、遠路を赴くつらい思いを慰めようとした。王昭君を見送るのもまた同様であった。新たに作られた曲は、悲しくて怨めしげな音のものが多い。晋・劉宋以来、『明君』はただ僅かばかりの弦の伴奏とともに舞われるだけであった。梁の天監年間中、斯宣達は楽府令として、楽工とともに清調・商調の間絃によって『明君』を舞とともに演奏し、今に伝えられている」とある。王僧虔『技録』は「『明君』には間絃と契注の曲があり、さらに送声がある」と言う。謝希逸『琴論』は「平調『明君』三十六拍、胡笳『明君』三十六拍、清調『明君』三十六拍、間絃『明君』九拍、蜀調『明君』十二拍、呉調『明君』十四拍、杜瓊『明君』二十一拍、すべて七曲ある」と言う。『琴集』には「胡笳『明君』四弄には、上舞・下舞・上間絃・下間絃がある。『明君』三百余弄のうち、良いものは四にすぎない。また胡笳『昭君別』五弄は、『辞漢』『跨鞍』『望郷』『奔雲』『入林』とあるのがそれである」とある。案ずるに琴曲に「昭君怨」があるが、これもまた「王明君」と同じである。

これによると、「王昭君」（西晋代に文帝司馬昭の諱を避けて「明君」と改称）もと漢代の旧曲であるようだが、実際に歌辞が作られ舞踊とともに歌唱された記録は〔西晋〕石崇に始まることがわかる。そして、〔劉宋〕謝荘（字は希逸）の『琴論』に「平調『明君』三十六拍……」とあるように、南北朝時代には琴曲で王昭君故事が奏でられ、それは長篇にわたるものであったことが推測される。また『琴集』（撰者、撰述年代不詳）が載せる胡笳琴曲「胡笳・昭君別」五弄は、「辞漢」「跨鞍」「望郷」「奔雲」「入林」の五部、すなわち王昭君故事全体にわたるもので、敦煌歌辞「王昭君　安雅詞」はその前二部「辞漢」「跨鞍」に相当する。

そして、『楽府詩集』が載せる、〔西晋〕石崇「王明君」詩は、後に多く作られる「王明君」詩の本辞というべき存在で、三十句からなる比較的長篇の五言斉言詩である。内容は、選ばれて匈奴の単于に嫁ぎ、匈奴の地で死するまでの王昭君の一生を詠うもので、『文選』（巻二十七）および『玉台新詠』巻二にも採られ、後世広く知ら

〈表2〉『楽府詩集』所収の「王明君」「王昭君」

作者	形式
[西晋]石崇	五言32句
[劉宋]鮑照・[梁]施榮泰	五言4句
[北周]庾信・[初唐]盧照鄰・駱賓王・沈佺期・梁獻・上官儀・董思恭	五言8句 (五言律詩)
[盛唐]李白・[中唐]劉長卿	五言・七言の雑言詩
[盛唐]儲光羲・[中唐]皎然・白居易・[晩唐]令狐楚・李商隱	七言絶句

れる詩であるが、この石崇「王明君」詩が四句で換韻というスタイルを取ること、そして後の多くの「王明君」詩が（後述するように）短詩化していったことなどから考えて、敦煌文献P.2673「王昭君」と、形式面で最も近似する作品である。

実は、「王明君」の楽府題を持つ、後世の模擬詩は、石崇の本辞とは形式面で大いに傾向を異にするのである。以下、一覧表を掲げる（〈表2〉）。

この表を一覧すれば、劉宋の時代に「王昭君」詩の短詩化がはじまり、北周期には五言律詩と言うべき五言八句形式の作が出現し、初唐期にはこの形式で集中して「王昭君」詩が作られていることが見て取れる。これら五言律詩の「王昭君」詩は徒詩化し琴曲歌辞としての性質を喪失していたものと考えられる。日本・弘仁九年（八一八）成立の『文華秀麗集』巻中「楽府」に載せる、嵯峨天皇「王昭君」と良岑安世・菅原清公・朝野鹿取・藤原是雄らの応製奉和の作はいずれも五言律詩であり、これらは初唐期に流行した「王昭君」詩を五言律詩の楽府詩として作る傾向を継承したものである。

長篇詩としての「王明君」（「王昭君」）は、少なくとも『楽府詩集』に載せる楽府詩群には見ることができず、このことから南北朝から唐代にかけての文人による楽府詩制作のレベルでは、王昭君故事を長篇詩のスタイルで語ることは継承されなかったのであろう。

三　「安国楽」としての「王昭君　安雅詞」

前節にて琴曲「胡笳・昭君別」五弄について言及した。沈冬「唐代琴曲『胡笳』研究」[3]によると、唐代、「胡笳調」の調弦法による琴曲「明君」が存在したという。

その一方で、唐代にはまた、琵琶の伴奏による王昭君の語り物も盛行していた。杜甫の七律「詠懐古跡五首」其三は王昭君をうたうものであるが、その尾聯に、

千載琵琶作胡語　千年の後、王昭君のものがたりは琵琶による胡《えびす》の調べで語られ、
分明怨恨曲中論　彼女のうらみは曲中にはっきりと述べられている

とある（「作胡語」の解釈については諸説あるが、ここでは蕭滌非［主編］『杜甫全集校注』〈人民文学出版社、二〇一四年〉三八五一頁に従った）。また、吉師老「看蜀女轉昭君變」詩（『全唐詩』巻七七四[4]）などもその傍証となるであろう。

敦煌歌辞「王昭君　安雅詞」は、南北朝から唐代にかけて文人によって制作された楽府詩「王昭君」とは異なる特質を持つことから、唐代の琵琶による語りものと関連づけて考えることができないだろうか。この推論を支えるものとして、この歌辞への饒宗頤氏の解題を以下に引用したい。饒宗頤［編］『法蔵敦煌書苑精華』第五冊「韻書・詩詞・雑詩文」解説（広東人民出版社、一九九三年）は以下のように言う。

P.2555にも王昭君「安雅」五言詩があり、文字は同じである。これを「雅」と称するのは、「雅」は楽府「雅歌曲辞」の「雅」と同じであり、「安」はおそらく「安国」を指すのであろう、唐の貞観年間の十部楽の一つである。「安雅」は、安国の楽府のことをいっているのであろう。

饒宗頤氏はここで「王昭君　安雅詞」は安国の宮廷で演奏された楽曲の歌辞であろうと推測しているのである（概略）。『通典』巻一四四「樂」四には「大燕楽」の「十部伎」の一つとして「安国伎」があり、また、『旧唐書』巻二九「音楽志」二にも「安国楽」の名が見える。これらを総合すると、「王昭君　安雅詞」は、安国の音楽が唐の朝廷に献上され「十部伎」の一つとして燕楽に供されたものと関係があるということになる。

では、そもそも「安国」の音楽とはいかなるものであろうか。岸邊成雄『唐代音楽の歴史的研究　楽制篇』下巻（和泉書院、二〇〇五年）、第五章第二節は「安国は粟特《ソグド》国Sogdianaの一部で、今日のソ連領中央アジアのBukhara市の近くにあった。安国の音楽はその国の楽人が来朝して北斉宮室の寵遇を受けたことで有名であった。史籍に現れた者だけでも、安未弱・安馬駒・安北奴・安進貴などがある」と述べる。さらに森安孝夫『興亡の世界史05　シルクロードと唐帝国』（講談社、二〇〇七年）は、敦煌や涼州にソグド人安氏が多数移住していたことを指摘し、さらに「西域音楽の流入にもソグド人が深く寄与した」（二〇七頁）と述べる。

これらの資料を踏まえれば、敦煌歌辞「王昭君　安雅詞」は、ソグド人の安国の宮廷で演奏された、王昭君故事をうたう楽曲の歌辞に相当すると推測されるのである。安国の音楽は唐以前から中国に流入し、唐代には宮中に献上されて「十部伎」の一つ「安国伎（安国楽）」となり、そのなかには「王昭君」の曲が含まれたのであろう。さらに、民間でも王昭君故事が安国の楽曲によって、そして楽器としては琵琶によって歌唱されていた。それが杜甫「詠懐古跡五首」其三の「千載琵琶作胡語」によってわかるのである。

四　〔日本〕陽明文庫蔵「五絃譜」の「王照君」

〔日本〕陽明文庫蔵「五絃（琴）譜」は、東洋音楽学者、林謙三（一八九九―一九七六）がその解読に成功したことでよく知られている。林謙三「天平・平安時代の音楽――古楽譜の解読による」[5]が「近衛家の伝世の音楽資料中の逸品で天下の孤本ともいうべき五絃譜（通称・五絃琴譜）は平安朝中期の写の長尺の巻子本で現在重要文化財となっている。表題に五絃琴譜とあるのは、内容を知らない後の人の書き加えであって、目次のはじめに「五絃」とあるごとく五絃、一名五絃琵琶の楽譜である」と述べるように、この楽譜は五絃（琵琶）の楽譜であり、その中に「王照君」の曲が含まれる。この「王照君」は「王昭君」の誤記であろう。

この「王照君」を含む「五絃譜」については、「夜半楽」のあと、「何満子」の前に「丑年潤十一月廿九日　石大娘」の記があることが何よりも注目される。丑年は、〔唐〕大暦八年、〔日本〕宝亀四年、西暦七七三年にあたり、「石大娘」について、渡辺信一郎『中国古代の楽制と国家　日本雅楽の源流』（文理閣、二〇一三年）第三部第二章三は以下のように述べる。

書き込みの石大娘は、興味深い名前で、また年号の記述も元号を用いず、干支を記すにとどめている。このことは、彼女が中央アジアの石国 Tashkent 出身のソグド人であり、楽譜に記載される諸曲の多くが西域から来たことを意味すると考えてよい。

「石大娘」の名は「夜半楽」のあとに記されており「王照君」そのものについてのものではないが、渡辺氏が「楽譜に記載される諸曲の多くが西域から来た」と述べるように、「王照君」もまた、もとは西域、特にゾグド人の楽曲であった可能性が高いであろう。

前掲の林謙三「天平・平安時代の音楽――古楽譜の解読による」は、さらに次のように言う。

漢代のこの薄命の美女を詠じた詩はいろいろとある。これを音楽に合わせて唱ったものもいくつかあった。その一つが本曲であろう。五絃譜のものは大食調の四帖曲で、第一帖は第三帖と、第二帖は第四帖と同音になっている。第二帖の3／4は第一帖の旋律と同じである。その規模からすると、後世の唐楽の中曲に属している。ところが本曲は平安初期にすでにすたれていたのを、南宮（貞保親王）が尺八の譜を基に再興されたとか延喜代に醍醐天皇が改作されたとかの説がある。いずれもほとんど同じ時代のことを指している。その後、絃の譜はあっても管の譜は絶えていたのを絃からうつして再興されたという。今伝わるものは早四拍子、拍子一〇の小曲に代表されているが、この他に八拍子で拍子八説や只拍子説の譜もある。五絃譜とこれらを対照してみると、今のどの拍子の曲も古の第一帖を適宜に整理して編曲したものであることがわかる。（…省略…）後世の調は大食調の他に性調・道調・平調の説があるが、大食調が正しい。大食調は太簇均（二）の商（ソ）調で、主音ホに終止する。

「王照君」は「大食調」であるという。この曲の調が「大食調」であることは極めて重要なのであるが、それについては後述する。また、この曲の規模は「四帖曲」であり「後世の唐楽の中曲」に相当するという。すなわち、比較的長い曲であることに注意すべきである。

〈図1〉楽譜「王照君」のなかに「丁✓」という符号がある。平均して十六譜字ごとに「丁✓」が置かれ、林謙三「全訳五絃譜」[6]は「丁」は停の意で休止を示し、「✓」は二〜三字を掻き下す符号と見なす。また、葛暁音・戸倉英美「従古楽譜看楽調和曲辞的関係」[7]はさらに一歩進んで「丁」は韻字の置かれる拍と対応すると見なしている。

平均して十六譜字ごとに「丁✓」が置かれるということは、十六譜字ごとに等しい数の文字を配置することができないだろうか。また、「✓」は二〜三字を掻き下す符号と考えると、押韻して引き延ばしてうたうべき字（韻字）がそこに配置できないだろうか――このように考えると、「五絃譜・王照君」はおよそ十六譜字ごとに五言二句（隔句韻の斉言体）の十字を配置するのにふさわしい楽譜と見なすことができる。

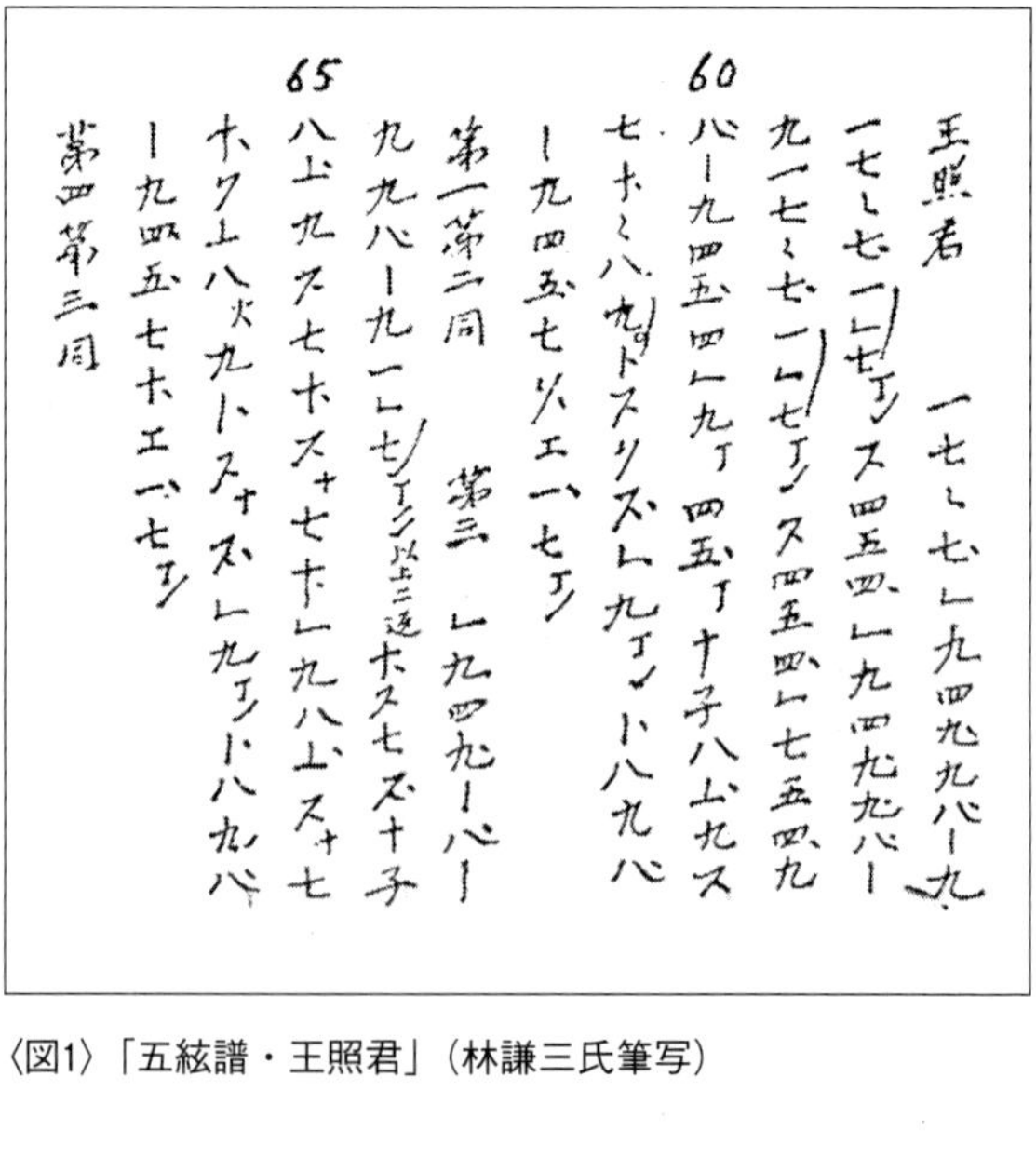

〈図1〉「五絃譜・王照君」（林謙三氏筆写）

思い出せば、敦煌歌辞「王昭君　安雅詞」は七十六句からなる、比較的長篇の五言斉言詩であった。「五絃譜・

王照君」もまた「四帖曲」という比較的長い曲であったことを考えると、両者の間に親和性を見いだすことができよう。

筆者は、〔日本〕陽明文庫蔵「五絃譜・王照君」こそ敦煌歌辞「王昭君　安雅詞」を歌唱するのに用いられた楽譜だと主張するものではない。ただ、「五絃譜・王照君」が王昭君故事を説く、長篇の五言斉言詩を歌唱する際の、五絃（琵琶）の楽譜であった可能性を指摘したいのである。

五　楽曲「王昭君」と大食調

楽曲「王昭君」の存在は、『唐會要』巻三十三「諸樂」の以下に引用する一条のなかに認められる。

太常梨園別教院教法曲樂章等。『王昭君樂』一章、『思歸樂』一章、『傾盃樂』一章、『破陣樂』一章、『聖明樂』一章、『五更轉樂』一章、『玉樹後庭花樂』一章、『泛龍舟樂』一章、『萬歳長生樂』一章、『飲酒樂』一章、『闘百草樂』一章、『雲韶樂』一章、十二章。

この記述は、玄宗（在位七一二－七五六）の、開元年間（七一三－七四一）に、長安の太常寺梨園別教院（宮中の梨園ではない）では楽人に「法曲（伝統的な中華の旧曲）」を教習させ、そのなかに「王昭君楽」があったことを示している。

ところが、天宝十三載（七五四）七月十日に宮廷音楽の改革が行われ、「法曲」の「王昭君楽」は姿を消す。以下もまた『唐會要』巻三十三「諸樂」からの引用である。この記述中に「王昭君楽」の名は無い。

天寶十三載七月十日、太樂署供奉曲名、及改諸樂名。

太簇宮、時號「沙陀調」。（…省略…）

太簇商、時號「大食調」。「破陳樂」、「大定樂」、「英雄樂」、「歡心樂」、「山香樂」、「年年樂」、「武成昇平樂」、「興明樂」、「黃驄驃」、「人天雲卷」、「白雲遼」、「帝釋婆野娑」改為「九野歡」、「優婆師」改為「泛金波」、「半射渠沮」改為「高唐雲」、「半射沒」改為「慶惟新」、「耶婆色雞」改為「司晨寶雞」、「野鵲鹽」改為「神鵲鹽」、「捺利梵」改為「布陽春」、「蘇禪師胡歌」改為「懷思引」、「萬歲樂」。（…省略…）

この『唐會要』の記述に関連して、『新唐書』巻二十二「禮樂志」十二には「後又詔道調・法曲與胡部新聲合作（のちにさらに詔が下り、道調と法曲は胡部の新声と合併して演奏された）」とあり、「王昭君楽」が含まれていた「法曲」は「道調」とともに、「沙陀調」「大食調」などの「胡部新声」へと合流させられた。これこそが、岸辺成雄氏の言う「唐代俗楽二十八調の成立」であり、同氏は「胡楽（西域楽）と俗楽（古来の中国音楽）との融合によって音楽隆盛の頂点に達した」と述べている（『日本音楽大事典』、平凡社、一九八九年）。ちなみに、唐代俗楽二十八調のうち六調は、日本雅楽の音楽理論の中心をなす「唐楽六調子（壱越調・平調・双調・黄鐘調・盤渉調・太食調）」となる。

ここで、〔日本〕陽明文庫蔵「五絃譜・王照君」が「大食調」であったことを想起されたい。中華の伝統的な旧曲である「法曲」、それに含まれていた「王昭君楽」は、天宝十三載以降、宮廷で演奏された曲目の中には見られなくなる。しかし、〔日本〕陽明文庫蔵「五絃譜」に「王照君」の曲が記録され、しかもそれは大食調で演奏される楽曲であった。これは唐の宮廷以外の場で「王昭君」の曲が五絃（琵琶）で奏でられていたことを示すもので、楽曲自体はソグド人と関係の深いものであった。そして、敦煌歌辞「王昭君　安雅詞」もまたソグド人の「安国」の楽曲に配せられた歌辞と考えられるものであった。これらを合わせて考えると、西域のソグド由来の歌曲「王昭君」は、まず敦煌の地で盛んに歌われ、おそらく楽曲も歌辞も複数のヴァージョンを持つに至り、そのなかで、敦煌の地で記録されてのこされた歌辞がP.2673などの「王昭君」なのであり、五絃（琵琶）の曲は「王照君」として遥か日本まで伝来したものと考えられるのである。

注

（1）徐俊〔纂輯〕『敦煌詩集残巻輯考』（中華書局、二〇〇〇年）に拠る。なお、「王昭君」詩はP.2673以外にもP.2555・P.4994・S.2049にも見られる。
（2）「金沢大学法文学部論集」文学篇、第十一号、一九六三年。
（3）『唐代文学研究』第十四輯、広西師範大学出版社、二〇一四年。
（4）金文京「王昭君変文考」、『中国文学報』第五十冊、一九九五年。
（5）一九六五年発表のレコード（日本コロムビア）。解説文はのち『雅楽――古楽譜の解読――』（音楽之友社、一九六九年）所収。
（6）注（5）所掲書所収。
（7）「中国社会科学」一九九九年第一期。

本稿は、第三十四回（二〇一五年度）和漢比較文学会大会（於　関西大学）の第一日目（二〇一五年九月十二日）の公開シンポジウム「和漢をつなぐ楽とことば」において「敦煌歌辞と日本を結ぶもの」と題して行った研究発表を文章にしたものである。これとほぼ同一内容の文章が『和漢比較文学』第五十七号に掲載されているが、『和漢比較文学』には紙幅の制限があり、「王昭君　安雅詞」の原文および日本語訳を掲載できなかったので、ここに改題のうえ掲載することとした。

なお、本稿は、日本学術振興会二〇一五年度科学研究費助成事業・基盤研究（Ｂ）「隋唐燕楽歌辞の文学的・音楽学的アプローチによる双方向的研究」（科研番号：15H03197）による研究成果である。

伝花山院師賢筆松尾切（源氏集）の実体
――集成を兼ねて――

中葉芳子

はじめに

伝花山院師賢筆松尾切（以下、松尾切と称する）は、『源氏物語』中の和歌を集めた歌集、いわゆる源氏集を書写内容とする。源氏集については、すでに寺本直彦氏によって取り上げられているように[1]、後徳大寺（藤原）実定の私家集である『林下集』[2]に、

源氏集を皇太后宮大夫俊成卿にかりて、かへしおくるとてかきはべりし

世中のいろなる水をいとへどもなほみなもとのうぢにそみぬる

返事

いろをいとふのりのみなもとたづぬればそむるこころぞさとりともなる

（三六六二、三六六四番歌）

とあり、平安末期にはすでに作成されていたと推定できる。また、藤原定家の日記である『明月記』[3]にも承元元年（一二〇七）五月の条に、

二日、（中略）亥時許、家綱奉行、賜源氏集一帖、其歌可書進由、有仰事、終夜書之、暁鐘以後進上付家綱（下略）

四日、（中略）申時許、又給源氏集下帖、書進、入夜依番参上（下略）

との記事が見られる。

この源氏集に関しては、完本は現存しないが、冷泉家時雨亭文庫所蔵の零本が紹介され[4]、古筆資料の中にそれと認定できる断簡がある。田中登氏らにより研究も進展している。稿者も伝西行筆源氏集切に関して考察している[5]。では、源氏集とはどのような作品をいうのか、田中氏がまとめておられるので[6]、掲げておく。

一、和歌は、地の文章より高い位置から書き記す。

二、物語の原文を梗概化して、詠作事情を示す。

三、和歌を掲げる前に、詠者名を明示する。

また、田中氏は源氏集の零本や現存している断簡を取り上げて考察された上で、

以上、見てきたごとく、平安末期にはすでに成立を見ていたと思われる『源氏集』は、詞書を持つものと、持たないもの。また、その詞書も、物語の語り手に密着したものもあれば、語り手とはかなり距離を置いたものもある、といった次第で、そもそもの成立当初から、種々の相があることが明らかとなった。室町時代

の歌僧正徹は、童形の求めに応じて、『源氏物語』の和歌の抜書本を与えているが、その折のことを、『なぐさみ草』に次のように記している。

抜書の歌は、所々に多かるべきを、さやうの本もなければ、歌ばかりをと思ひ侍りながら、あまりに故知りがたきなるべければ、あるいはかの物語の言葉を拾ひ、あるいは十が一の心をあらはして記しつけぬ。

これによれば、『源氏集』というのは、享受者のレベルにより、あるいは関心の度合いによって、種々様々なものがありえたことが知られよう。したがって、これこそは『源氏集』の決定版といったようなものは、むしろなかったと考えるべきなのであろう。

と述べておられる。この論の中でも松尾切について触れられているが、田中氏以前にも松尾切に関しては多くの言及があるので、まずは先行研究をまとめておきたい。

一　先行研究

松尾切については、寺本直彦氏が「源氏物語歌明石巻　尹大納言師賢筆」と称して古書目録に掲載された明石巻[7]と永青文庫蔵の野分巻断簡[8]とを考察し、「内容は源氏物語中の和歌を主とし、その前後の文を抄出したもので、和歌を中心にした一種の梗概書ともいうべきものであり、源氏大鏡などと相似た性質のものである」[9]と述べられ、「歌の佳なるものを主として、その前後の文を抄出し、短いことばを加えてつないだもので、小鏡類のように全体を簡約したものではないが、おのずから歌を主とした一種の梗概書の性格を具えているとも見られる」とされた。

また、「元来源氏物語全巻を通じてこうした抄出本があったのであろう」とし、「このような一種の源氏物語梗概書が残されていることは注目に価しよう」と評価しておられる。なお、松尾切を「一種の源氏物語梗概書」と評されたことについては、この論を後に『源氏物語受容史論考』に収録した際に〔追記〕として「稲賀氏もいわれているが、梗概書というよりも歌集の詞書的性格が強いように思われる」と訂正されている。

寺本氏が「稲賀氏もいわれている」とされたのは、「源氏大鏡の類」の成立推定の手掛かりとして隣接資料を検討された論[10]をいう。そこでは、「『源氏大鏡の類』を生み出す母胎たりうるもの」の一つとして、寺本氏も考察された明石巻を詳細に検討され、寺本氏の論を承けて、『源氏大鏡』と比較した結果、

「源氏物語歌」は矢張り和歌の作られた直接の事情のみを記せばよいと云う歌集の詞書的な梗概であり、源氏大鏡の方は、和歌から和歌への事情の展開を説明しようとする梗概の眼目を実践によって示しているといえる。

とされた。そして、「梗概叙述へ向う姿勢は見られるものの、やはり歌集詞書的なものが膨張したと云う域を出ぬものと見られる」と結論づけられたことを指している。

その後も寺本氏は源氏集について論を展開され、松尾切を伝西行筆源氏物語切[11]と類似の性質を持つものとして比較しておられる。そこでは、前述の稲賀氏の論を承けて両者を比較された上で、

師賢筆『源氏物語歌』と、伝西行筆源氏物語切とは、類似する性格をもつ。すなはち、
(1)歌を中心にしているが、本文を伴っている。
(2)その本文は、原文を点綴し、大幅に省略することがある。その省略した部分を要約することはない。
(3)原文にない詠作者名を加える。
等が指摘できる。右の諸点からみれば、伝西行筆源氏物語切も師賢筆『源氏物語歌』も、稲賀氏のいう「歌

集の詞書的な梗概」というより、むしろ「梗概的詞書をもつ歌集」といいうるものではなかろうか。[12]

と述べられた。

そして、平安期和歌における『源氏物語』の受容を考察された際には、享受資料の存在を背景に想定され、平安期には、源氏古系図はもとより、本来梗概書兼注釈書である『源氏釈』などや梗概的詞書をもつ歌集である「源氏集」などもあらわれて、読者・享受者の便をはかったものであろう。梗概書といい、「源氏集」といい、ふつう考えられているより古く、平安期にさかのぼるものであったと思われるのである。[13]

との説を提起してもおられる。

その後、伊井春樹氏が寺本氏、稲賀氏の論を承けて、特に『文貞公芳翰集』[14]に「わかむらさき抄」と題して所載された、巻子本仕立てになっている若紫～紅葉賀巻を中心に、新たに収集された断簡も加えて考察されている。その論の中では詞書について、

一部の引用された本文と詠者によって、かろうじて読む者に場面の復元ができるものの、それは作品の内容を知っていることが前提になる。当時の読者にとっても、まったく『源氏物語』を知らない者がこれだけからでは到底物語の展開など理解のしようがなく、その意味ではいわゆる梗概書にはなっていなく、和歌や連歌用書として利用するための、いわば簡便書として作られたのであろう。[15]

と「最低必要限度の本文」を引用していることを述べ、「すっかり自分のことばで表現をあらためたり、梗概化してしまうといった作為までは見られない」とも述べる。

また、引用本文の性格についても考察され、「松尾切の本文は青表紙本とはいえないようで、河内本の性格を継承し、時に別本との共通性も見られるといったところであろうか」と述べ、「かなり混態的な本文であったようで

ある」とされた。

田中登氏はさまざまな源氏集を考察された際に[16]、松尾切についても「詞書の文章は、原文を要領よく抜粋して繋ぎ合わせ、編者の言葉をいたずらに差し挟んだりしていないことに気が付こう」と述べられ、

『古今和歌集』を始めとする往事の歌集（とりわけ勅撰集）に徴してみれば分かることだが、作者名というものは、その人物の最終的な呼称法に従うのが、一般的なあり方というものである。その意味で、松尾切の編者は、詠者名に関する限りは、物語世界から遥かに飛翔し、物語全体を俯瞰する形で、詠者名を記しているといえよう。

と作者名表記に関しても触れられている。また、

松尾切の詠者名「六条院」が、詞書ともいうべき文章の終わりから、三、四字離して書かれている点も注意を要しよう。これは、同じ詠者名を記すに当たっても、（中略）和歌の作者がだれかを、よりいっそう明示するのが目的であったと思われる。周知のように、勅撰集なども、その作者名というものは、時には改行をしてまで、詞書とは一線を画すようにして記されるものである。この点からも、松尾切の歌集化傾向は、（中略）よりいっそう進んでいるものと認められよう。

と作者名の表示方法からも松尾切の性格を考察されている。

このように、松尾切の考察は深められ、その性格はほぼ明らかになっているが、伊井氏や田中氏の論が発表された後に公表された断簡も数多くあり、その際に従来言われてきたこととは異なる見解が提示されている。また、従来の見解を補足したり、訂正したりしないといけないような内容を持つ断簡も管見に入っている。そこで、松尾切を現時点で集成して、改めて考察をしてみる。

二　松尾切の形態

まず、松尾切の形態についてである。古くは『古筆名葉集』に「巻物切　源氏ノ歌一行書」、『新撰古筆名葉集』に「松尾切　巻物大四半形杉原紙源氏歌ノ註歌一行書」と記載されている。この記載を承けて「もとは巻子本[17]」のように記されることが多い。これには、最初に考察対象とされた明石巻が巻子本であったことも影響していると考えられる。また、大きさが縦二七センチ以上あることも相まって、もと巻子本であることを疑わずに解題などに記されているのだろう。なお、『新撰古筆名葉集』が「巻物大四半形」と記載している理由は不明だが、『新撰古筆名葉集』編者の見た断簡は巻子本を大四半形に切ったと判断できるものが多かったのであろうか。

しかし、松尾切が数多く紹介されてくると、綴穴が見られる断簡が散見するようになる。そのことを最初に取り上げたのは、三井文庫蔵「高窠帖」の解題である。そこでは、

なお、「松尾切」は、もと巻子本と伝えられるが、本断簡には左端に明らかな綴じ穴が見られる[18]。

と述べられている。その後『日本の書と紙[19]』では、「綴穴痕を持つものもあり、もとは袋綴本だったか」と大四半形の冊子本だった可能性を示唆する。写真で確認できる範囲だが、「高窠帖」所収の断簡以外にも、『古筆学大成第二十三巻[20]』の379図（白鶴美術館蔵手鑑147）と同385図（根津美術館蔵「文彩帖」103）には左端に、同380図（徳川美術館蔵「玉海」65）には右端に、それぞれ綴穴が見られる。これらを承けて、「なお、松尾切のもとの本の形態については名葉集で巻子本とされているが、綴じ穴の存する切も見出されていることから、大四半形の冊子本を巻子本に改装した可能性も考えてみるべきであろう[21]」との見解を稿者も示しておいた。ちなみに、松尾切は源氏

集を書写内容とするので、『新撰古筆名葉集』の「源氏歌ノ註」との記載は誤りで、『古筆名葉集』にある「源氏ノ歌」が正しい。

要するに、松尾切はもと大四半形の冊子本で、縦二七・五センチ、横二二・六センチ（最大値）、一面十二〜十三行詰であると想定できる。ただ、本来の形のまま一面完存していると考えられる断簡が少なく、多くが切り取られていたり、継がれていたりするため、横の大きさや一面の行数は確定しがたいところもある。なぜなら、後掲の一覧表の備考欄にも記しておいたが、冊子本から直接切り出されたというよりも、巻子本から切り出されたのではないか、と想定される形態を持つ断簡、つまり料紙を継いである断簡の中には、二枚のうちどちらの料紙とも一面完存しない状態で継がれている断簡があるからである。若紫〜紅葉賀巻や明石巻が巻子本に改装されて現存していることとも考え合わせると、かなり多くの巻々が冊子本から巻子本に改装されていたか、とも考えている。

書写形式は、詞書を和歌より三字ほど下げて書き、作者名は詞書の終わる位置により、改行するか、詞書の後に空白を置いて記す。作者名の書き出しの位置は一定している。和歌は一首一行書。ただし、ほとんどの和歌が一行では書き切れず、裾に書き添えている。巻名は、和歌より五字ほど下げて書いてある。巻が終わるごとに改丁はせず、改行だけして巻名を書いて、新たな巻を始めている。

なお、松尾切は花山院師賢の真跡資料と比較してみるに真筆とは言えないが、書写は鎌倉時代後期から南北朝と考えられる。鎌倉時代後期には『源氏物語』本文では、名古屋市蓬左文庫蔵尾州家本源氏物語や伝藤原為家筆大四半切源氏物語、『源氏物語』梗概本では、伝後伏見天皇筆源氏物語梗概本切という、大型の冊子本の遺品がある。尾州家本源氏物語夢浮橋巻末に記された奥書からは、北条実時が深い関わりを持っていたことがうかがえる[22]ので、鎌倉時代後期に大四半形の冊子本が多く製作されたのは鎌倉武士の嗜好によるか、とも言われる。そうであれば、松尾切も鎌倉武士の文化圏に関係しているのかもしれない。

三　松尾切の書写内容

次に書写内容について述べる。先に述べたように、寺本氏、稲賀氏、伊井氏、田中氏が考察されているので、これらをまとめると、

1　内容は『源氏物語』中の和歌を集めた、いわゆる「源氏集」である。
2　詞書は『源氏物語』本文を必要最低限度抜き書きして記し、編者の言葉でまとめられてはいない。
3　『源氏物語』本文にはない作者名を加える。

といったところであろうか。以下、それぞれを具体的に見ていこう。

三—一　「源氏集」であるということ

松尾切が『源氏物語』中の和歌を集めた、いわゆる「源氏集」である、ということは先行研究からも明らかである。現在集成できている松尾切は、帚木巻～真木柱巻の断簡三十一枚（巻子本に含まれる一枚を含む）と巻子本二巻である。歌数は、九十二首以上（ただし、明石巻の巻子本は全体像が不明）に及ぶ。このように多くの巻にわたって伝存していることから、秀歌選ではなく、『源氏物語』全巻の和歌をすべて収めていたと考えられる。ただし、現時点で一首のみ含まれていないことが確認される。蛍巻の三七五番歌（歌番号は『新編国歌大観』(23)に

よる。以下、同じ）である。該当する断簡の翻刻（翻刻上記の算用数字は断簡内の行数。以下同じ）を掲げると、

1 ほたる
2 ほのかなるひかりえんなることのつまにもし
3 つへくみゆ　　　兵部卿宮
4 なくこゑもきこえぬむしのおもひたに人のけつにはきゆる物かは（三七二番）
5 おもひしりたまひぬやときこえたまふ
6 　　　たまかつら
7 こゑはせて身をのみこかすほたるこそいふよりまさる思ひなるらめ（三七三番）
8 なとはかなくきこえなして御みつからはひきい
9 り給宮よりはふみありしろきうすやうにて
10 御てはいとよしありてかきなし給へり
11 　　　兵部卿宮
12 けふさへやひく人もなきみかくれにおふるあやめのねのみなか□ん（三七四番）
13 ためしにもひきいてつへきねにむすひつけ
14 給へり　けふめつらしかりつることはかりをそ
15 このまちのおほえきら〳〵しとおほしたる
16 　　　はなちるさと
17 そのこまもすさめぬくさと名にたてるみきはのあやめ今日やひきつる（三七六番）

18　とおほとかにの給　　六条院

19　にほとりにかけをならふるわかこまはいつかあやめにひきわかるへき（三七七番）

『古筆学大成　第二十三巻』386図

となる。歌番号を付しておいたが、三七四番歌から三七六番歌に飛んでいる。三七五番歌が含まれていない理由として、書写上の誤脱、もしくは断簡を継いだ際の切り出しか、ということが疑われるが、これらは考えにくい。なぜなら、まず断簡の紙継は11行目と12行目の間にあり、三七五番歌が入る箇所ではない。では書写上の誤脱か、というと、三七五番歌が本来書かれるべき14行目の「給へり」の後には、少し空白を置いて三七六番歌の詞書が書かれている。この書写状態では三七五番歌と詞書が入る余地はないであろう。目移りによる誤脱も考えてみたが、三七五番歌前後の『源氏物語』本文を見てみると、

宮より御文あり。白き薄様にて、御手はいとよしありて書きなしたまへり。見るほどこそをかしけれ、まねび出づれば、ことなることなしや。

今日さへやひく人もなき水隠れに生ふるあやめのねのみなかれん

例にも引き出でつべき根に結びつけたまへれば、「今日の御返り」などそそのかしおきて出でたまひぬ。これかれも、「なほ」と聞こゆれば、御心にもいかが思しけむ、

「あらはれていとど浅くも見ゆるかなあやめもわかずなかれけるねの

若々しく」とばかりほのかにぞあめる。手をいますこしゆゑづけたらばと、宮は好ましき御心に、いささか飽かぬことと見たまひけむかし。(24)

とあり、ここで兵部卿宮と玉鬘との和歌のやり取りの場面が終わるので「給へり」の目移りによる誤脱は考えに

くい。後に詳しく考察するが、松尾切の詞書のあり方として、この三七五番歌であれば、詞書が書かれていても和歌の前には「御心にもいかが思しけむ」だけであろうし、和歌の後には「若々しくとばかりほのかにぞあめる」が記されるにとどまると考えられるからである。このように考えてくると、三七五番歌が含まれていないのは松尾切の書写上の誤りではなく、この源氏集が成立した際の編集過程でのミスだとしてよいのではないだろうか。

なお、三七四番歌と三七五番歌は贈答歌であり、編纂の際に三七五番歌を意図的に除外することは考えられない。現存の『源氏物語』写本でも、三七五番歌を欠くものはない。これらのことからも、三七五番歌が含まれていないのは松尾切の欠陥ではなく、この源氏集編纂上で起こっていたことだと裏付けてくれるだろう。

三―二　詞書の性格

詞書の性格についても先行研究ですでに述べられている。松尾切の詞書は『源氏物語』本文を必要最低限度抜き出して記されており、編者自身の言葉でまとめたり、言葉を付け加えたりしていない。『源氏物語』本文を抜き書きするだけで編者自身の言葉で語ることがないという面では、伝後伏見天皇筆源氏物語梗概本切などの梗概化の方法[25]と似通っていると言えるだろう。ただし、後で詳しく述べるが、梗概本とは異なり、松尾切の詞書には『源氏物語』本文の理解を助けようという意図はない。

また、先行研究では特に重要視されていないが、和歌を説明する詞書のような文章は和歌の後ろにも続いている。例えば、若紫巻の一部を掲げてみると、

7　うちつけなりとおほめきたまはんもことはり
8　なれと　　　六てう院

9 はつくさのわかはのうへをみつるよりたひねの袖も露そかはかぬ（四七番）
10 ときこえ給てんやとの給　ひさしくなれは
11 なさけなしとて　むらさきのうへのうは
12 まくらゆふこよひはかりの露けさを宮のこけにくらへさらなん（四八番）
13 ひかたう侍ものをときこえ給　法花三ま
14 いをこなふたうのせ・《む》ほうのこゑ山をろしに
15 つきてきこえくるいとたうとくたきのをと
16 にひゝきあひたり
17 　　　　　　　　　　六条院
18 ふきまよふみ山おろしにゆめさめてなみたもよをすたきのをとかな（四九番）
19 　　　　　　　　　　そうつ
20 さしくみに・《袖》ぬらしける山水にすめる心はさわきやはする（五〇番）
21 みゝなれ侍にけりやときこえ給いまこの
22 はなのをりすくさすまいりこん
23 　　　　　　　　　　六てう院
24 宮人にゆきてかたらん山さくら風よりさきにきてもみるへく（五一番）
25 　　　　　　　　　　そうつ
26 うとむ花のはなまちえたる心ちしてみやまさくらにめこそうつらね（五二番）

のように、和歌の後ろにも直前の和歌の理解に役立つような文章を『源氏物語』本文から抜き出して続けている場合が多くある。そして、一〜二字分ほど空けるだけで改行などせずに（時には空白すら置かずに続けて）次の歌の詞書を書き始めている。この和歌の後ろに続ける文章には、10行目「ときこえ給てんやとの給」、13行目「ひかたう侍ものをときこえ給」、21行目「み、なれ侍にけりやときこえ給」のように、『源氏物語』本文で登場人物が和歌に続けて言葉を発している場合にはそれらの多くを採用している。こうした例以外にも、

『文貞公芳翰集』

1　しうすさひかきたり
2　　　　　　　ゆふかほ
3　心あてにそれかとそみるしら露のひかりそへたる夕かほのはな（二六番）
4　そこはかとなうまきらはしかきたり御たゝう
5　かみにいたうあらぬさまにかきかへ給て
6　　　　　　六条院
7　よりてこそそれかともみめたそかれにほの〳〵みつる花の夕かほ（二七番）
8　ありつるみすいしんしてつかはす　うちとけ

『国文学古筆切入門』(26)四九

のように、「そこはかとなうまきらはしかきたり」「ありつるみすいしんしてつかはす」など、和歌の詠まれ方や送り方など、和歌が詠まれた状況の理解を深めるための『源氏物語』本文が多く採用されている。

勅撰集などの歌集には左注が付されることはあるが、松尾切で和歌の後ろに続く文章は、補足的な説明を書き

添えた左注とは異なる。詞書から和歌を経て内容的につながり、和歌を中心に一つのまとまりを形成しているのだ。ほかの源氏集には見られない、この和歌の後ろにまで続く詞書、とでも言うべきものが、松尾切の特徴の一つである。寺本氏が「一種の梗概書の性格を具えているとも見られる」とされ、稲賀氏が「梗概叙述へ向う姿勢は見られる」とされたのは、こうした詞書のあり方が理由であろう。

とは言え、松尾切の詞書は、それぞれの和歌とは密接に結びついているが、贈答歌や唱和歌など同じ場面で和歌が詠まれる場合を除くと、前後の場面の和歌とを繋ぐ役割は果たさない。

　　ほころひはほろほろ〳〵とたえぬ
　　　　ちしのおとゝ
つゝむめる名やもりいてんひきかはしかくほころふる中のころもに（九四番）
　うへにとりきはしるからんといふ
　　　　六てう院
かくれなきものとしる〳〵夏ころもきたるをうすき心とそみる（九五番）
　御さしぬきをひなとつとめてたてまつれり
　　　　源内侍
うらみてもいふかひそなきたちかさねひきてかへりしなみのなこりに（九六番）
　そこもあらはにとあり
　　　　六てう院
あらたちしなみに心はさはかねとよせけるいそをいかゝうらみぬ（九七番）

13　中将のとのゐ所よりこれまつとちつけさせ
14　たまへとてをしつゝみてをこせたるをいかて
15　とりつらんと心やましこのをひをえさらま
16　しかはとおほすその色のかみにつゝみて
17　　　　　　　　六てう院
18　なかたえはかことやおふとあやうさにはなたのおひはとりてたにみす（九八番）
19　たちかへり　　　　ちしのおとゝ
20　君にかくひきとられぬるをひなれはかくてたえぬる中とかこたん（九九番）
21　えのかれさせ給はしとあり　御こしのう
22　ちもおもひやられていとゝをよひなき心
23　地し給　　　　六てう院
24　つきもせぬ心のやみにくるゝかな雲井に人をみるにつけても（一〇〇番）

『文貞公芳翰集』

ここでは、紅葉賀巻の源氏と頭中将との源内侍をめぐるやり取りの場面が1～21行目まで続いている。その後、紅葉賀巻末にある、藤壺立后の夜の感慨にふける源氏の独泳歌が21～24行目にある。この間には、源氏と頭中将とのその後のやり取りや頭中将の自負、藤壺立后をめぐる経緯が『源氏物語』本文では語られるが、松尾切の詞書はこれらの内容にはまったく触れない。特に一〇〇番歌の場面理解には重要な、藤壺立后をめぐる経緯や場面状況にまったく触れられていないため、『源氏物語』本文に詳しくない人物が21～23行目の詞書を読んだだけでは、場面が理解できないに違いない。

このような詞書のあり方に関しては、先にも掲げたように伊井氏が

ただ、一部の引用された本文と詠者によって、かろうじて読む者に場面の復元ができるものの、それは作品の内容を知っていることが前提になる。当時の読者にとっても、まったく『源氏物語』を知らない者がこれだけからでは到底物語の展開など理解のしようがなく、その意味ではいわゆる梗概書にはなっていなく、和歌や連歌用書として利用するための、いわば簡便書として作られたのであろう。(27)

と述べておられる。このような詞書のあり方は、『源氏物語』を享受する際の力点の置き所、つまり『源氏物語』中の和歌だけを鑑賞したり理解したり学んだりしたい、と思っている読者を想定しているのか、それとも『源氏物語』本文の内容を知りたいと思っている読者を想定しているのか、が関係するのであろう。稲賀氏は、

物語歌集化は、和歌とその和歌が詠まれた場面説明の詞書とで一セットになる。和歌と詞書とで一セットにする作業が中心であるから、場合によっては、次の一セットとの間の関係は必ずしも緊密になるとは限らないことになる。(28)

とまとめられている。梗概本が『源氏物語』本文をダイジェスト化することを目的としているのとは異なっているのだ。詞書は必要最低限、としたゆえんである。

三―三　作者名表記

作者名についても先行研究にある。松尾切は歌集として編纂されているので、『源氏物語』本文にはなくても作者名を示している。そしてその作者名は、光源氏は「六条院」、葵上の兄弟の頭中将は「ちしのおと、（致仕大臣）」

などといった最終呼称法で記すという勅撰集の作者名表記と同様の表記になっている、と言われてきた。田中氏はこれを、「物語世界から遥かに飛翔し、物語全体を俯瞰する形で、詠者名を記しているといえよう[29]」とされた。

しかし詳細に検討してみると、気になる作者名表記がされている人物がいる。夕霧である。

をとめ　　六条院
かけきやは川せのなみもたち返君かみそきのふちのやつれを（三二二一番）
むらさきのかみたてふみすくよかにてふ□のは
なにつけ給へりおりのあはれなれは□返あり
　　　　　さい院
ふちころもきしは昨日とおもふたにけふはみそきのせにかはるよを（三二二三番）
はかなくとはかりあり　風のをとのたけに
まちとられてうちそよめくにかりのなきわ
たるこゑほのかにきこゆるにをさなき心
地にもとかくおほしみたるゝにやくもゐのかり
もわかことやとひとりこち給こたちゝかう
ふしてうちみしゝろてもくるしけれはかた
みにをともせす　ゆふきりのおとゝ
さよなかにともよひわたるかりかねにうたて吹そふおきのうは風（三二二四番）
かれきゝたまへ　夕きり

16　くれなゐのなみたにふかき袖の色をあさみとりとやいひしほるへき（三二五番）
17　　　　　　　　　　雲ゐのかり
18　色〳〵に身のうき程のしらるゝはいかにそめける中のころもそ（三二六番）
　　　　　　　　　　　　　　　　　　　『皇室の至宝　東山御文庫御物2』[30] 65

のように、三二四番歌では「ゆふきりのおとゝ」、三二五番歌では「夕きり」と異なる呼称が記されている。続けて出てくるので二度目は略記した可能性も考えられるが、その後も夕霧の呼称は野分巻で「ゆふきりのおとゝ」、藤袴巻で「夕きり」と一定しない。少女巻のように各巻の最初のみ「ゆふきりのおとゝ」と「おとゝ」を付して、二回目以降は「夕きり」と「おとゝ」を略しているのか、というと、そうとも言えない。

1　　　ふちはかま
2　か、るついてにとやおもひよりけんらにのはな
3　のいとおもしろきをもたまへりけるをみすのつ
4　まよりさしいれてこれも御らんすへきゆへは
5　ありけりとて　　　　夕きり
6　おなしの、露にやつるゝふちはかまあはれはかけよかことはかりも（三九九番）
7　道のはてなるとかや心つきなくうたてなり
8　ぬれと見しらぬさまにやをらひきいりて
　　　　　　　　　　　　　　　　　　　『古筆学大成　第二十三巻』384図

このように、藤袴巻の「夕きり」は巻の最初に出ているからである。

また、玉鬘はすべてで「玉かつら（たまかつら）」と表記され、「尚侍」「玉鬘の内侍」などと呼称されることがないのはなぜか。一例のみであるが、藤壺も「ふちつほ」であり、「后の宮」「中宮」や古系図のように「薄雲女院」などとは記されない。「尚侍」や「中宮」と称される人物が他にも存在するからであろうか。それとも、呼び名がある女性は最終呼称で表記されないのであろうか。ただし、先に掲げた少女巻で、三二三番歌の作者は「さい院」と記される。「さい院」とは朝顔斎院のことである。朝顔斎院は、朝顔巻でも「さい院」と記されていた。朝顔斎院が「さい院」とのみ記され、「朝顔（斎院）」とは記されないことを考え合わせると、女性の呼称法をどのように判断すれば良いのか、難しいところではある。

その他にも、気になる人物がいる。鬚黒である。

1　おやめきかき給て　　六条院
2　おなしすにかへりしかひのみえぬかないかなる人かてにゝきるらん（四二四番）
3　御かへりこゝにはえきこえしとかきにくゝおほ
4　いたれはまろきこえんとかはるもかたはらいたしや
5　　ひけくろ
6　すかくれてかすにもあらぬかりのこをいつかたにかはとり返すへき（四二五番）
7　よろしからぬ御けしきにおとろきてすき〳〵□や

『平成新修古筆資料集　第三集』(31)　二二一

鬚黒は官職名が記されず「ひけくろ」とのみ呼称されているのはなぜか。現時点で鬚黒の和歌はこの真木柱巻の一首のみであるため、官職を伴わない「ひけくろ」との作者名表記が採用された理由は明らかにしがたい。ただ、このように一部の人物については、呼称の統一や最終呼称法での作者名表記という、従来言われてきたことからは外れているようだ。

いずれにせよ、さらに数多くの断簡が出現すれば、明らかになることも増えるであろう。その際にまた改めて考察することとして、ここでは、作者名表記はほぼ最終呼称法で記されてはいるものの、一部人物については呼称の不統一が見られる、というに留めておきたい。

最後に

松尾切は、古筆の世界で花山院師賢筆の断簡として著名なものであるが、その形態面、内容面の実体は明らかにされていたとは言い難いものであった。そこで本稿では松尾切を集成し、先行研究を押さえた上で、新たな断簡などから明らかになったことを踏まえて考察を進めてきた。それでも、人物呼称や断簡本来の形態など、明確にし得なかった点もある。これらの解決には、よりいっそうの松尾切の出現を期待したい。

また、松尾切にはまだ依拠本文や合点に関する問題も残っている。これらには考察すべき点が数多くあるため、別稿を予定している。

注

（1）寺本直彦『源氏物語受容史論考　続編』（風間書房、昭和五十九年一月）第一部第四章第四節。

（2）『林下集』の引用は『新編国歌大観』（角川書店）による。

（3）『明月記』の引用は『冷泉家時雨亭叢書　別巻三　翻刻明月記二』（朝日新聞社、平成二十六年十一月）による。

（4）『冷泉家時雨亭叢書　第八十三巻　大鏡　文選　源氏和歌集　拾遺（一）』（朝日新聞社、平成二十年十一月）所収「源氏和歌集」参照。

（5）拙稿「伝西行筆源氏集切の意義—鎌倉時代における『源氏物語』享受の一端として—」（『王朝文学の古筆切を考える—残欠の映発』武蔵野書院、平成二十六年五月）。

（6）田中登「『源氏集』の種々相」（『源氏物語の展望　第六輯』三弥井書店、平成二十一年十月）。

（7）『大阪古典会六十周年記念　古典籍展観入札目録』（大阪古典会、昭和三十六年五月）。

（8）永青文庫編『細川家永青文庫叢刊　別巻　手鑑』（汲古書院、昭和六十年二月）。

（9）寺本直彦「源氏小鏡作者説の吟味」（『国語と国文学』昭和四十一年七月）。後に『源氏物語受容史論考』（風間書房、昭和四十五年五月）後編第七節。

（10）稲賀敬二『源氏物語の研究 成立と伝流 補訂版』（笠間書院、昭和四十二年九月、補訂版は昭和五十八年十月）第三章七節。

（11）寺本氏が「伝西行筆源氏物語切」と称しておられるのは、注（5）拙稿で考察対象とした伝西行筆源氏集切をいう。

（12）注（1）書。

（13）注（1）書、第一部第五章第二節。

（14）『小御門叢書第二　文貞公芳翰集』（昭和十一年七月）。

（15）伊井春樹「松尾切（源氏物語歌集）考—抄出の方法と依拠本文　付、源氏物語和歌抄切拾遺」（『本文研究　考証・情報・資料』第一集、和泉書院、平成八年七月）。後に『源氏物語論とその研究世界』（風間書房、平成十四年十一月）第三章第十五節。

（16）注（6）論文。

（17）春名好重編著『古筆大辞典』（淡交社、昭和五十四年十一月）。

（18）『三井文庫蔵「高窠帖」』（平成二年八月）。松尾切の解題執筆者は石川泰水氏。
（19）『日本の書と紙　古筆手鑑『かたばみ帖』の世界』（三弥井書店、平成二十四年六月）。
（20）『古筆学大成　第二十三巻』（講談社、平成三年六月）。
（21）田中登編『古筆の楽しみ』（武蔵野書院、平成二十七年二月）。
（22）岡嶌偉久子『源氏物語写本の書誌学的研究』（おうふう、平成二十二年五月）第一篇第二章第二節。
（23）『新編国歌大観』第五巻（角川書店）。
（24）新編日本古典文学全集『源氏物語』（小学館）による。
（25）拙稿「鎌倉期における『源氏物語』梗概化の方法―古筆切を手がかりに―」（『国文学（関西大学）』第九十五号、平成二十三年二月）。
（26）藤井隆・田中登編著『国文学古筆切入門』（和泉書院、昭和六十年二月）。
（27）注(15)論文。
（28）稲賀敬二「源氏物語古筆切の形式と方法―後伏見院筆切、伝西行筆切など―」（『水茎』第四号、昭和六十三年三月）。後に『源氏物語注釈史と享受史の世界』（新典社、平成十四年八月）。
（29）注(6)論文。
（30）『皇室の至宝　東山御文庫御物2』（毎日新聞社、平成十一年八月）。
（31）田中登編『平成新修古筆資料集　第三集』（思文閣出版、平成十八年一月）。

行数	新編国歌大観番号	備　　考
8行	10～12番歌	
8行	14～15番歌	
4行	25番歌	現在、鶴見大学図書館所蔵（「アゴラ」第125号、2007年6月15日による）。
8行	26～27番歌	古筆学大成第23巻 図版376、国文学と古筆（春日井市道風記念館） 29
5行	31番歌	未見、伝後伏見天皇筆（小林強氏による）。
5行	34番歌	
5行	35～36番歌	京都国立博物館蔵「藻塩草」（古筆手鑑大成第4巻）58
102行	45～72番歌	『小御門叢書』によれば、「竪9寸、総長約7尺強」（8と11とを合わせて）
3行	76番歌	前後に別紙を貼り継いでいるため、横の大きさが行数の割に大きくなっている。
3行	80番歌	
24行	94～100番歌	
6行	166番歌	未見（伊井春樹氏、小林強氏による）。
7行	167～169番歌	白鶴美術館蔵「手鑑」（古筆手鑑大成第2巻）147。左端に綴穴アリ。
5行	187番歌	
23行	218～220番歌	掲載されている写真からわかる部分のみ。巻子本と記されるが、大きさや歌数は不明。
6行	284～286番歌	
5行	303番歌	根津美術館蔵「文彩帖」（古筆手鑑大成第3巻）103。左端に綴穴アリ。
13行	304～306番歌	玉海（徳川黎明会叢書 古筆手鑑篇1）65。右端に綴穴アリ。
9行	311番歌	
12行	312～315番歌	
7行	320～321番歌	
18行	322～326番歌	57八曲小屏風に貼付。5+13行か。
4行	340～341番歌	
	354番歌	未見（小林強氏による）。
19行	372～377番歌	個人蔵手鑑「毫戦」（現在、東京国立博物館蔵。平成19年度新収品）。375番歌ナシ。11+8行か。
8行	378～379番歌	西円寺蔵古手鑑、5+3行か。
13行	385～388番歌	左端に綴穴アリ。
8行	389番歌	
1行	395番歌（詞書）	
8行	399番歌	日本学士院蔵手鑑「群鳥跡」
5行	422番歌	
8行	423番歌	大きさは、尺貫法で記載されているものをcmに換算した。
7行	424～425番歌	

伝花山院師賢筆松尾切（源氏集）一覧

<table>
<tr><th></th><th>巻　名</th><th>所　　収</th><th>大きさ(cm)</th></tr>
<tr><td>1</td><td rowspan="2">帚木巻</td><td>源氏物語断簡集成　第３部　5</td><td>26.7×13.7</td></tr>
<tr><td>2</td><td>臨川書店　和古書新入荷通信（2016年９月）（22）</td><td>26.8×13.9</td></tr>
<tr><td>3</td><td>空蝉巻</td><td>源氏物語断簡集成　第３部　6乙</td><td>26.3× 9.4</td></tr>
<tr><td>4</td><td rowspan="4">夕顔巻</td><td>国文学古筆切入門　49</td><td>27.3×13.3</td></tr>
<tr><td>5</td><td>東山御文庫蔵「手鑑」</td><td></td></tr>
<tr><td>6</td><td>出光美術館蔵古筆手鑑「墨宝」 121</td><td>27.2× 9.1</td></tr>
<tr><td>7</td><td>古筆学大成第23巻　図版377</td><td>26.8×11.3</td></tr>
<tr><td rowspan="2">8</td><td>若紫巻</td><td rowspan="2">文貞公芳翰集</td><td rowspan="2"></td></tr>
<tr><td rowspan="3">末摘花巻</td></tr>
<tr><td>9</td><td>三井文庫蔵古筆手鑑「筆林」 表37</td><td>26.9×12.0</td></tr>
<tr><td>10</td><td>古筆学大成第23巻　図版378</td><td></td></tr>
<tr><td>11</td><td>紅葉賀巻</td><td>文貞公芳翰集</td><td></td></tr>
<tr><td>12</td><td rowspan="2">花散里巻</td><td>杉谷寿郎氏所蔵</td><td></td></tr>
<tr><td>13</td><td>古筆学大成第23巻　図版379</td><td>27.5×13.0</td></tr>
<tr><td>14</td><td>須磨巻</td><td>平成新修古筆資料集　第１集　35</td><td>27.3× 8.8</td></tr>
<tr><td>15</td><td>明石巻</td><td>大阪古典会六十周年記念　古典籍展観入札目録　154</td><td></td></tr>
<tr><td>16</td><td>松風巻</td><td>古筆の楽しみ　70</td><td>27.2× 9.7</td></tr>
<tr><td>17</td><td rowspan="2">薄雲巻</td><td>古筆学大成第23巻　図版385</td><td>27.0×11.1</td></tr>
<tr><td>18</td><td>古筆学大成第23巻　図版380</td><td>27.1×21.8</td></tr>
<tr><td>19</td><td rowspan="3">朝顔巻</td><td>出光美術館蔵品図録　書　4-10（手鑑「浜千鳥」）</td><td>27.2×14.3</td></tr>
<tr><td>20</td><td>個人蔵</td><td>26.8×19.2</td></tr>
<tr><td>21</td><td>日本の書と紙（古筆手鑑「かたばみ帖」） 62</td><td>27.3×11.7</td></tr>
<tr><td>22</td><td>少女巻</td><td>皇室の至宝　東山御文庫御物２　65</td><td>27.3×28.8</td></tr>
<tr><td>23</td><td>玉鬘巻</td><td>古筆学大成第23巻　図版381</td><td></td></tr>
<tr><td>24</td><td>初音巻</td><td>高城弘一氏蔵無銘手鑑Ｄ</td><td></td></tr>
<tr><td>25</td><td rowspan="2">蛍巻</td><td>古筆学大成第23巻　図版386</td><td></td></tr>
<tr><td>26</td><td>古筆学大成第23巻　図版382</td><td></td></tr>
<tr><td rowspan="2">27</td><td>篝火巻</td><td rowspan="2">三井文庫蔵「高窠帖」 53</td><td rowspan="2">27.5×22.6</td></tr>
<tr><td rowspan="2">野分巻</td></tr>
<tr><td>28</td><td>永青文庫蔵手鑑「墨叢」 155</td><td>27.5×13.4</td></tr>
<tr><td>29</td><td>行幸巻</td><td>古筆学大成第23巻　図版383</td><td></td></tr>
<tr><td>30</td><td>藤袴巻</td><td>古筆学大成第23巻　図版384</td><td></td></tr>
<tr><td>31</td><td rowspan="3">真木柱巻</td><td>源氏物語断簡集成　第３部　6丙</td><td>27.5× 8.0</td></tr>
<tr><td>32</td><td>長松庵金子家某家所蔵品入札目録(東美･昭和14年６月20日) 13</td><td>27.5×13.0</td></tr>
<tr><td>33</td><td>平成新修古筆資料集　第３集　22</td><td>27.5×11.3</td></tr>
</table>

※『新編国歌大観』には『源氏物語』の和歌のみが収録されているので、表にはそれぞれの断簡に何番歌が含まれているか、を示している。したがって、前の歌の詞書や次の歌の詞書が含まれている場合にも、そのことは示せていないことをお断りしておく。

『和漢朗詠集』の享受
――詩歌の増補と大江匡房――

恵阪　友紀子

はじめに

『和漢朗詠集』は、平安鎌倉期書写のものに限っても数多くの写本が存在する。『和漢朗詠集』諸本の特徴は、詩歌が書き加えられていく点である。特に鎌倉期以降に書写された諸本に多く見られる傾向で、『和漢朗詠集』はただ書き写されるだけでなく、さまざまな理由から詩歌が書き加えられ、変化しながら受け継がれてきたといえる。

本稿では、増補詩歌、特に大江朝綱の「周公旦者文王之子武王之弟」の句に注目し、『和漢朗詠集』の享受について考察する。

『和漢朗詠集』本文の引用は粘葉本により、適宜漢字をあてた。

一　『和漢朗詠集』の増補詩歌

『和漢朗詠集』の平安期の写本については、粘葉本系統と関戸本・雲紙本系統が対立する本文を有することが知られている。その他の諸本については、「いづれとも判定つかず夫々に特異の本文を有して雑類とも称すべきもの」（堀部正二『校異和漢朗詠集』大学堂、一九八一年）とされ、系統立てて分類はされていない。主な平安期諸本と鎌倉期以降に書写された伝本のうち、大江匡房の注（「朗詠江注」）を有する諸本を挙げておく。

略号	名　称	略　称	現存状況
粘葉本系統			
粘	伝行成筆粘葉本	粘葉本	完本
伊	伝行成筆伊予切	伊予切	上巻、下巻一部
近	近衛家蔵行成筆和漢抄	近衛本	下巻
関戸本系統			
関	伝行成筆関戸本	関戸本	完本（影印）
雲	伝行成筆雲紙巻子本	雲紙本	完本
その他平安期書写本			
公	伝公任筆巻子本	伝公任筆本	完本
葦	世尊寺伊行筆葦手下絵本	葦手下絵本	完本
山	伝藤原定頼筆山城切	山城切	完本（影印）
戊	戊辰切	戊辰切	完本（影印）

久	久松切	久松切	完本（複製）
益	益田本	益田本	下巻
朗詠江注を有する写本			
建	専修大学蔵建長三年本	建長本	完本
貞	天理大学付属天理図書館蔵貞和本	貞和本	完本
生	関西大学図書館蔵生田文庫本	生田本	完本（一部補写）
逸	逸応美術館蔵伝冷泉為秀筆本	逸翁本	完本
長	国会図書館蔵菅原長親書入本	長親本	完本
正	正安二年奥書本	正安本	完本
嵯	伝後京極良経筆嵯峨切	嵯峨切	上巻のみ
関尹	関西大学図書館蔵伝世尊寺行尹筆本	関大行尹本	下巻のみ

系統の異なる写本が、同じ詩歌を偶然に脱落させる可能性は低いと考えられることから、粘葉本、関戸本両系統のいずれの写本に見られない詩歌を増補詩歌としておく。

増補の方法としては、重出させる（他の項目に収載されている詩歌を別の項目に書き加える）方法と、新たな詩歌を加える方法の二通りがある。

重出の例として、上巻春部「早春」を挙げておく。「早春」は、漢詩文適句六首、和歌三首からなる。伝公任筆本や戊辰切のほか、鎌倉期以降の写本の中には、下巻「眺望」の六三〇番歌を書き加えたものが多数見られる。

見渡せば比良の高嶺に雪消えて若菜つむべく野はなりにけり（早春・一七）

見渡せば柳桜をこきまぜて都ぞ春の錦なりける（眺望・六三〇）

「早春」の最後に置かれた一七番歌と「眺望」六三〇番歌はともに「見渡せば」で始まる。六三〇番歌は、『古今集』春上（五六）に収載される春の歌であることから、連想して書き加えられたのだろう。同じ歌を二度あげるのは、本集が項目ごとに分類された詠歌の手引きとしての性格を持っていたからであると考えられる。

このような例は、鎌倉期以降に書写された諸本四十数本のなかに十例ほどを見いだすことができる。

《表1》重出歌一覧

	重出位置	詩歌本文	本来の位置	
A	立春	昨日こそ年は暮れしか春がすみ春日の山にはや立ちにけり	「霞」	77
B	立春	春がすみ立てるやいづこみよしのの吉野の山に雪は降りつつ	「霞」	78
C	早春	氷消見水多於地、雪霽望山尽入楼。	「氷」	387
D	早春	見渡せば柳桜をこきまぜて都ぞ春のにしきなりける	「眺望」	630
E	雨	蘭省花時錦帳下、廬山雨夜草庵中。	「山家」	555
F	落葉	神無月ふりみふらずみ定めなき時雨ぞ冬のはじめなりける	「初冬」	355
G	氷	叩凍負来寒谷月、払露拾尽暮山雲。	「仏事」	598
H	禁中	四海安危照掌内、百王理乱懸心中。	「帝王」	655
I	禁中	幸逢尭舜無為化、得作犠皇向上人。	「帝王」	656
J	隣家	蕭索村風吹笛処、荒涼隣月擣衣程。	「田家」	568
K	閑居	通夢夜深蘿洞月、尋跡春暮柳門塵。	「仙家」	552

一方、本来の『和漢朗詠集』にはなく、後に加えられたと思われる増補詩歌は、平安書写では伝公任筆本に一首、山城切に六首が見える。調査し得た限りの写本四十数点から見いだせる増補詩歌は三十首を越え、相当多くの詩歌がさまざまな写本に加えられていったことがわかる。

増補詩歌の一覧を次に挙げておく。

※　網掛けは、特定の写本（一～二本）にのみ見られる詩歌。

※　（　）は行間補記の詩歌。

※　歌には適宜漢字をあてた。

《表2》増補詩歌

	項目	詩歌本文	平安写本
①	暮春	いざ今日は春の山辺にまじりなむ暮れなばなげの花の陰かは	
②	梅	煙添柳色看猶浅、鳥踏梅花落已頻。	山
③	梅	梅の花それとも見えず久方のあまぎる雪のなべてふれれば	
④	藤	紫茸偏奪朱衣色、応是花光忘憲台。	
⑤	藤	夏にこそ咲きかかりけれ藤の花松にとのみも思ひけるかな	
⑥	蓮	妙法のはちすの花の散らぬとき身をいとはぬか人のをらぬは	
⑦	郭公	去歳今年不変何、郭公暁枕駐声過。	
⑧	郭公	五月やみくらはし山のほととぎすおぼつかなくも鳴き渡るかな	
⑨	蟬	こずゑにてものなれたれど蟬の声聞かぬはものぞさびしかりける	
⑩	立秋	秋の夜をあかしかねつつ鳴く虫はしのびにものや思はざるらむ	
⑪	紅葉	ときは山あらしの風も寒からずにしきの紅葉身にし着たれば	
⑫	雁	朝隠山雲細袟巻、暮過林雀注文加。	山

⑬	雁	春がすみ立つを見捨てて行く雁の今ぞ鳴くなる秋霧の上《ママ》	
⑭	擣衣	誰家思婦秋擣衣、月苦風凄砧杵悲。	
⑮	雪	暗夜猶行明月地、久間還踏白雲天。	山
⑯	仏名	年の内につくれる罪はかきくらしふる白雪とともに消えなむ	
⑰	風	霜はをき露は結べる草のいほは風よりほかにとふ人ぞなき	
⑱	暁	寒霜凝牖、羅紈之彩合明。残月臨軒、文繡之光含浄。	
⑲	暁	いにしへの人さへ今朝はつらきかな明くればなどかかへりそめけむ	
⑳	松	琴商改曲吹煙後、簫瑟催心学雨辰。	山・益
㉑	竹	世にふればことの葉しげき呉竹のうきふしごとに鶯ぞ鳴く	伊・山・益・(久)
㉒	故宮	君なくて荒れたるやどのともし火は風に消えせぬ螢なりけり	
㉓	庚申	いかで猶人にもとはむあやしきは思はぬなかのえさるまじきを	公
㉔	丞相	周公旦者文王之子武王之弟、自知其貴。 忠仁公者皇帝之祖皇后之父、世推其仁。	(久)
㉕	丞相	身一《ママ》非長於山東、寧堪棟梁之器。 誉無覃於海表、争効舟檝之切。	
㉖	王昭君	合面緑鬢秋蓬乱、出闕行粧晩蘂紅。	
㉗	王昭君	身埋胡塞千重雪、眼尽巴山一点雲。	
㉘	王昭君	見るたびに鏡のかげのつらきかなかからざりせばかからましやは	
㉙	遊女	家夾江河南北岸、心通上下往来舩。	
㉚	交友	志合則胡越為昆弟、由余子臧是也。 不合則骨肉為讎敵、朱象管蔡是也。	
㉛	交友	呉札者前世之賢人也、江惣者洛陽之年少也。	山

㉜	懐旧	促齢良木其摧歎、遺愛甘索勿剪謡。
㉝	祝	君が代は千代に一たびゐるちりの白雲かかる山となるまで
㉞	白	冬の夜のしらしらけたる月かげに雪かき分けて梅の花折る
㉟	白	神まつるちつらにさける梅の花しろくもきねがしらげつるかな

増補詩歌は、特定の写本にのみ見られるものから、多くの写本に見えるものまでさまざまである。書き方についても、行間に細字で補うもの、本行に他の詩歌と同様に書かれるものなどがある。

表の①～㉟のうち、網掛けの詩歌（⑤⑥、⑨～⑬、⑰⑲㉒、㉕～㉘、㉛～㉟）は一～二本の写本にのみ見られるもので、その大半が出典未詳であるか、他の歌の異伝かと思われるものである。[1]

増補詩歌の半数ほどはごく少数の写本にしか見られず、書写者の好みで加えられたと考えられる。その一方、多数の写本に受け入れられた詩歌も少なくない。

十数本の写本に見えるのは、①②③④⑦⑯㉓㉚、調査した鎌倉期以降の写本のうち、半数以上に見られるのは⑯⑳㉑㉔である。

多くの写本に見える詩歌のうち、⑳「琴商改曲」、㉑「世にふれば」は平安期写本にも見られる。[2]

一方、㉔「周公旦」の詩句は鎌倉期以降の写本にのみ見られる。

二　朝綱の句「周公旦」をめぐって

「周公旦」の句は、大江朝綱の「貞信公天皇元服後辞摂政表」（貞信公天皇元服の後摂政を辞する表）からの摘句である。

周公旦者文王之子武王之弟、自知其貴。
忠仁公者皇帝之祖皇后之父、世推其仁。
　周公旦は文王の子武王の弟なり、自ら其の貴きを知る。
　忠仁公は皇帝の祖皇后の父なり、世に其の仁を推す。

平安時代の写本で、この句が見えるのは久松切のみであり、それも別筆で行間に細字で補入されたものである。また、六首もの増補詩歌を持ち、他の平安諸本とは性格を異にする山城切にも存在しない句で、後補と見てよいだろう。

この句は、「朗詠江注」系といわれる専修大学蔵建長三年本（建長本）・天理大学附属天理図書館蔵貞和本（貞和本）・関西大学図書館蔵生田文庫本（生田本）・関西大学図書館蔵伝世尊寺行尹筆本（伝行尹筆本）・逸翁美術館蔵伝冷泉為秀筆本（伝為秀筆本）・国会図書館蔵菅原長親書入本（長親本）などをはじめ、多数の写本に見える。久松切のほか尊経閣文庫蔵伝寂然法師筆本（平安末〜鎌倉初ごろ写）、建長本や貞和本などでもこの詩句は行間に補入する形で書写されるが、多くの諸本は本行に書かれている。「周公旦」の詩句の有無を整理しておく。

《平安書写》

ナシ…粘葉本・伊予切・近衛本・雲紙本・関戸本・葦手下絵本・伝公任筆本

補入…久松切・伝寂然筆本

《鎌倉以降書写》

本行…生田文庫本・伝為秀筆本・長親本・伝行尹筆本（関大蔵）・墨流本・龍門文庫本・嘉暦本・延慶本など

補入…建長本・貞和本など

ナシ…桃園文庫本・冷泉家本・伝後醍醐天皇筆本・伝浄弁筆本・伝寂蓮筆本など

「周公旦」句は鎌倉期以降の写本では、七〜八割に存在する。伝本の状況から考えると、この句は鎌倉期以降に増補され、後補ではあるが、かなり広く受け入れられていたと見て良いだろう。

この詩句の前半「周公旦者文王之子武王之弟」は、『史記』（魯周公世家）の次の箇所を詠じたものである。

周公戒伯禽曰、「我文王之子、武王之弟、成王之叔父。我於天下亦不賤矣。然我一沐三捉髪、一飯三吐哺、起以待士。猶恐失天下之賢人。子之魯、慎無以国驕人」。

周公伯禽を戒めて曰はく、「我文王の子、武王の弟にして、成王の叔父なり。我天下に於いて亦た賤しからず。然れども我一沐に三たび髪を捉り、一飯に三たび哺を吐きて、起ちて以て士を待つ。猶ほ天下の賢人を失はむことを恐る。子魯に之かば、慎みて国を以て人に驕ること無かれ」と。

この故事は、『蒙求』にも次のようにある。

韓詩外伝周公、践天子之位七年。成王封伯禽於魯。周公戒之曰、「無以魯国驕士。余以文王之子、武帝之弟、成王之叔父。相天下、不軽矣。然一沐三握髪、一飯三吐哺。猶恐失天下之士。

韓詩外伝に周公、天子の位を践ること七年なり。成王、伯禽を魯に封ず。周公之を戒めて曰はく、「魯国を以て士に驕ること無かれ。余以て文王の子、武帝の弟にして、成王の叔父なり。天下に相として、軽からず。然れども一沐するに三たび髪を握り、一飯するに三たび哺を吐く。猶ほ天下の士を失ふを恐るるなり。

また、『源氏物語』（賢木巻）にも次のように引かれる。

わが御心にもいたうおぼしおごりて、「文王の子武王の弟」とうち誦じたまへる御名のりさへぞ、げにめでたき。成王の何とかのたまはむとすらむ。それればかりやまた心もとなからむ。

『源氏物語』のこの箇所について、藤原伊行の『源氏釈』では『史記』を出典として引き、藤原定家の源氏物語『奥入』には典拠として『史記』を指摘し、その後に朝綱の「周公旦」の詩句を引いている。

これらの状況から、日本古典文学大系の『和漢朗詠集』などでは朝綱の句について、底本とした粘葉本の脱落として他本から補っている。しかし、平安書写本のいずれにも朝綱の句がないことを考えると、やはり脱落ではなく、本来の『和漢朗詠集』にはなかったと考えるのが穏当である。

なぜ、朝綱の句は『和漢朗詠集』に収載されなかったのか。

相田満氏は、最古注本の『蒙求』（故宮博物院本）の「相天下、不軽矣」の解釈と、源光行の『蒙求和歌』の記述から次のように考察される(3)。

故宮本『蒙求』で問題となるのは、傍線部を付した部分（引用者注：「相天下、不軽矣」）である。おそらくは「天」を「文」と誤ったかのようなためらいがちな字形で書写したために、その前後の文意が通じづらい表現となっている。…（略）…同系統の『蒙求』から翻訳された『蒙求和歌』では、当該箇所は、「天下ニヲキテシカハアレトモ」と、朧化された表現となっており、文意がぼかされている。…（略）…なぜこのようなことが起きるのであろうか。同時期に作られたと思しき、『源氏釈』では、当該故事に関わる部分に『史記』が引かれる。周公旦の故事は、摂政の起こりとして著名である。『史記』に思いが及んでこうした朧化された表現は発生しなかったはずであるが、有職故実家として重用された源光行をしても、そこにはたどり着いていないことが見て取れる…（後略）…

この相田氏の指摘を合わせて考えると、周公旦の故事や、朝綱の詩句は、当時それほど知られていたといはいえないのではないだろうか。

むしろ、『源氏物語』での引用、定家の注などから人口に膾炙し、だからこそ『和漢朗詠集』に書き加えられ、鎌倉期以降の諸写本には広く受け入れられたとみてよいのではないか。

なお、現在冷泉家に伝わる『和漢朗詠集』（冷泉家本）の奥書には「安貞二年」（一二二八年）とあり、これは、定家の源氏物語『奥入』の成立とほぼ同じ頃に書写されたものである。この冷泉家本には、朝綱の「周公旦」の詩句は収載されていない。

三　朝綱の句「周公旦」の増補位置

ところで、この朝綱の句について注目すべきは、書き加えられた箇所である。他の増補詩歌の場合、項目の最初または最後に書き加えられることが多く、書かれる箇所も一定ではない。

たとえば、下巻「竹」の場合を挙げておく。「竹」は、漢詩文句四首、和歌一首からなる項目で、先の《表2》増補詩歌の㉑「世にふれば」歌が加えられている諸本も多い。

竹

430　煙葉蒙籠侵夜色、風枝蕭颯欲秋声。
431　阮籍嘯場人歩月、子猷看処鳥栖煙。
432　晉騎兵参軍王子猷栽称此君、唐太子賓客白楽天愛為吾友。
433　迸笋未抽鳴鳳管、盤根纔点臥龍文。
434　時雨ふる音はすれども呉竹のなどよとともに色もかはらぬ
㉑　世にふればことの葉しげき呉竹のうきふしごとに鶯ぞ鳴く

諸伝本の「竹」の配列と詩歌の出入りは次の通りである。

434　…粘葉本・関戸本・雲紙本・伝公任筆本など
434・（㉑）…久松切・伝寂然筆本など　※㉑は行間に別筆で補入

㉑　…伊予切・延慶本・尊円法親王筆本など
434・㉑　…山城切・伝行尹筆本・墨流本・建長本など
㉑・434　…益田本・貞和本・嘉暦本・伝浄弁本・伝後醍醐天皇筆本・冷泉家本・生田文庫本など

平安写本である粘葉本・関戸本・雲紙本・伝公任筆本・葦手下絵本などでは「時雨ふる」歌の一首のみである。ところが、同じ平安書写でも山城切・益田本、久松切（行間補記）では、㉑「世にふれば」の歌が書き加えられているのだが、山城切では「時雨ふる」歌の次に「世にふれば」歌を書写し、益田本では㉑の後に「時雨ふる」歌が書かれている。

このように、後から書き加えられた場合、書き入れる位置によって詩歌の配列が乱れることが多い。ところが、「周公旦」の句は、調査し得た範囲では、いずれにおいても次のような配列になり、乱れは生じていないのである。「丞相付執政」の全体を挙げておく。

674　季文子妾不衣帛、魯人以為美談。公孫弘身服布被、汲黯譏其多詐。　後漢書
675　百里奚乞食於道路、穆公委以政。甯戚子飼牛於車下、桓公任以国。　漢書
676　孫弘閤開無閑客、傅説舟忙不借人。　白
677　西京席門、乃是陳丞相之旧宅。南山芝澗、寧非袁司徒之幽栖。　江
㉔　周公旦者文王之子武王之弟也、自知其貴。忠仁公者皇帝之祖皇后之父也、世推其仁。
678　傅氏巌之嵐、雖風雲於殷夢之後。厳陵瀬之水、猶涇渭於漢聘之初。　菅三品
679　春過夏闌、袁司徒之家雪応路達。旦南暮北、鄭太尉之渓風被人知。　同

680　山桜あくまで色を見つるかな花ちるべくも風ふかぬ世に

『和漢朗詠集』の一項目内の配列は、唐人作の詩文句（五言詩、賦や文などからの摘句）、唐人作の七言詩句、邦人作の詩文句、邦人作の七言詩句、和歌の順に配列され、原則として、同じ種類の作品の場合、作者ごとに並べられる。

「丞相」の配列を確認してみると、六七四・六七五は唐人作の詩文句、六七六は邦人作の七言詩句、六七七・㉔・六七八・六七九は邦人作の七言詩句、六八〇が和歌となる。

㉔朝綱の詩句の前後は、六七七が大江朝綱の「清慎公辞摂政第三表」（清慎公の摂政を辞する第三表）、六七八が菅原文時の「右大臣雅信謝第三表」（右大臣雅信の謝する第三表）である。

六七七、㉔、六七八はいずれも邦人作の長文句で、六七七、㉔が大江朝綱、六七八が菅原文時の作であるため、正しい配列になっているのである。

『和漢朗詠集』では、作者や詩題は脚注の形で書写されるか、または書かれないことの方が多い。したがって、正しい配列にするには、書き加える詩歌の出典だけでなく、もとからある詩歌の典拠に関する知識もなければならないのである。

つまり、㉔の詩句を加えた人物は『和漢朗詠集』の配列を理解し、かつ漢詩文のことをよく知っていた人物ということになる。

これに該当するのが、大江匡房である。匡房は『和漢朗詠集』の注釈である「朗詠江注[4]」を著し、詩歌の故事などだけでなく、詩題や作者を詳細に書き加えている。たとえば、前掲「丞相」の六七七番の句の場合、粘葉本

では、

　西京席門、乃是陳丞相之旧宅。南山芝澗、寧非袁司徒之幽栖。　江

のように、詩句本文の下に作者名のみ「江」と記している。伊予切・関戸本・山城切・久松切は粘葉本と同じく「江」、益田本は作者注記を「江相公」とする。近衛本・葦手下絵本・伝公任筆本(5)には作者名も記されず、雲紙本はこの詩句を脱する。

　一方、「朗詠江注」を有する貞和本は、詩句本文の下に「清慎公辞摂政第三表／後江相公」と、詩題・作者注記を付す。同じく「朗詠江注」系統の建長本・伝為秀筆本なども同様の詩題と作者が記されている。

四　増補と大江匡房

　朝綱の「周公旦」の詩句は、久松切の行間に書き加えられていたものを除くと、平安期書写本には見えないことはすでに確認したが、「朗詠江注」を受け継ぐ注釈書である『和漢朗詠集私注』には朝綱の句が見える。内閣文庫蔵の室町古写本である『和漢朗詠集私注』の跋文には、この注釈書が応保元（一一六一）年に著された旨が記されている。このことから、朝綱の「周公旦」句は、平安末期には『和漢朗詠集』に取り入れられていた可能性があることがわかる。

　匡房自筆の『和歌朗詠集』は現存しないが、「朗詠江注」系統である建長本・貞和本・生田本・伝行尹筆本・伝為秀筆本・長親本には、大江匡房の所持本を指すと思われる「江本」に関する書き入れが見られる。

《表3》「江本」に関する記述　※アルファベット・○数字は増補詩歌の番号

項目	被注詩歌番号	諸本の書き入れ
早春	B　春霞たてるやいづこ	「江都本此歌不載」正 「江本此歌不載」建・貞・長 ※嵯・為…この歌ナシ
早春	D　見渡せば柳桜を	「江都本有之」（正：歌補入） 「江本有之」（建・貞・長：歌補入） ※嵯・為…この歌ナシ
暮春	①　いざ今日は	「此歌江本無之」正・建 「江本無之」貞・長 ※嵯・為…この歌ナシ
梅	③　梅の花それとも見えず	「江本漏之」正・貞・長 「江本有之」建 ※嵯・為…この歌ナシ
鶯	73　あさみどり春立つ空に	「此歌江本［焼損］」正 「此歌江本不入」建・貞・長 ※為…歌アリ・注ナシ ※嵯…歌ナシ
藤	④　紫茸偏奪朱衣色	「此詩漏江本」正 「此詩漏于江本」建・貞・長・為 ※嵯…この詩句ナシ
郭公	⑦　去歳今年不変何	「此詩江本不載云々」正 「此詩不載江本」建・貞・長・為 ※嵯…この詩句ナシ
蝉	⑨　こずゑにて	「此歌江本無」正・建・貞・長 ※嵯・為…この歌ナシ

仏名	⑯ 年の内につくれる罪は	「江本有此歌」正 「証本」「江本有此歌」建 「証本無之」「江本有此歌」（貞：歌補入） 「カタカナ補入／証本無之」「江本有此歌」長 ※嵯…歌アリ、注ナシ ※為…歌ナシ

たとえば、上巻春部「藤」の増補詩歌④「紫茸偏奪朱衣色、応是花光忘憲台」の場合、貞和本では詩句の左肩に「此詩漏于江本」と書き入れられている。これは、「江本」つまり、匡房本にはこの詩がなかったという注である。貞和本以外の「朗詠江注」系諸本にも、ほぼ同文の注が付されている。

夏部「郭公」の⑦「去歳今年不変何」にも同様に、「此詩不載江本」などと注が加えられて、「江本」にはこの詩句がなかった旨が記される。

一方、「早春」のD「見渡せば」歌や、⑯「年のうちに」歌のように、「江本有之」「江本有此歌」などと、「江本」に当該の詩歌が「ある」とされる場合は、歌そのものが行間に補入された場合である。

㉔朝綱の「周公旦」句の場合、正安本、長親本ではこの詩句は補入ではなく本行に書写され、かつ「江本」に関する記述の注は加えられていない。この句が「江本」つまり匡房の写本には存在していた可能性が高いといえるのではないだろうか。

『和漢朗詠集私注』以外の平安書写本には朝綱の句が見えないこと、「江本」には存在したらしいことなどを考え合わせると、「周公旦」句を書き加えたのは匡房である可能性を考えてもよいのではないだろうか。

おわりに

『和漢朗詠集』の写本は平安期の完本に限っても、粘葉本・雲紙本・伝公任筆本・葦手下絵本があげられ、さらに現在は裁断され、断簡になったものでも影印などで全体を確認できるもの、上巻または下巻のみではあるが、ある程度の分量がまとまっているものでは関戸本・伊予切・近衛本など複数あげられる。鎌倉期以降の写本になると枚挙に暇がないほど多数現存している。それだけに異同も複雑で、諸本の分類は容易ではない。

分類の手がかりになると思われるのが増補詩歌であるが、これもまた複雑に出入りしているため、簡単にはいかないのである。そのなかで、朝綱の「周公旦」句は、鎌倉期以降の写本の大半に取り入れられていること、また、書き加えられた位置が一定していることからみて、この句をもつ写本が鎌倉期以降の写本の根幹をなすものであったことが考えられる。朝綱の句を持つ写本、つまり、大江匡房の関わった本文が平安期以降の『和漢朗詠集』の基盤となっていると考えられる。

増補者が明らかになることで、伝本の分類整理、享受を知る手がかりとなる。今後はこれに基づいて伝本研究を進めたい。

注

（1）増補詩歌のうち、⑥⑩㉖㉛㉜は出典未詳で、⑬㉒㉞㉟は異伝歌か異本注記かと思われる。

（2）「世にふればことの葉しげき呉竹のうきふしごとに鶯ぞ鳴く」歌は、伊予切の模写には見える歌である。伊予切は大正十三年に分割され、該当箇所の現物は確認できないが、分割された際に、田中親美が透き写しにしたものが存在する。粘葉本、関戸本、雲紙本、伝公任筆本、葦手下絵本など主な平安期諸本の「竹」には「時雨ふる音はすれどもくれたけのなど世とともに色も変はらぬ」の一首が収載されるが、伊予切れにはこの歌がない。山城切・益田本には「時雨ふる」「世にふれば」の両歌を載せる。後世の写本でも混乱が見られる箇所であり、この問題については別稿で考えたい。

（3）相田満「縦書き文化の四苦八苦――漢文をめぐるタイポグラフィと本文解釈――」（二〇〇六中日社会與文化學術研討會）

（4）「朗詠江注」は、『和漢朗詠集』諸本の行間や裏書きとして書き込まれた注釈である。

（5）伝公任筆本は、この箇所だけでなく、上下巻ともすべての詩歌に作者名・詩題を一切記さない。

本研究は、国文学研究資料館共同研究（若手）「『和漢朗詠集』の伝本と本文享受の研究」の成果の一部であり、平成二十七年度和漢比較文学会第八回特別例会での発表に基づくものである。

十二世紀日本における「神仏隔離」の一実態
――勅撰和歌集をめぐって

大島　薫

はじめに

『千載和歌集』巻第二十「神祇歌」に、崇徳上皇が詠む、次の一首が入集する。

百首歌めしける時、神祇歌とてよませ給う　崇徳院御製

1259　道の辺の塵に光をやはらげて神も仏の名告るなりけり

この一首は、『久安百首』「雑歌上　神祇歌」（崇徳上皇の下命により、藤原俊成が部類に編集した）に崇徳上皇御製二首のうちの一首である。上句に詠まれる「塵に光をやはらげて」とは、「和光同塵」を歌語として用いた表現である。「和光同塵」という四字熟語が、『老子』四章五六章「知者不言、言者不知。塞其兌、閉其門、挫其鋭、

解其紛、和其光、同其塵。是謂玄同。得而親、不可得而疏。不可得而利、不可得而害。不可得而貴。不可得而賤。故為添加貴」を原拠とすることは、既知のごとくである。その意味するところには現在に至っても諸説ある。しかし「和光同塵」という四字熟語は、神仏習合説における「神身離脱」を表現する言葉として、日本仏教においても新たな意味をもって周知されていく。つまり、先に引用した崇徳院御製一首は、神仏習合説に基づいて詠まれた和歌であり、神仏習合説を詠む和歌が勅撰和歌集に「神祇歌」として入集していたことを意味するわけである。

しかし、『千載和歌集』巻第二十「神祇歌」には、神仏習合説に基づいて詠まれた和歌が意外なほどに入集していない。「意外なほどに入集していない」と判断したのは、『千載和歌集』と同じく、後白河法皇の下命によって編纂された『梁塵秘抄』（詳細については後に述べる）、あるいはほぼ同時代に編纂された私撰和歌集や私家集と比較してであり、『千載和歌集』巻第二十「神祇歌」に入集する三三首のなかで、神仏習合説に基づいたと解釈できるものは、先に引用した崇徳上皇が詠んだ一首のほかには四首を数えるのみだからである。『千載和歌集』巻第二十「神祇歌」には、春日社にはじまり、住吉、熊野、広田、三輪、賀茂、貴船、片岡社（上賀茂神社の摂社）、日吉、伊勢、石清水、そして大嘗会を詠む和歌が入集している。しかし、『千載和歌集』が編纂された当時、それぞれの社に祀られる神には、仏と習合するべく本地垂迹を説く「縁起」が語られていた。にも関わらず、『千載和歌集』巻第二十「神祇歌」に入集する神仏習合説に基づく和歌は、五首を数えるのみなのである。「神祇歌」の部立に、神仏習合説に基づいて詠まれた和歌を入集させることには、何らか憚りがあったというのだろうか。

小稿は、『千載和歌集』巻第二十「神祇歌」に、神仏習合説に基づいて詠まれた和歌をほとんど入集させていないことへの疑問を端緒に、院政期における神仏習合思想について、その実態を和歌史から考察するものである。

近年、日本仏教史における神仏習合のみならず、宮中において実践された神仏隔離と呼ぶべき神祇思想が議論されている。『千載和歌集』が「勅撰和歌集」として編纂されていることに鑑みれば、「神祇歌」という部立には、神仏習合的思想より神仏隔離に基づく思想を優先させていたとも考えられよう。また日本文学史を巡っては、後白河法皇の下命によって編纂された『梁塵秘抄』には神仏習合説に基づいていると解釈できる今様が、各社において収載されている。またもちろん、『千載和歌集』巻十九「神祇歌」とは異なり、その収載今様数の多さをも指摘させるのである。勅撰和歌集である『千載和歌集』と、今様を記録する目的をもって編纂された『梁塵秘抄』とでは、後白河法皇の下命によって編纂されたか否かに関わらず、神祇歌として神仏習合説を納受し得るか否かにおいて、それぞれの編纂意義に関わる、大きな相違が存在したことを推考させるのである。以下、考察を試みたい。

一　勅撰和歌集に入集する「神祇歌」

勅撰和歌集に「神祇歌」という部立を初出するのは『後拾遺和歌集』（白河法皇下命）においてである。とはいえ『後拾遺和歌集』も、その第廿雑六に「神祇」「釈経」「誹諧」の小見出しを付したにすぎず、「神祇歌」さらに言えば「釈教歌」を独立した部立として一巻に仕立てたのは『千載和歌集』（後白河法皇下命）においてであった。ただし、前章にも指摘したように、神仏習合説に基づいて詠まれた和歌は、『千載和歌集』巻第二十「神祇歌」には三三首中五首に過ぎない。さらに神仏習合説に基づいた和歌は、「神祇歌」を入集させるという意識をもって編纂された『後拾遺和歌集』にも全く入集しておらず、さらには『千載和歌集』に続いて、後鳥羽上皇の下命によって編纂された『新古今和歌集』にも、『新古今和歌集』巻十九「神祇歌」六五首中、神仏習合説に基づいて詠まれたと解釈できる和歌は、次に引用する七首を数えるのみなのである。

そこでまず、『千載和歌集』巻第二十「神祇歌」入集する、神仏習合説に基づいて詠まれていると解釈できる和歌を取り上げる。

述懐の歌の中によみ侍ける　法印慈円

1275 わが頼む日吉のかげはをく山の柴の戸までもささざらめやは

日吉の大宮の本地を思ひてよみ侍りける　法橋性憲

1276 いつとなく鷲の高嶺に澄む月の光をやどす志賀の唐崎

日吉社に御幸侍ける時、雨の降り侍りけるが、その時になりて晴れにければよみ侍ける　中原師尚

1277 御幸する高嶺のかたに雲晴れて空に日吉のしるしをぞ見る

高野の山を住みうかれてのち、伊勢の国二見浦の山寺に侍けるに、大神宮の御山をば神路山と申、大日如来の御垂迹を思てよみ侍ける　円位法師

1278 深く入りて神路のをくを尋ぬればまたうゑもなき峰の松風

一二七五番から一二七七番の三首は、日吉社と比叡山延暦寺をめぐる神仏習合説なかでも「護法善神」を詠んだと解釈できる。一二七五番は、慈円が日吉社に加護を求めた一首である。一二七六番は詞書に「日吉の大宮の本地を思ひて」とあるように、「鷲の高嶺」すなわち霊鷲山を歌語とした表現をもって、釈迦が法華経を説いた聖地を比叡山になぞらえ、日吉大宮権現の本地仏が釈迦であることを詠む。一二七七番も「高嶺」とは比叡山を意味する。雨天における行幸であったが、日吉社の霊験によっておいて「雲が晴れた」ことを言祝いで詠んだ一首である。それぞれに、神仏習合説に裏付けられた理解を踏まえる和歌と解釈できる。次に一二七八番は、円位法師すなわち西行の和歌である。伊勢神宮に祀られる天照大神が大日如来の垂迹であるという、代表的な本地垂迹説に基づいて詠まれた一首である。

次に『新古今和歌集』巻十九「神祇歌」に入集する、神仏習合説に基づいて詠まれたと解釈できる和歌を取り上げる。

1853　なさけなく折る人つらしわが宿のあるじ忘れぬ梅の立枝を

この哥は、建久二年の春の頃、筑紫へまかれりける者の、安楽寺の梅を折りて侍ける夜の夢に見えけるとなん

1854　補陀楽の南の岸に堂たてて今ぞさかえん北の藤波

この歌は、興福寺の南円堂造りはじめ侍ける時、春日の榎本の明神、よみ給へりけるとなん

（題知らず）
1878　神路山月さやかなる誓ひありてあめの下をば照らすなりけり　（西行法師）

伊勢の月読社にまゐりて、月を見てよめる
1879　さやかなる鷲の高嶺の雲井より影やはらぐる月読の杜　（西行法師）

神祇歌とてよみ侍りける　前大僧正慈円
1880　やはらぐる光にあまる影なれや五十鈴河原の秋の夜の月

日吉社にたてまつりける哥の中に、二宮を
1901　やはらぐる影ぞふもとに曇りなきもとの光は峰に澄めども　（前大僧正慈円）

述懐の心を
1902　わが頼む七の社のゆふだすきかけても六の道にかへすな　（前大僧正慈円）

『新古今和歌集』巻十九「神祇歌」に入集する神仏集合説に基づいて詠まれた和歌六首のうち、一八五三番と一八五四番の二首は神詠である。『新古今和歌集』において、神が詠んだ和歌（神詠）と、人が詠んだ神祇歌とが、一線を画すべく配列されていることは、紙宏行「『新古今集』所収神詠十三首をめぐって」（『文藝論叢』二六、二〇一二年十一月）に指摘がある。紙宏行は『新古今和歌集』巻第十九「神祇歌」に入集する和歌が「巻頭から神詠十三首のあと、日本紀竟宴和歌三首、神事の歌三首、一般的な神祇歌四六首」に配列されていると述べ、『明月記』元久二年二月二六日条を根拠として、撰者は「神詠」を配列するにあたって苦慮したが、後鳥羽院の指示に従い「春部を為先、四季に可立」配列したことを確認し、『新古今和歌集』に入集する「神詠」と「人間の神祇歌」とでは「扱いを明確に異にしている」ことを、以下のように考察した。

『袋草紙』は、「希代歌」の「神明御歌」の項のもと神詠を数多く集成し、『新古今集』も、十三首中六首をここからの出典としている。『袋草紙』の神詠の配列は、右の二十二社（引用者注　朝廷が奉幣する二二社のこと）の社格順に則ってあり、その後に熊野、蟻通、白山などが配列されている。『袋草紙』は、国家的な神観念の規範にそって配列するという、神詠配列の参列となるべき見識を示したは、『新古今集』はそれを完全に解体してしまった。（中略）一般的神祇歌（引用者注　人間の神祇歌のこと）は伊勢・石清水・賀茂・貴布祢・春日・大原野・日吉・北野・熊野・住吉などと配列され、和歌神たる住吉を末尾に置くほかは、ほぼ『袋草紙』と同様に社格順である（中略）神自身の詠と神祇信仰を主題とした人間の歌とは、その扱いを明確に異にしている。人間の神祇信仰は、国家意識に基づく神観念によって整序、統制されるべきものなのだろう。これに対し、神詠は、神詠としては、人の歌と別部立として神祇部巻頭に一括配列し、神詠としては、人の歌と同じく勅撰集的な世界を網羅する形で配列した（引用者注　神詠を勅撰和歌集の部立に従って配列していることを指す）もだろう。

なお先に引用した『新古今和歌集』一八五三番の左注には、菅原道真の聖廟があった安楽寺の梅を手折ったところ、その夜の夢にこの一首をもって咎められたと記されている。安楽寺が「安楽寺天満宮」として、天神信仰における神仏習合を具現する拠点であったことは言うまでもない。天神の詠んだ神詠が神仏習合説に裏付けられていることも間違いなかろう。また一八五四番は、「春日の榎木の明神（春日社の摂社・巨勢大明神）」が興福寺南円堂建立にあたって、藤原北家を言祝ぎて詠んだ一首である。神が造堂において仏法興隆を言祝ぐという、神仏習合説、なかでも「護法善神」に基づいて詠まれた和歌である。『新古今和歌集』に入集する神詠十三首のうち、神仏習合説に基づく和歌が二首のみというのも、その入集数の少なさを指摘し得る。しかし、紙宏行が指摘する「神詠」とは「その扱いを明確に異にしている」「一般的な神祇歌」すなわち「人間が詠んだ神祇歌」に至っては、その入集数四六首のうち、神仏習合説に基づいて詠まれた和歌は五首を数えるのみである。その入集数の少なさを、さらに指摘させることになる。

一八七八番については「神路山」つまり「伊勢」を詠んだ一首であるが、「月さやかなる誓ひありてあめの下を照らす」とあることに「和光同塵」を婉曲的に表現したと解釈できる。この一首に関しては、本居宣長が『美濃家苞』神仏習合説に基づいて詠まれたことを批判してもいて、神仏習合的思想に基づいていることを指摘できる。一八七九番も同様、詞書から「伊勢の月読社」を詠んだ一首と解釈できる。「鷲の高嶺」は霊鷲山（釈迦が法華経を説いたと伝えられる）を意味し、下句に「影やはらぐる月読の杜」と詠むことから、「和光同塵」を表現した、すなわち神仏習合説を詠んだ和歌であることは間違いない。一八八〇番は、「五十鈴河原の秋の夜の月」とあることから「伊勢」を詠んだ一首であり、「やはらぐる光」とあることから、これも神仏習合説に基づいていると解釈できる。一九〇一番は、詞書から「日吉社」を詠んだとわかり、「やはらぐる影」「光は嶺に澄む」とあることから「和光同塵」を表現すると解釈できる。また一九〇二番については「七の社」すなわち「日吉大社の本社・摂社・末社のうち、上七社（大宮・二宮・聖真子・客人・十禅師・三宮・八王子）」を詠む一首であり、「六の道にかへすな」つまり「仏教に教える六道に輪廻させないでほしい」と詠むのだから、神仏習合説なかでも「護法善神」に基づいて詠まれたことは間違いない。

本章に取り上げた『千載和歌集』ならびに『新古今和歌集』に入集する「神祇歌」、さらにいえば『新古今和歌集』に入集するなかでも「人間が詠んだ神祇歌」のうち「神仏習合思想に基づいて詠まれたと解釈し得る和歌」については、その入集歌数の少なさを指摘できる。とはいえ、その入集歌数の少なさは、神仏習合説に基づいた和歌の多くが、勅撰和歌集に入集するに値しなかったことに所以するとは考えられない。「神祇歌」を部立とするに当たって「神仏習合思想に基づいて詠まれた和歌」を入集されることに、憚りがあったと推考させるからである。さらに、『新古今和歌集』に入集する「人間が詠んだ神祇歌」のうち、神仏習合思想に基づいた五首というのは、『千載和歌集』巻十九「神祇歌」と同様、西行（円位法師）と慈円とが「伊勢」あるいは「日吉」を詠んだ神祇歌なのである。両勅撰和歌集に入集する和歌こそ異なっているが、作者さらには詠まれた社が一致している。両勅撰和歌集における神祇歌入集事情に、特有の事由が存在したことをも指摘させる。「神祇歌」が独立した部立に仕立てられた院政期から鎌倉時代前期にかけて、勅撰和歌集に「神祇歌」として神仏習合的思想に基づいて詠まれた和歌を入集させるには、対象とする社が制限されていたことを確認させるのである。

二　「神仏習合思想」をめぐる研究史

ところで、「神仏習合思想」とは如何なる思想（宗教現象・信仰の実態）として、理解されてきたのだろうか。

日本における神と仏とに関する研究は、菅原信海に一連の論考がある。菅原は『日本思想と神仏習合』「序論　中世の神仏習合思想」（春秋社、一九九六年）に、次のように説明している。

仏教の公伝は、わが国の神祇信仰に大きな影響を与えた。仏教は、質的に高い教義をもった宗教ではあったが、仏教の伝来の当初は、単にわが神祇信仰とは異なった信仰としてうけとられていた。つまり、仏は「蕃神」とみられ、この蕃神を信ずべきや否やとの論争が、崇仏派と排仏派とに分かれての争いとなったのである。二つの信仰が衝突した場合、互いに他を排除し合うのが通例である。しかし、二つの信仰のうちで、一方が質的に高い教養をもった宗教であった場合、他の信仰や宗教を排除するか、もしくは包摂してしまうことになる。わが国の場合、仏教と神祇信仰との触れ合いで、仏教伝来の当初にあっては激しい衝突の歴史があったが、仏教は神祇信仰に比べて高い教義をもった宗教であるから、やがて神祇信仰を仏教の中に包摂してしまった。ところで仏教伝来の当初は教義的な争いでなく、神祇信仰と仏教との最初の接触は、単に祟りが問題になっていた。その神仏二教の交渉の中で、教義的にも理論化される必要に迫られて仏教側の理論として形成されたのが、本地垂迹説などの神仏習合思想である

そして菅原は『神仏習合思想の研究』（春秋社、二〇〇五年）において「神仏習合とは、我が国に仏教が伝来してから、日本の神と仏がどのように結び就いたかの現象である」と述べたのである。

ただし「神仏習合」という用語そのものは「日本の神と仏がどのように結び就いたかの現象」が出現した当初から、用いられていたわけではなかった。たとえば「明治元年閏四月四日太政官布告第二八〇」には「神仏習合」という用語は用いられていない。「神仏混淆」の語をもって、「神仏習合」と現在称されている現象の廃止を発布するとともに、「別当社僧之輩ハ還俗之上神主社人等之称号ニ相転神道ヲ以勤仕可致候」と布告されている。「神

仏習合」という用語は、明治元（一八六八）年三月十七日に、政府が神仏分離令を発布した後に、日本における宗教事情（現象）を表現するために、研究者によって使用されるようになったことを確認させるのである。
「神仏習合」という用語を用いた意義を辿れば、村上専精が『明治維新神仏分離史料』上巻「序辞」（一九二六年、東方書院。なお引用は岩田書院から出版された「新編」による）に、日本仏教において神と仏とがともに信仰されてきた現象を「宗教統一の美風」と捉えて、次のように言及している。

我が日本帝国は、外国に於て其の例あることなき皇統一系といふ芽出度き国体上の美風あると共に、又此に宗教統一といふ信仰上の美風が久しく存在して居た。是れ又外国に其の例の希れなことである。吾輩此の国体上の美風と宗教上の美風とが結び付いて、彼此相扶け合ふところがあつたやうに思ふ。又是れが国民の思想統一上に影響することも少からなんだことと思ふ。他の事は孰れにしても、国に異る宗教が同時に存在しながら、其れが工合よく調和して、恰も水魚の交はりをなし来たり（中略）是れ実に日本宗教史特徴の一である。暫らく神道を以て日本固有の宗教と仮定するに、尋いで儒教来たり、又仏教来たり、其の後に来たれる仏教が、推古朝の時に於て、殆んど国教の形を以て、勃然として起ると同時に、在来の神道と儒教と能く融和し、而も仏教が三教中の盟主なるが如く、神儒の二教を以て、恰も左右の両大臣となせるが如く、誠に異身同体の形を以て、一千有余年間、何等の衝突もあることなかりしは、実に日本の美風として、外国に対し誇るに足るべきことであった

研究者によって「神仏習合」と称された宗教事情（現象）は、明治維新後の日本において、海外に誇示すべき歴史（文化）的優位性を提示する事例として、「神仏分離令」発布時であるにも関わらず、研究課題として提唱されていったものと推測される。さらに『明治維新神仏分離史料』（前掲）の編纂に中心的な役割を果たした辻善之助

も、同書に掲載した「神仏分離の概観」において、仏教が日本に渡来した後に「調和が成り、両者全く相混合し、つひには神仏同体本地垂迹の思想が、民衆一般に深くしみこみ、広く行き亘るやうになつた」と説明したうえに、次のように述べている。

神仏習合といふことは、我国史の上に於て、殊に思想史の上に於て、国民的特色の現はれたるものとして、我国文化の世界における地位を考へる上にも、最も重要なる事項の一として、研究を要するべきものである。然るに明治初年に神仏分離の令が一たび出でてより、千有余年民庶の信仰を支配したる神即仏といふ思想の形式は一朝にして破壊せられ、之について廃仏毀釈の議が盛に行はれ、歴史に富み由緒の深き神社仏閣が、この破壊的蛮風に荒らされたるものが少くないのである。其の当時分離実行の実況、その結果等についてては遺憾ながらあまり明かにせられてない、此れは各地方の主なる神社仏閣について、その材料を集めて冷静に判断し研究すべきである

なお辻善之助は、これに先立って「神仏同体本地垂迹の思想」を具体化する、次の八段階を提示している。(「本地垂迹説の起源について」『史学雑誌』十八の一・四・五・八・九・十二、一九〇七年)。

神明は仏法を悦ぶ
神明は仏法を擁護する
神明は仏法によりて業苦煩悩を脱する
神明は衆生の一つである
神明は仏法によりて悟りを開く
神即ち菩薩となる

神は更に進んで仏となる

神は仏の化現したものである

本地垂迹説を解き明かした辻論文は、「神が仏となり、仏がこの世に化現した姿を神とする（神身離脱）」あるいは「神が仏を擁護する（護法善神）」といった理解を提示したことによって、神仏習合思想をめぐる研究史において、現在においても研究課題を規定するものとなっている。

しかし明治政府における「神仏分離令」さらには国家神道として体制付けられた信仰は、第二次世界大戦敗戦後に解体する。「神仏習合的思想」を課題として、海外に誇示すべき「日本研究」を提案する必要がなくなったとも所以して、戦後、「神仏習合」をめぐる研究は大きな転機を迎えることになる。すなわち、現存するテクストに、神と仏とを結びつけるさまざまな諸説（モノガタリ）を解読する、個々の事例を明らかにする研究へと変化していったのである。社に祀られる神を語る「縁起」はテクスト化され、さまざまな階層を唱導するために、数多くのバリエーションつまり新たなモノガタリが生み出されていったのである。そして「神仏習合的思想」をモノガタリ化したテクストは、日本宗教研究の課題であるだけでなく、日本中世文学研究の課題としても取り上げられるようになっていく。たとえば「本地物」を称される室町時代物語に関する研究も、神仏習合思想に基づいて、本地垂迹説をモノガタリ化して語ったテクストである。『神道集』をはじめとする「本地物」と総称されたテクスト群は、さまざまな社において形成された「神と仏とを結びつける縁起」とともに、日本における宗教や信仰の実態を明らかにするだけでなく、奇想天外な展開を有するモノガタリとして、つまり日本文学研究の課題としても研究されるに至ったのである。

とはいえ近年においては、各社において説き明かされた神仏習合思想（縁起・モノガタリ）を「聖教」と称されるテクストから解読するだけでなく、日本に展開した神祇信仰を記録から解明しようとする研究もなされるようになった。佐藤真人に「平安時代宮廷の神仏隔離――「貞観式」の仏法忌避規定をめぐって」（『平安時代の神社と祭祀』国書刊行会、１９８６年）、「神仏隔離の要因をめぐる考察」（『宗教研究』３５３、２００７年）、「平安時代前期における神仏隔離の制度かと宮廷仏事」（『「神仏習合」再考』勉誠出版、２０１３年）、「大嘗祭における神仏隔離――その変遷の通史的検討」（『國學院雑誌』九一巻七号）など、一連の研究があり、三橋正『平安時代の信仰と宗教儀礼』（続群書類従完成会、二〇〇〇年）また三橋正とルチア・ドルチエ共編『「神仏習合」再考』には、その巻頭に、三橋正の「序論」さらには「神仏関係の位相――神道の形成と仏教・陰陽道」ほか、日本宗教史に「神道」を問い直すべく、提言がなされている。日本における宗教は、黒田俊雄によって「顕密仏教を中心とする宗教世界」と提言されてきた。なかでも「神道」は「その一部分」さらには「独自の宗教としての独立性をもたないもの」と位置づけられてきたのである（黒田俊雄『日本中世の国家と宗教』岩波書店、一九七五年）。しかし、「神仏隔離」すなわち「神祇祭祀を営むにあたって仏教を隔離していた」事例に注目することによって、「神道」すなわち神祇信仰について、独立した宗教として信仰されていた実態を確認するに至ったのである。佐藤真人は上記「神仏隔離の要因をめぐる考察」の「論文要旨」に、神道が独立した体制において信仰されていた実態について、次のように指摘した。

神仏隔離の意識ははやく『日本書紀』の中にも認められており律令神祇制度の形成期から神道の独自性を支える要素であったと推測される。神仏習合が頂点に達した称徳朝に道鏡による宇佐八幡宮託宣事件が王権の記紀を招いたことにより神仏隔離は一層進展した。天皇および貴族の存立の宗教的根拠である天皇の祭祀の場において仏教に関する事物を接触させることは、仏教的国王観の需要を許すことになる。そこに神仏隔離の進展の大きな要因があった。さらに九世紀には『貞観式』において、朝廷祭祀、とりわけ天皇祭祀における隔離の制度化が達成された。この段階では平安仏教の発達によって仏教は宮中深く神道したことや、対外危機に起因する神国思想が作用したと考えられる。平安時代中期以降は、神仏習合の進展にもかかわらず、神仏隔離はさらにその領域を広げていった。後世の展開を見ると神仏隔離は天皇祭祀の領域に限られるものではなく、貴族社会に広く神道しさらには一般社会に規範として定着していき今日の神道を形作る大きな要因となった

三　十二世紀における勅撰和歌集と「神仏隔離」

前章に取り上げた「神仏隔離」と称される現象は、十二世紀に編纂された勅撰和歌集「神祇歌」に、神仏習合思想に基づいて詠まれた和歌が意外なまでに入集していないことと無関係ではないだろう。勅撰和歌集における「神祇歌」は、白河法皇の下命により『後拾遺和歌集』を編纂するにあたって初出した。しかし『後拾遺和歌集』に「神祇歌」として入集した和歌に、神仏習合思想を詠んだ和歌は全く入集していない。続いて編纂された『金葉和歌集』『詞花和歌集』には「神祇歌」という部立そのものが立てられておらず、後白河法皇の下命によって編纂された『千載和歌集』を編纂するにあたって「神祇歌」は部立として立てられた。しかし『千載和歌集』においても、神仏習合思想に基づいて詠まれた和歌は「五首」を入集させるのみだったのである。『千載和歌集』を編纂するにあたっては、崇徳上皇下命により、藤原俊成が部類を編集した『久安百首』を、俊成自身が重視し、そ

の編纂資料の一つとしたことが周知されている。小稿の冒頭に引用した崇徳上皇御製「道の辺の塵に光をやはらげて神も仏の名告るなりけり（神仏習合説に基づいて詠んだ和歌）」を、『千載和歌集』に「神祇歌」として入集させた事情については、特別な配慮があったことを推測させる。つまり、崇徳上皇御製を「神祇歌」に入集させることに、俊成の意義があったと推考するわけである。とすれば、特別な配慮によって入集した崇徳上皇御製を除けば、『千載和歌集』巻第十九「神祇歌」に入集する「神仏習合思想に基づいて詠まれた和歌」とは、わずかに「四首」を数えることになる。そしてその「四首」とは、『新古今和歌集』巻二十「神祇歌」に入集する「神仏習合的思想に基づいて詠まれた和歌」同様、「日吉社」と「伊勢」とを詠んだ和歌であり、またその作者も慈円（あるいはその周辺）と西行のみであると、その共通性を指摘し得るわけである。十二世紀に編纂された『千載和歌集』と『新古今和歌集』という両勅撰和歌集には、「神祇歌」として神仏習合思想に基づいた和歌を入集させることを憚る事情が存在していたと、改めて確信することができるだろう。そして、その事情こそが、「神仏隔離」と称するべき朝廷における祭祀において意識されていた現象であったと推考するわけである。

前章に取り上げた「神仏隔離」について詳細を確認するとすれば、佐藤真人や三橋正の諸論文には、九世紀後半「貞観式」において、朝廷祭祀とくに天皇を中心とする儀式において、仏事や僧尼を排除するべく規定されていたことが指摘されている。なお「神仏隔離」については、「貞観式」に先立って、「伊勢」における事例が報告されている。『続日本紀』宝亀三年（七七二年）八月甲寅（六日）条には、暴風雨による災害が「伊勢月読神の祟り」によるものと判断されたことから、度会郡に建立していた大神宮寺を飯高郡度瀬山房（神郡である度会郡の外）に移設したと記しており、しかしこの移設では足りず、祟りが治まらなかったことも『続日本紀』宝亀十一年二月朔日条には記されている。飯高郡を移設先とするには、神郡である度会郡に近すぎたのである。一方、伊勢における神仏習合思想は、天照大神と盧舎那仏が結び付いたものであり、東大寺建立の契機を想起させる。大神宮寺が建立され、丈六の盧舎那仏が造営されたのは、『続日本紀』天平神護二年（七六六年）七月丙子（二三日）条に記される、称徳天皇の治世においてだが、称徳天皇死去の後、「伊勢」における仏教は排除されていったという。『続日本紀』宝亀三年八月六日条さらには同十一年二月一日条に確認されるように、伊勢大神宮寺が神郡外に移設されたのみでなく、『皇太神宮儀式帳』（延暦二三年（八〇四年）奥書）に伝えられているように、天照大神の神勅によって仏・経・法師・塔・寺・優婆塞などといった仏教語彙を忌詞に定めたことも確認できる。佐藤真人は前掲「神仏隔離の要因をめぐる考察」に、この「伊勢」における排仏意識の影響下に、「貞観式」における「朝廷祭祀の神仏隔離」が制度化されたことを指摘しており、「神仏隔離」をめぐる要因についても次のように述べた。

神仏習合とは一線を画した伝統的神祇の領域を保持し、公事においてはあくまで神祇を仏教に優先させ、仏教の論理の浸透を防ぐために神事から仏教を隔離することが原則化されたのであろう

「伊勢」に起こった排仏意識が、その伝統的な神祇信仰を保持するために実施されたというのであれば、「伊勢」における神祇信仰が、独立した宗教として存在していたことは間違いない。そして、神祇信仰を仏教という理論に埋没させることなく、その独自性を主張する必要があったとすれば、それは朝廷祭祀なかでも天皇祭祀を支える信仰そのものであったからだろう。「神仏隔離」は天皇祭祀を支える神祇信仰であるために進められたのであり、すなわち本稿に取り上げる勅撰和歌集における「神祇歌」についても、この影響下にあった事例として加えられるのである。

まとめにかえて

小稿では、十二世紀に編纂された勅撰和歌集に入集する「神祇歌」について、朝廷祭祀と同様に「神仏隔離」を踏襲し、意識していたことを指摘した。朝廷祭祀と同様に「神仏隔離」を意識していたことには、勅撰和歌集の編纂そのものについて、すなわち勅撰和歌集の編纂が如何なる国家事業であったかについて、改めて確認させるのではないだろうか。とはいえ、「神祇歌」という部立を立てながら、神仏習合思想に基づいて詠んだ和歌を全く入集させていない『後拾遺和歌集』と、「日吉」「伊勢」に限って入集させる『千載和歌集』と『新古今和歌集』とでは、その意識の推移を指摘するべきかもしれない。「日吉」と「伊勢」に限って、神仏習合思想に基づいて詠んだ和歌を入集させた背景には、平安時代における「神仏隔離」がわづかながらに緩和された事情を読み取るべきかもしれず、その詳細については、別稿に述べることにしたいと思う。

一方、後白河法皇下命による今様集として編纂された『梁塵秘抄』の場合には、神仏習合思想に基づいて詠まれた今様を数多く伝えている。『梁塵秘抄』の編纂については、勅撰和歌集とは一線を画して考えるべきと確認させることにもなろう。なお、現存する『梁塵秘抄』については、小林芳規が次のように解説している。

梁塵秘抄を、後白河院の撰述した時のそのままの本文として、八百年後の今日において読むことは極めて困難である。二十巻に及ぶ原本は全く残存せず、わずかに巻一の二十一首と巻二とが現存するが、巻一は現存写本中の親本たる綾小路家本が室町時代の書写、巻二は五四五首の歌謡を存するものの江戸時代書写の竹柏縁旧蔵本が孤本であるからである

（『梁塵秘抄の本文と用語』『梁塵秘抄　閑吟集　狂言歌謡』岩波書店　新日本古典文学大系五六　一九九三年）

しかし現存する『梁塵秘抄』に限っても、神仏習合思想に基づいて詠まれた今様の、その数の多さを指摘できるわけである。『梁塵秘抄』巻二には「神祇歌」を収集したことを伝える標題が伝わっており、神仏習合思想に基づいて詠まれた今様も数多く収載されている。まず「四句神歌」の「神分」に

仏法弘むとて、天壇麓に迹を垂れ、坐します、光を和げて塵と為し、東の宮とぞ斎はれ坐します

と、「日吉」を詠んだ今様が記録され、「神分」三六首中十五首、「日吉」「紀州の寺社」「祇園精舎」「熊野」「石清水」「吉野」「宇治」といったさまざまな社を詠んだ神仏習合思想に基づく今様を伝えている。そして収載今様数に限らず、対象となる社が数多いことを注目されるのである。なお佐藤真人は前掲論文において、勅撰和歌集に「神祇歌」という部立が立てられた平安時代中期以降の「神仏隔離」について「政治的要因に止まるものではない」と指摘しており、次のように言及している。

平安時代以降は天皇祭祀の狭い領域に限定されることなく、広く貴族社会に制度慣行として定着していき、神国思想と関連しながら仏教との融合を排除した神祇世界の領域を広げていった

佐藤論文は「貴族社会に制度慣行して定着」した事由として「勅撰和歌集の八代集の神祇部の和歌においても、本地垂迹の思想が明確に認められるものは、『千載和歌集』崇徳院の「みちのへのちりにひかりをやはらけてかみもほとけのなのるなりけり」（一二後九番）などごく少数に限られており、大部分の神祇歌には本地垂迹の思想の片鱗さえ疑うことができない」と、小稿に取り上げる勅撰和歌集における「神祇歌」に神仏習合思想に基づいて詠まれた和歌が意外なまでに入集していない状況を取り上げる。そしてさらに

神仏習合思想は無制限にあらゆる領域を覆い尽くしたわけではなく、仏法を排除する神祇や祭祀の領域が、

いわゆる思想のレベルではなく感覚・意識のレベルにおいて根強く保持され続けていたのである。その中核となったのは、神仏隔離の原則のもとに営まれた朝廷祭祀の文化であったと述べるのである。しかし、勅撰和歌集の「神祇歌」という部立に、神仏習合思想に基づいて詠まれた和歌が意外なまでに入集していないという、小稿に指摘するような状況に鑑みるとすれば「思想のレベルではなく感覚・意識のレベル」を裏付けることは早計ではないだろうか。それは、勅撰和歌集の編纂が、朝廷祭祀と同様、国家レベルにおける事業であったと考えられるからであり、こういった事情こそ勅撰和歌集に特徴的であると指摘するべきだからである。

蘇る毒婦
――邦枝完二「お伝地獄」をめぐって――

関　肇

　江戸の歌舞伎役者や浮世絵師の芸道に生きる姿を描き、あるいは艶麗な女性物語で知られる邦枝完二が、大衆小説の書き手として本格的に活躍しはじめるのは、昭和初年のことである。彼は主に新聞メディアを舞台として長篇の連載小説を次々に発表していき、なかでも「お伝地獄」は、邦枝自身が「作家は誰でもそうであろうが、自分が気に入った作品というものは、一生の中に幾篇しか出来るものではない。(中略)たまたま「お伝地獄」は、自分でも多少得意であったし、同時に読者が歓迎してくれたのだから幸いであったが、こんなことは、おそらく十篇に一篇くらいなものであろう」[1]というように、自他ともに認める代表作として位置づけられている。

　これまで「お伝地獄」は、ともすればその連載紙面を飾った小村雪岱の挿絵にばかり注目が集まり、テクストから切り離されて評価されてきた傾きがある。確かに「お伝地獄」の成功が雪岱の挿絵に負うところは少なくないが、本来はテクストを抜きにして挿絵は存立しえないはずであり、またそのテクストも新聞メディアという独特な発表媒体に依拠していることを見落としてはならないだろう。ちょうど邦枝が新聞小説で活躍したのは、新聞メディアが急速な拡大と再編成を遂げつつあった時期に重なっている。「お伝地獄」の成立は、当時の発表媒体が直面していた状況とどのように結びついているのだろうか。また、その小説の題材である過去に実在した高橋お伝については、すでに明治初期の新聞メディアを中心として毒婦ものと呼ばれるさまざまな物語が紡がれてきたが、それから五十年以上が経過した昭和初期に発表された「お伝地獄」において、邦枝完二はどのようなかたちで毒婦ものを蘇らせ、さらにテクストと挿絵との関わりはどのようなものであったのだろうか。

本稿では、邦枝完二の「お伝地獄」について、メディアとテクストと挿絵との分かち難い関係を視野に入れて考察することによって、その新聞小説としての特質を明らかにしたい。

一　夕刊小説の潜勢力

邦枝完二の「お伝地獄」が連載された昭和十年前後の『読売新聞』は、もっとも夕刊小説が充実していた時期だったといえるだろう。「お伝地獄」は、林不忘の「新講談丹下左膳」（昭9・1・29〜9・29　以下、『読売新聞』からの引用は年月日のみを略記）の連載が終わった後を受けて夕刊三面に掲載されたものであり、一面には直木三十五の死によって中絶された「相馬大作」（昭8・11・21〜9・3・13）を三上於菟吉が書き継いだ「相馬大作続篇」（昭9・3・14〜10・10）が掲げられていた。そして「相馬大作続篇」完結後には、中里介山の「大菩薩峠　恐山の巻」（昭9・10・12〜10・6・16）の連載が始まるのである。こうした大衆文学の代表作が次々と紙面を飾っていた当時の『読売新聞』における夕刊小説の持つ意味について、以下では考えておきたい。
『読売新聞』が常時夕刊を発行し、朝夕刊セット制を実施しはじめるのは、昭和六年十一月二十五日からである。これは他紙と比べると、かなり遅いスタートだった。

夕刊専門紙を別とすれば、日本で最初の夕刊発行は、明治十八年一月に『東京日日新聞』が開始している。ただ、この頃はまだ編集・印刷の技術や配達制度の整備が不十分で、読者のニーズも低かったために、わずか一年で失敗に終わった。夕刊発行の条件が整うようになるのは日露戦争後のことであり、まず明治三十九年十月に『報知新聞』が夕刊の発行に踏み切り、明治末までに東京紙では『中央新聞』と『やまと新聞』、大阪紙では『大阪時事新報』、さらに大正末までに『大阪朝日新聞』『大阪毎日新聞』『万朝報』『時事新報』『東京朝日新聞』『国民新聞』『東京日日新聞』『中外商業新報』など、主要紙はいずれも朝夕刊セット制を導入するようになる。地方の有力紙でもまた、中央紙の地方進出に対抗するかたちで、夕刊の発行が相次いでいた。そうしたなかで『読売新聞』の夕刊発行が、後発に甘んじざるをえなかったところに、当時の新聞界における同紙の地位がうかがえる。

関東大震災の際、移転したばかりの新社屋が炎上する大きな被害を被った『読売新聞』は、大正十三年二月に社長に就任した正力松太郎による陣頭指揮のもとで再建をはかり、東京放送局のラジオ放送開始直後からその内容や解説を掲げた「よみうりラジオ版」の創設（大14・11・15）をはじめとする独自の企画を次々に打ち出し、徐々に低迷を脱しつつあった。夕刊もまったく発行していなかったわけではなく、週に一回、他紙が夕刊を休刊する日曜のみに限った「夕刊よみうり」（大15・1・10〜）を発行していた。しかし、朝夕刊セット制を採用している主要紙に対して、日曜だけの「夕刊よみうり」の発行は、『読売新聞』が併読紙の域を出ない二流のメディアであることを示すものであり、他紙のすき間を狙った小さな市場を開拓することはできても、それ以上の発展は難しい。

また、さまざまに斬新な企画を打ち出しても、やがて企画が終われば浮動的な読者は離れてしまうし、ラジオ版がそうであったように他紙に追随されてしまえば、その特色も希薄化せざるをえない。『読売新聞』の発行部数は、昭和六年には二十二万部となり、震災後に五万部に落ち込んだ七年前の四倍以上にのぼったが、すでにその伸びには頭打ちの兆しが見えてきていた。そこに追い打ちをかけたのが同年九月に始まった満州事変であり、報道体制が手薄なうえに、常時の夕刊を持たない『読売新聞』は劣勢に立たされることになった。その危機を打開し、それまでの併読紙的な地位からニュース本位の本格的な新聞へと脱皮するために、多額の投資をともなう夕刊発行へと社運をかけて踏み出すのである。[2]

その夕刊の紙面は、十三段組の四ページ建てで、一面はニュースと小説欄、二面は社会欄、三面は映画と演芸欄、四面が商況欄によって構成されていた。また、すでに先行して夕刊を発行していた東京各紙は、大正十三年七月から日曜には夕刊を休刊する協定を結んでいたが、その埒外にあった『読売新聞』は、従来どおり日曜の「夕刊よみうり」も存続させ、年末年始以外は無休で夕刊を発行して読者サービスに全力を尽くしていった。[3] さらに営業面でも販売網の確立に努めた結果、その後の発行部数は飛躍的に伸びて、昭和十年の年頭には七十万部に達し、東京市内では『東京朝日新聞』『東京日日新聞』を抜いて第一位を記録するまでになる。

夕刊発行を契機とする『読売新聞』の順調な発展にともない、その夕刊の紙面を飾る連載小説の重要性も高まっていく。新聞の紙面は、基本的に政治・経済や社会的な出来事に関するニュースと、それ以外の日常生活の話題や文化的娯楽的な記事や読み物という二つの系列によって成り立っているが、朝刊と夕刊とは、記事の取り上げ方や読み物の性格が大きく異なる。朝刊では正確かつ詳細な報道と豊かな見識にもとづく論説が肝要であり、読み物にもそれに見合うような洗練されたものが求められる。『読売新聞』では夕刊発行に合わせて、朝刊には社説が常設されることになった。これに対して、夕刊では出来事の速報性が重視され、しばしば大きな写真入りで視覚に訴える分かりやすく簡潔な記事が掲げられるとともに、読み物も肩のこらない軽いものや通俗的なものが中心となる。『読売新聞』の最初の夕刊小説は、読売の社会部長を辞したばかりの寺尾幸夫によるユーモア小説「細君解放記」（昭6・11・26〜7・4・15）であり、次いでパリ特派員の松尾邦之助が翻訳したモオリス・ルブラン原作の冒険ミステリー小説「真夜中から七時まで」（昭7・1・17〜10・15）が連載されたが、やがて菊池寛、長谷川伸、直木三十五など、人気作家を盛んに起用するようになる。なかでも昭和九年一月からはじまる林不忘の「新講談丹下左膳」は、それまでライバル紙の『東京日日新聞』（『大阪毎日新聞』併載）で呼び物となっていたのが、社内の派閥抗争により城戸元亨会長がその地位を追われ、城戸派の多数の社員が一斉退社した、いわゆる城戸事件を機に執筆が打ち切られたものであり、読売が続篇を懇請して連載を引き継ぎ、挿絵もそのまま志村立美が担当している。その連載に先立つ社告では、「「大衆の寵児」本紙に蘇る／見よ『更生左膳』の姿！」（昭9・1・21夕刊）、「丹下左膳「読売」に現はる！／『双怪』は再び起つ！」（同1・22夕刊）という派手な見出しで読者の関心をあおり、新たに設けた三面上段の小説欄に掲げられて好評を博していく。一面に連載中だった直木三十五の「相馬大作」とともに、このときから『読売新聞』の夕刊小説は二本立て編成となるのである。

　長らく読売新聞記者をつとめた高木健夫によれば、「『読売』では、小説でもなんでも、いちいち社長が口を出し、社員もまた直接、社長に話して決済を得ていた」[4]とされる。「丹下左膳」完結の後を受ける新しい夕刊小説の書き手として邦枝完二を選んだのも、またその題材を高橋お伝の一代記にするように持ちかけたのも、社長の正力松太郎だった。のちに邦枝完二は、「お伝地獄」が単行本として刊行されたときの「巻尾附言」に次のように記している。

一日、読売新聞社長正力松太郎氏躬ら予に属するに明治時代に於ける毒婦の第一人者高橋於伝を以てせらる。曾て大正の昔上梓せし拙著に「毒婦暦」なる一書ありと雖、毒婦の心情を描く亦多難言ふばかりなし。辞して受けず。数日後再び伝命到る。社長期する所ありて足下を選ぶ、大いに筆を執るべしと。茲に於て予知己に酬ゆるの意を決し、「お伝地獄」の題下に想を練ること数日、先づ興味を大専となすべき覚悟を以て初筆を染む。（『お伝地獄』昭10・7、千代田書院）

『読売新聞』からの執筆依頼があったとき、邦枝は当初、「「江戸侍」という気の弱い幕臣を主人公にして筆を執るつもりでいた」[5]という。しかし、その腹案は正力の容れるところではなかった。これについて「正力社長は邦枝の「江戸侍」の構想では、読者に「弱い」と直感したにちがいなかった」[6]との見方もあるが、おそらく問題はそれが男性主人公による時代小説であったこと自体に求められるのではないだろうか。この前後の夕刊小説は、「相馬大作」「丹下左膳」そしてまもなく連載がはじまるのが「大菩薩峠」であり、いずれも傑士や剣豪などのヒーローを描いた武勇ものが続いていた。そこに濃艶なヒロインを描いた物語を加えることにより、夕刊小説に変化と彩りを添えるためにこそ邦枝の起用が必要とされたと考えられるからである。

大衆文学が隆盛期にあった当時、時代ものや剣戟もの、あるいは股旅ものや捕物帖などで、魅力的な男性主人公を描くことのできる書き手は数多くいても、女性描写にすぐれた書き手は少なかった。邦枝完二はその得がたい存在であり、「歌麿」（『大阪朝日新聞』昭6・3・29～10・10、のち「歌麿をめぐる女達」と改題）や「おせん」（同〔『東京朝日新聞』併載〕昭8・9・30～12・13）などに、艶麗で凛とした女性を格調のある巧みな文章で表現して高い評価を得ていた。しかも、もともと永井荷風に師事し、その耽美的な作風を敬慕していた彼には、引用文で言及されているように、初期の小説集に『毒婦暦』(大5・5、日東堂)があり、「自分は自分の慕ふ「悪の美」に昔ながらの羅《うす》衣《もの》を着せしまま、同じ心の人々と共に讃へて、筆のまにまに過ぎ来し浮世の戯曲的妖艶の美を偲ばうと思ふ」(自序)として、切支丹お蝶、珠虫お蘭といった幕末維新期の毒婦たちを列伝風に描き、毒婦ものに深い愛着を寄せていた。(7) そうした得意な女性描写の才筆を揮い、毒婦もので夕刊小説にそれまでにない新味を出し、読者をより幅広く取り込んでいくことが、邦枝に期待された役割だったといえる。

正力の提案する高橋お伝の一代記の執筆をいったんは辞退した邦枝だが、「社長期する所ありて足下を選ぶ、大いに筆を執るべし」との再度の熱心な要請におされて引き受けることにする。そして早くも「お伝地獄」の連載がはじまる十日以上前に、次のような扇情的で高揚した調子の社告が発表されている。

明治十二年一月卅一日、首切り浅右衛門最後の斬罪者として、**廿九の女盛りを市ケ谷刑場の露と消えた高橋お伝**——明治初期の錯雑した世相を背景として、あらゆる男を魅惑する美貌の裡に残忍、淫奔の心を包んで、悪から悪へと進んでいつた典型的毒婦お伝の生涯は、全く数奇を極めた小説そのものであつた。当時の各新聞は挙つてこれを報道し、わけても仮名垣魯文の『高橋阿伝夜叉譚』は読書界を風靡した。

爾来五十余年、講談に、芝居に、屢々お伝は登場したが、**最も興味あるべき大衆小説にお伝の姿は不思議にも見られなかつた。何人がお伝を小説に描くか?**——こゝに濃艶の情話を描いてはわが大衆文壇の第一人者邦枝完二氏が大衆の要望に応へて奮然と起つた。氏こそこの絶好材料を生かす最適の作者である。その珠玉を彫む如き名文章に盛る得意のエロ・グロ描写は、**地下のお伝を起して、その極彩色な悪魔的全貌を遺憾なく本紙上に躍らす**であらう。(昭9・9・9夕刊、太字は原文のまま、以下同じ)

新聞小説のなかでも大衆的な娯楽小説の場合、しばしばその挿絵が人気を大きく左右する要素となる。「お伝地獄」の挿絵は、邦枝がもっとも信頼を寄せる小村雪岱に委ねられた。雪岱が最初に邦枝の新聞小説の挿絵を手がけたのは、「江戸役者」(『大阪毎日新聞』『東京日日新聞』昭7・9・20～12・28夕刊)であり、この頃から彼は流麗な線描を駆使した独特の作風を確立していく。とりわけ先述の「おせん」における挿絵が高く評価されていたが、「お伝地獄」の挿絵は一層の精彩を放ち、その小説の魅力を最大限に引き出していくことになる。

こうして「お伝地獄」の連載が開始されると、その直後から読者の大きな反響を呼び、人気は急速に高まっていった。邦枝は後年、「材料が珍らしかったせいか、或は明治初年の文明開化の横浜などが、あれこれと書かれていたせいか、読者が大喜びに喜んでくれて、翌月は発行部数が二万いくらか増えたという話を、内部の人から聞かされたり、当時の社長正力さんからは、原稿料一カ月分の賞与を貰ったりして、こちらも大いに気をよくしたものであった」と回想している[8]。まさに正力の狙いどおりの成功を収めるのであり、「お伝地獄」は邦枝完二と小村雪岱による息の合ったコンビネーションの到達点であると同時に、メディアの仕掛けた目論見が思惑どおりに的中した成果でもあったのである。

二　毒婦ものの系譜

高橋お伝をめぐっては、先に引用した社告にもあるとおり、仮名垣魯文の『高橋阿伝夜刃譚』(全八編、明12・2～4、金松堂)を筆頭に、多様なジャンルでさまざまな物語が紡ぎ出されてきた。では、邦枝完二はお伝というヒロインをどのように捉えていったのだろうか。

邦枝完二は、社告に掲げられた「作者の言葉」において、高橋お伝を「明治時代が生んだ毒婦の元締」と呼び、その毒婦性を前面に押し出している。さらに続けて、「興味中心で行く小説としたら、これくらゐ筆の執りがひがあり、同時に読みごたへのある材料はあまり他にはありません。何しろ文明開化の波が絶え間なく押し寄せて、ざん切り頭に金時計、洋傘《かうもり》ステツキ山高帽と、一切合切西洋づくめが幅を利かせてゐた世の中に、黙阿弥型の世話狂言を其まゝのお伝が奔放自在に活躍したのですから、故人尾上松助のせりふぢやありませんが、どう転んだところが、悪からうはずアござんせんや」と、その意気込みを諧謔まじりに語り、娯楽性を重視する夕刊小説にふさわしい「興味中心で行く」展開とし、「黙阿弥型の世話狂言を其まゝのお伝が奔放自在に活躍」をする物語となることを示唆している。「お伝地獄」というタイトルは、そうした毒婦をめぐる物語のコンセプトを明示するものであり、お伝の性的な魅力にとらわれた愚かな男たちが身を滅ぼしていく救いがたいあり方を地獄にたとえたものと考えてよいだろう。

しかし、お伝を語る邦枝の言説には、類型的な毒婦としての表象とは裏腹な、貞女としての見方も示されている。「お伝地獄」の連載がはじまって一カ月近くが経過した頃、彼は取材のために上州下牧村（現・群馬県利根郡みなかみ町）のお伝の故郷を訪ね、随筆「「お伝」の村へ」（昭9・10・13、14、16朝刊）を記している。現地で教えられたお伝の幼友達だったという老婆から、「こつちにゐた時のお伝さんは、毒婦どころか、なか〳〵貞女だつたよ。（中略）浪さんの病気が段々ひどくなつて、鼻へ膿が詰るやうになつてからは、よく自分の口でその膿を吸つてやつてたからな」と聞かされて感銘を受けた邦枝は、しばしばそのエピソードを踏まえてお伝の貞女性に言及している。

——お伝は毒婦どころか立派な貞女だ、と村の人達は云つてゐる。わたしもその説に異論はない。が、毒婦であるとか貞女であるとかは、実をいふとほんのちよいとした道の踏み違へに過ぎないのであつて、下駄を履いてゐると想つた人間が、草履を履いてゐたくらゐの何んでもないことに、尾に鰭が附いて語られる挙句、さうした一つの型が出来上つてしまふのではないかと思ふ。(「おきた・おせん・お伝」、『行動』昭10・6)

お伝は本当に毒婦だつたのか。色仕掛けで人を殺して金を奪つたのであるから、毒婦でなかつたとはいへまい。が、毒婦ではあつたが、良人浪之助に対しては、二人とはない貞女であつたことを、わたくしはこゝに大八車のやうな大きな判を捺して、証明したいと思ふ。毒婦で貞女。矛盾もまた甚だしいといふ勿れ。事実はどこまでも事実だからだ。(「高橋お伝は果して毒婦か」、『銀座開化』所収、昭31・12、文芸春秋新社)

確かに「お伝地獄」には、単なる類型的な毒婦ではなく、「毒婦で貞女」という二重性をそなえた、生身の女性としてのお伝が描かれている。たとえばそれは、「お伝地獄」の書き出しが、お伝が夫の浪之助の病気を治したいとの一心から夜道を急いで東京に向かうところから始められていることに明らかだろう。また、この小説には魯文の『高橋阿伝夜刄譚』に依拠しつつ改変した部分が少なくないが、魯文がお伝を母親お春の淫奔な性質を受け継いだ生来の毒婦として捉えているのに対して、邦枝の描くお伝は、偶発的な出来事や余儀ない事情により人生を翻弄されて悪事を働いていくことになる。お伝の夫である浪之助の死と古着商の後藤吉蔵殺害にいたる展開には、その差異をもっとも端的に見出すことができる。

事実としては、高橋お伝の夫波之助は、横浜でハンセン病の療養中に病死したことに疑いないが[9]、魯文はこれを自由に脚色して、お伝に掏摸の市松という情人ができたために、彼女は波之助の看病に嫌気がさし、「毒婦の本性」（五編中）を現して手拭いで波之助の首を絞めて殺害し、病死に見せかけたことにしている。一方、「お伝地獄」においては、お伝に掏摸の情人ができるのは類似しているが、そのことを知った浪之助が激怒してお伝を打擲し、匕首を振り回して無理心中をしようとして揉み合ううちに、浪之助は転んで誤って自分の胸を匕首で突いて死んでしまう。お伝にはまったく殺意がなく、浪之助の死は不慮の事故《アクシデント》として意味づけられているのである。

また、後藤吉蔵殺害という実際に高橋お伝が犯した事件は、生活の窮迫に苦しんだためであったらしい(10)が、魯文は、これをお伝が色仕掛けで次々と男たちを欺し、労せずして大金を得ようとした「毒婦の積悪」（八編上）の果ての犯罪として描き出している。これに対して、邦枝の「お伝地獄」は、横浜で出会った掏摸の情人を平岡市十郎という旧旗本として設定し、死にかけている母親への親孝行をしたいという市十郎の願いをかなえるために後藤吉蔵から金を奪おうとして殺害にいたる。つまり、お伝は自己の気ままな欲望を満足させるためではなく、「二世をかけての夫婦」（第百八十二回「鬮」九）の約束をする市十郎の親孝行を手伝うために殺人を犯すことになるのであり、そのかぎりでは悪事に走る毒婦であるとともに将来の夫に献身する貞女でもあるといえるだろう。

ただし、ここで注意が必要なのは、「毒婦で貞女」という二重性を内包したヒロインの表象が、必ずしも邦枝完二の創意というわけではなく、その力点の置き方に違いはあるが、もともと旧来の毒婦ものにも貞女としての側面が垣間見られることである。毒婦ものの誕生について江戸末期の歌舞伎を中心に考察した野口武彦は、その多くが「悪女と見えたのがじつは貞女であり、周囲の事情やら恩人への義理やらで悪事をはたらくのを余儀なくされる」という展開をたどり、その「けっきょくは「善」に動機づけられた「悪」が、「悪」独自の奥行きに乏しい」ことを明らかにし、そうした特質は明治初期の戯作文学において一層顕著なものとなり、仮名垣魯文の『高橋阿伝夜叉譚』では、「月並みで皮相な勧懲主義用語が、女主人公《ヒロイン》お伝の「悪」の実像、お伝における「悪」の実体凝視を稀釈してしまっている」と論じている。[11] その指摘のとおり、「同気あひ需《もと》め」（初編下）て波之助と夫婦となったとされるお伝は、波之助の病状が悪化するまでは夫婦一体となって行動していくのであり、悪行を糊塗するためとして批判的に語られてはいるが、「病夫の介抱なみ〳〵ならぬ貞女なりと欺かれ」（六編下）るばかりの振る舞いを示すのである。

また、『高橋阿伝夜叉譚』と競作するかたちで評判となった岡本起泉の『其名も高橋毒婦の小伝東京奇聞』（全七編、明12・2〜4、島鮮堂）や明治十二年五月から七月にかけて新富座で上演された河竹黙阿弥作『綴合於伝仮名書』においては、主として実際に裁判所での取調べの際に高橋お伝が自己弁護的に語った口供書にもとづいて、貞女としてのお伝像がより明瞭に打ち出されている。たとえば、『東京奇聞』では、波之助がハンセン病を発症したとき養父から離縁を勧められたお伝は、「一旦夫婦の約をなし偕老の契りを結ぶ上からハ生死《いきしに》さへも一所にするが女の道ときく夫が如何なる病ひをやむとも自ら求めしことならねバ治らぬまでも介抱をするが女房の役目であろ」（三編上）と反論する。そこには、「病《やめ》る夫を親切らしく介抱して離縁を堅く拒ミ貞女烈婦と人に思はせ世に厭ハるゝ癩病の夫を媒《だ》しに故郷を立去り行先々で十分に己れの慾を達せんと根づよく工《たく》ミし事なりと思ふ」（三編中）といった批判的な注釈が加えられてはいるが、少なくとも波之助の存命中は貞女めかして振る舞っていくのであり、波之助の死もお伝が殺害するのではなく、彼女に横恋慕した内山仙之助が仕掛けた毒入りの水薬によって殺されるという設定になっている。この『東京奇聞』に負うところの多い『綴合於伝仮名書』にも、お伝の貞女ぶりに関する言及はしばしば見られ、波之助の死も同様に脚色されている。しかも、そこではお伝の古着商殺害にいたる動機は、情人の田川吉太郎から金の工面を頼まれたことにあり、お伝は犯行後に「ア、こんなに苦労をするといふのも、あの吉さんが神田に居てそれ相当にして居たを、私と夫婦になつてから、終《つい》に世帯を畳んでしまひ、人の所に居る程にしたのが如何にも気の毒故、どうか其の恩返しに仮令《たとひ》此の身はどうならうとも、資本を拵へてもう一遍、何ぞ見世でも出させなければ、浮世の義理が済まぬ故[12]」（六幕目　築地河岸捕縛の場）と述懐するのである。

　したがって、邦枝完二の「お伝地獄」における「毒婦で貞女」という二重性の表象は、決して斬新なものではなく、むしろ旧来の毒婦ものの系譜に連なるものとして位置づけられるだろう。興味深いことに、ちょうど邦枝完二の「お伝地獄」が発表される十年前の大正十三年、すでに劇作家の鈴木泉三郎が同じく「お伝地獄」というタイトルの小説を雑誌『苦楽』（大13・1〜6、続篇 大13・7〜10中絶）に連載しているが、そこには邦枝のものよりもはるかに新しいお伝の表象が示されていた。この小説は、清水鈴子という若い女性作家が高橋お伝を女主人公とする小説を書くという枠組みのもとに、「お伝は女性の中の最も女性である」、「わたしに云はせれば、お伝は毒婦でもなんでもない。ただの女である。ただの女で――しかも怜悧な美人であつた。（中略）お伝はわたしたち女性の何人《なにびと》の中にも棲んでゐる。敢てわたしはいふ、お伝はただの女である。ただその運命が、われ〳〵よりやゝ数奇《さくき》であつたのに過ぎない」（一の二）と、お伝の生き方を女性の視点から全面的に肯定して描いていく。ストーリー自体も事実にとらわれず自由に改変され、お伝がみずからの性的な魅力を駆使して次々に男たちを翻弄していく展開をたどり、社会のモラルや秩序を平然と逸脱して純粋に欲望のおもむくままに生きる姿が提示されている。残念ながら鈴木泉三郎が執筆半ばで死去したために未完に終わったが、そこには男女の性的な権力関係に揺さぶりをかける可能性がうかがえる。それと比べるなら、邦枝完二の描いたお伝は、自らの人生を主体的な行動によって切り開いていく新しい女とはほど遠い、人間関係やその場の行きがかりに押し流されるようにして生きる古い女であるといわざるをえない。

だが、あらためて明治初期に流行した毒婦ものを蘇らせた邦枝完二の「お伝地獄」には、単なる焼き直しにはとどまらない、読者の好評を博するだけの何らかの独特な魅力があったはずである。それはいったいどのような点に求められるのだろうか。

「お伝地獄」の執筆をほぼ終えた頃の随筆において、邦枝はここ三年ほどの間に書いた「江戸の女を主人公にした三つの長篇」について振り返っている。ひとつは「寛政期に於ける江戸三美人の一人であつた浅草の水茶屋娘おきた」を中心とする「歌麿をめぐる女達」(昭6)、もうひとつは「明和時代に浮世絵師鈴木春信の絵に因つて評判を取つた谷中笠森の水茶屋娘」を描いた「おせん」(昭8)であるが、ここで三つめに「お伝地獄」を挙げて次のように述べていることに注目したい。

——もつともお伝は上州下牧村の産であるから、厳密に云へば江戸の女ではないが、しかもその気性は江戸の女であり、江戸の女の肚と度胸を持つてゐたので、江戸の女と云つて云へないこともないやうな気がする。

(前掲「おきた・おせん・お伝」)

上州北部の山深い村里に生まれ育った高橋お伝は、出郷以来お松という偽名を使っていたことから、当時の新聞報道においては「今鬼神のお松」(『朝野新聞』明11・10・24)、「鬼神お松と異名をとりし女泥棒」(『郵便報知新聞』同)などと称された。この江戸後期のちょんがれ節にうたわれた越後の笠松峠に住んだ美貌の女盗賊とされる鬼神のお松に見立てられたお伝が、仮名垣魯文の『高橋阿伝夜刄譚』ではさらに虚構をふくらませて、鬼薊の清吉という凶悪な博徒を父とする男まさりの悍婦として描き出されている。前田愛のいうように「鬼神のお松が、魯文の念頭にあった毒婦の原型」であり、「魯文のお伝は、都市型の犯罪者であるよりも山中を徘徊する古めかしい草賊のイメージで粉飾され」ているのである(13)。

こうした荒々しい毒婦像とは対照的に、邦枝完二はその地方という出自を度外視し、「気性」のレベルに還元して、お伝を「江戸の女」に仕立てあげていく。徳川幕府開闢以来の旗本の末裔として生粋の江戸っ子であることを自負し、江戸趣味に徹する邦枝にとって、都会的な「江戸の女」こそが「毒婦の原型」だった。彼は先に掲げた「高橋お伝は果して毒婦か」において、毒婦は文化文政期の都市風俗が爛熟の極に達し、倫理的な秩序が凋落した環境の中に生まれ、「江戸といふ温床に包まれたまゝ成長した」のであり、「『毒婦』といはれる女は、どれも芝居気の多いことに変りがない。悪事はするが、一様にシャレケを持つてゐた。こゝぞといふ所で大見得を切ることも心得てゐたし、花道の出に、見物をわッといはせる手も忘れてはゐなかつた」という見方を示している。さらに、「明治維新といふ世の激変期が、毒の華を培ふには、この上もない温床だつた」ために、「徳川期から明治に移ると、毒婦の数は俄然倍にも三倍にもな」り、「文明開化の波に乗つて、巧みに泳ぎ出したこれらの毒婦は、各自の特色を持つた悪事の経路を遺して、芝居に講釈に仕組まれては世を去つて行つた」が、彼女たちは「すべて現実的の悪どさがなく、それ〴〵に芝居の仕方を知つてゐた」ともある。邦枝の描くお伝は、そうした激動する開化期の猥雑な都市の世相や風俗をしたたかに生き抜こうとした、いわば魯文のそれとは対極的な「都市型の犯罪者」の典型として捉えられるのである。「お伝地獄」において、お伝の情人として登場する平岡市十郎が旧旗本として設定されているのも、このことと関わっているだろう。実際には、高橋お伝の情人であった小川市太郎は尾張生まれであり、明治期の毒婦ものはいずれもその事実を踏まえているが、お伝が市十郎と手を携えて横浜および東京で縦横に悪事を働いていくことになる「お伝地獄」の展開には、江戸っ子こそが同伴者としてふさわしいといえる。

しかも、読者たちの好評を博したのは、もちろん邦枝が腐心した貞女としてのお伝よりも「江戸の女の肚と度胸を持つ」奔放な毒婦としてのお伝だった。邦枝自身もまた、その読者の人気に乗じるかたちで、事実とはかけ離れた虚構のプロットを次々と組み込んでいった。高橋お伝による殺人事件が発生した当時、新聞の続きものや合巻、演劇、歌謡などのさまざまなメディアによって毒婦としてのお伝の表象が巷間に広く伝播することになったが、そのことを邦枝は、「噂は更に噂を生んで、事実は古着屋の後藤吉蔵一人を殺したに過ぎないお伝を、三人も五人もの人を殺した者のやうに云ひ触らして歩いたのだ」とし、それをさらに「お伝地獄」で肥大化させた事情を次のように説き明かしている。

わたしはその当時の噂を利用して、車夫の大八といふ人物を作り、英吉利西巻のお何を拵らへ、後閑村の藤七を出し、覚了和尚を登場させて、これをいづれもお伝に殺させた。殺さねばならないやうに作り上げて来て殺させるのであるから、読者は少しも不思議がらないであらうし、同時に痛快がつてくれるのだから面白い。しかも「女」といふ弱い者に「男」といふ強い者を殺させる興味を、読者が絶えず欲してゐることが、回を追つて行くうちに、愈々わたしに判つて来たことが楽に書ける所以だつた。（前掲「おきた・おせん・お伝」）

すでに昭和初年のエロ・グロ・ナンセンスの流行を経由した「お伝地獄」では、もはや明治初期の戯作文学に見られた勧善懲悪主義的な倫理規範は完全に解体され、お伝は芝居気や洒落気たっぷりに軽やかな身振りで次々と男たちを欺き、殺人を犯すことになる。そしてそうした「江戸の女」としての美しい犯罪者を視覚的に表現するのにもっとも適していたのは、いうまでもなく小村雪岱だった。

後に邦枝完二は、「雪岱さんの挿絵は田舎向ではなかつた。あんな燈心のやうな女ぢや面白くない、といふ見方をする人には、てんで向かなかつたであらう。同時に雪岱さんも、そんな解らず屋は相手にしてゐなかつた」と述べ、雪岱を「わたしの作品を理解して、江戸の女を本当に描いてくれる人」（「雪岱さん」、『双竹亭随筆』所収、昭18・3、興亜書院）と呼んでいる。そこで以下では、「お伝地獄」のテクストと挿絵にそくしてこの小説の魅力を探っていくことにする。

三　テクストと挿絵の往還

小村雪岱は、「お伝地獄」の連載に先立って『読売新聞』に掲げられた社告（前掲）に、「挿画の抱負」というコメントを寄せている。

高橋お伝といふやうな肌合ひの女には興味があるのですが、いままで描いたことはありません。伝法で毒婦型の妖艶な女を描くといふことは楽しみです。それに時代にも興味があります。チヨン髷もあれば、ザン切りもあるといふ風俗的にみても、明治初年の最も過渡期に当る時です。お伝の行動した場所も江戸や横浜を背景にしてゐるので面白味があります。風俗的な資料も蒐めてゐますが、とにかく精一杯に描いて江湖の御愛顧を得たいと思つてゐます。

雪岱が邦枝完二の小説で最初に挿絵を手がけた「江戸役者」のヒロインは意気と張りを身上とする柳橋芸者、続く「おせん」は涼しい色気をたたえた水茶屋娘であり、それらが江戸中後期を舞台とするものであったのとは打って変わり、「お伝地獄」では、悪事を働く妖艶な毒婦を明治初年という過渡期の時代を背景として描くことに強い関心と意欲を示していることが分かる。

その「お伝地獄」の挿絵の出来映えは、やがて雪岱に全幅の信頼を置いていた作者の邦枝にとって期待を上回る結果を生むことになるだろう。邦枝は「挿絵について」（『塔影』昭10・12）において雪岱の挿絵を絶讃し、小説と挿絵の関係を脚本家と俳優にたとえて次のように記している。

> 「お伝地獄」の場合の挿絵も、私は非常に嬉しかつた。明治初期の生活、風俗をあれ程品のよい味に表現し得る人は、恐らく二人とあるまい。空前の読者受けがしたのも、半ばは雪岱氏のお蔭だと、今でも感謝してゐる。自惚れのやうだが、雪岱氏は私の挿絵が一番描きい、のではないかと思ふし、私も亦雪岱氏に頼んで置けば必ず作品以上の味を出してくれると信じてゐるので、この点如何にも楽な気持だ。恰度自分の書いた脚本を、名人と云はれる俳優が上演してくれた場合の如きもので、自分に気付かなかつた味を更に高調してくれることがあるので、そうした場合は思はず膝を叩く心持にさへなる。

挿絵＝イラストレーションとは、本来「照らす」「明るくする」を意味するラテン語 lustrare に由来し、単に本文を説明するだけの従属的なものではなく、何かを明るみに出す主体的な働きをいうが、ここで邦枝が「雪岱氏に頼んで置けば必ず作品以上の味を出してくれる」とする場合の挿絵が果たす機能は、まさにそれにあたるだろう。しかも、「自分に気付かなかつた味を更に高調してくれることがある」という事態は、必ずしも小説の完結後にもたらされるわけではなく、新聞連載中の日々の紙面に現れる挿絵から継起的に触発されるかたちでその小説を書き継ぐ力にもなったらしい。邦枝は雪岱の挿絵に一度も注文をつけたことはなく、すべて雪岱にまかせることによってその日その日の新聞紙面に印刷された深い味わいのある挿絵に出会い、「何か挿絵に引摺られて、作品の調子が乗つて行くといふやうな感じがした」（前掲「雪岱さん」）とも述べている。その有り様を跡づけることは容易ではないが、まずは「お伝地獄」の冒頭部から見ていくことにしたい。


「ちよいと俥屋さん。お前さんそんな方へ行つちや、道が違やしないのかえ。」

「――」

「もし、俥屋さん。――」

　黙阿弥物の書割をそのまゝの土手が、四里八丁三日月の下に続いて、桜もみぢの落葉も繁く、まだ宵の八時を廻つたばかりだといふのに、あたりには犬の仔一匹うろついてゐなかつた。（「三日月」一）

　物語はいきなりヒロインの不安そうな声からはじまり、読者を出来事の渦中に巻き込むことになる。夫浪之助の病気を治したい一心から良医を求めて東京に急いで向かう途中のお伝が、人力車夫の青山大八に騙されて窮地に立たされる場面である。「連載小説は、まず書き出しの三回くらいが大切なので、わたくしはその「出」には随分骨を折った。今のように小説ずれがしていなかったし、気持が真剣であったところから、同じ個所を幾度書き直したか知れなかった」(14)と邦枝が後に回想しているとおり、読者の関心を引きつけるための工夫が凝らされていることが分かる。ここでの時代設定が、実際に高橋お伝が夫とともに郷里を出奔した明治四年末よりも二年遅らせて、明治六年十月下旬ということになっているのも、文明開化の過渡期にある時空間を登場人物たちに生きさせるために、あえて変更が施されたのだと考えられる。この年から太陽暦が採用されて近代の時間が始動し、前年に開通した新橋横浜間の鉄道に象徴される都市のインフラ整備なども本格化していくからである。

図1

この連載第一回における雪岱の挿絵（図1）は、「黙阿弥物の書割をそのまゝの土手」という本文にそくして、斜めに横切って長くうねる土手と道端のまばらな桜の樹が落葉を散り敷いた末枯れた秋の夜を描いている。俯瞰的な視点からの構図だが、上方の空間は黒く塗りつぶしてあり、奥行きはない。お伝を乗せた人力車は、寂しく広がる光景に情趣を添える点景のように画面の中央に小さく配され、夜空にあるはずの三日月は、ここでは各章ごとに入れ替わるタイトル上のカットとして掲げられている。物語の導入部らしく場面全体が提示されるのであり、土手には左端から鉤手に枝分かれした細道があり、その先で「黙阿弥物」の定石にしたがった強請場の舞台が展開することを期待させる。

それに対して、第二回の挿絵（図2）では、画面を一挙にズームインさせ、お伝が険しいまなざしで大八を睨み据えるさまが描かれている。黒一面の背景の中に二人が対峙する構図は、たじろいだ顔つきの大八をお伝の肩と並ぶ低い位置に配することによって両者の力関係を示し、一見して立場が逆転していることをうかがわせる。この緊迫感のある挿絵に興味を惹かれて本文を読みすすめていくなら、「江戸の女」としての気性を付与されたお伝が大胆な芝居気を発揮し、大八の言いなりになると見せかけて逆に相手を騙しにかかる鮮やかな手際にふれることができる。その末尾の部分で、お伝は大八の女房になることを承知する条件として、「人を一人殺しておくれよ」と言い放って大八を驚かせるのであり、ここでの挿絵はその情景を捉えたものに他ならない。

さらに続く第三回で事態は再転し、お伝が大八の虚を衝いて川に突き落とす展開をたどるが、それを描いた挿絵（図3）は、決定的な瞬間にそれぞれの人物の動きを凝縮した躍動感のある挿絵になっている。ここでは両手に全力を傾けて相手を突き飛ばすお伝の身体をローアングルから捉えることによって浮き上がらせ、大八は足だけを描いて真っ逆さまに川の中に落ちていくさまが強調されている。この場面では、お伝が大八を翻弄する洒落気をみせ、誰を殺してほしいのかと問う大八に対して、「馬鹿野郎、お前だよ」と切り返したとたんに先の行動に出るのだが、彼女のきびきびとした胸のすく立ち回りが、幕末の草双紙を思わせる迫力のある挿絵によって表現されているのである。

お伝と大八をめぐるこの一連の

図2

図3

シークエンスは、主に会話を中心とした速いテンポで繰り広げられていく。それにあわせて雪岱の挿絵は、場面全体の提示から急速なズームインへ、静止した情景から劇的な動きのあるものへとメリハリのある変化を示し、テクストに一層の生彩を加えているといえるだろう。この後に続く物語で、大八はお伝への報復に執念を燃やして執拗にその行方を追い求め、最後は横浜でお伝の色気と酒に酔わされて殺されるはめになるが、その海岸通りにおける殺害の場面で、お伝の芝居気はひとつの高潮を迎えることになる。

図4

「きつと、あたしを棄てないでおくれよ。」

「棄てるどころか、焼いて粉《こ》にして、酒で飲んじめえてえぐらゐ、たまらねえ気がしてるんだ。」

「それが本気なら、大八さん、あたしやもう命もいらないよ。」

「おめへより、命アこつちがやらアな。」

　その大八の言葉が終るか終らない瞬間、きらりと抜いた匕首は、お伝の背後に隠されてゐた。

「大八さん。」

「え。」

「嬉しいよ。――あたしやたしかに、こゝでお前さんの命はもらふから。……」

「えツ。」

が、大八が改めてお伝を見守らうとした時は遅かつた。お伝の鋭い匕首は、柄も透れとばかり、大八の脾腹を深く抉つてゐた。

（中略）

血のした、る匕首を口に銜《くは》へて三日月を仰いだお伝の顔は蒼かつた。（第八十八回「開化道」十三）

ここで匕首を口に銜えたお伝は、歌舞伎において役者が見得を切る姿を彷彿させるが、雪岱の挿絵（図4）は、テクスト以上にそれを誇張したものとなっている。まっすぐに横に引かれた線で海と仕切られた地面はあたかも舞台のようであり、その中央に両腕を腰にあてて直立するお伝は、三日月を仰ぐというよりも目の前の観客たちに向けてポーズをとるかのように見える。背後にある水平線と遙かな沖に停泊している外国船の小さなシルエット、上空に浮かぶ三日月は、芝居の書割のように平面的に描かれている。お伝の足元には血を流した大八が倒れているが、それが凄惨さを感じさせないのは、この場面の様式化された表現が、生々しいリアリティとは無縁だからではないだろうか。

この物語の中で、お伝は大八のほかに、怪しい老僧の覚了、後閑村の小悪党の藤七、そして古着商の後藤吉蔵を次々に殺害していくが、いつのまにか毒薬を盛られて頓死する覚了を別として、藤七と格闘する場面（第四十回「桜紅葉」二、図5）や吉蔵殺しの場面（第百九十七回「極楽門」三、図6）も、いずれも草双紙ふうの誇張された表現になっている。藤七にむしゃぶりついたお伝の上体を画面いっぱいに力強く描いた前者は、お伝の右手に匕首の柄がわずかに見えるとおり藤七を刺した瞬間を捉えたものだが、苦悶の表情を浮かべているはずの藤七の顔はお伝の身体によって隠されている。また、同じように後者でも、胸をはだけ髪を乱した浴衣姿のお伝が吉蔵にのしかかって剃刀を閃かす姿を大きく描いて、吉蔵がもがくさまはその両手だけを示し、それとは対照的に静かに飛ぶ

図5

図6

迷い蛍を右上に点出している。これらの挿絵は、お伝の身振りを誇張した様式的な表現によって、殺人の現場であるにもかかわらず残虐性よりもお伝の度胸のよさや覚悟の強さが前景化されているのである。

一方、こうしたお伝の悪事を描いた誇張された挿絵とは逆に、抑制を利かせた表現によってテクストを引き立てる効果をあげていると考えられるのが、エロティックな場面における挿絵である。男女の艶やかな恋愛や情事を描くのを得意とした邦枝完二は、「一旦読者の立場になつて考へる場合、最も読み応へがして身に沁々《しみぐ》と味はふことが出来るのは、男女相互の人情、云ひ替へれば「つやもののよさ」に外ならないと思ふ」として、「わたしはかなり深刻なところまで描写をしながら、しかもかつて一度として当局から咎められたり、叱られたりした覚えはない。これは正に幸運にも依るのだらうが、エロチツクな場面を書く場合でも「品」といふことを決して忘れてゐない結果であらうと思ふ」（「艶物のこつ」、日本文芸研究会編『文芸作り方講座』所収、昭11・5、桜華社出版部）と説いている。実際、「お伝地獄」には、妖艶なお伝と男たちとの官能的な遣り取りが少なからずあるが、卑俗に流れるようなことはない。たとえば、第三十六回（「芒」十）は、お伝の懇請にしたがい浪之助が東京に出ることにし、二人で睦言を交わして戯れあう場面が全体にわたって展開している。浪之助はお伝を抱き寄せて強がりを言いながら先行きの不安を紛らそうとするのに対して、お伝はしっとりとした色気をたたえて上京への期待をふくらませる。その微妙な感情の交錯するさまがほとんど二人の会話だけによって構成され、その場の情景描写は終わり近くにわずかに次のようにあるにすぎない。

二枚屏風の秋草が乱れた影に、二人はじつと口をつぐんだ。浪之助の首は、白蛇のやうなお伝の腕に捲かれたまゝ、床下で啼く昼の虫を聴いてゐた。

図７

しかし、言語のうえでは二人のなまめかしく絡み合う姿態を暗示的な表現にとどめることができても、これをそのまま挿絵として視覚化するなら露骨なものとならざるをえないだろう。このときの雪岱の挿絵（図７）は、テクストから距離をとり、お伝が秋草の乱れる枕屏風に身をもたせる姿を描いている。ここでの枕屏風が、浪之助の身体の代理表象として意味づけられていることはいうまでもない。着物を肩まで着崩し、二の腕を露わにしたお伝のしどけないポーズは、落ち着いたエロティシズムを醸し出し、画面の左下に描かれたキリギリスがそれに風情を添えることになっている。

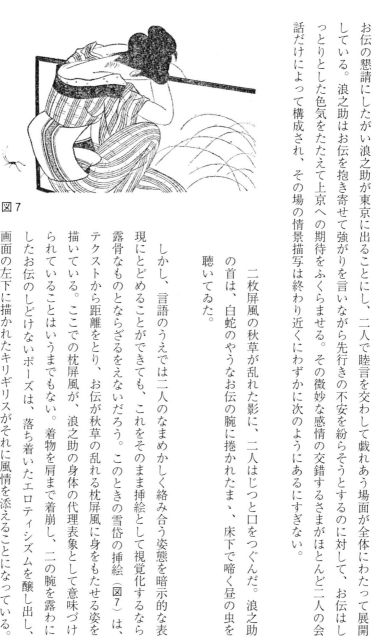

また、第百四十三回（「針」六）には、お伝が刺青をする場面があり、テクストは明らかに谷崎潤一郎の「刺青」（『新思潮』明43・11）を本歌取りした苦心の流麗な文章によって織り上げられ、お伝の裸体のエロティックな美しさを刺青師の櫓の次郎に焦点化するかたちで微細に描き出していく。

図8

この刺青《ほりもの》さへ仕上げてしまつたら、即刻血を吐いて斃れても、さら〳〵思ひ遺すことはないとの覚悟を初めにしただけあつて、次郎はまつたく真剣だつた。

しかしまた見れば見る程、何んといふ美しい肌であらう。たとへば咲き誇る李《すもゝ》の花辨《びら》を、下から静かに撫で上げたやうな胸のあたりに、こんもりとうづ高く盛り上つた二つの乳房は、二十《はたち》の処女《きむすめ》にも優つて艶《つや》々しく、触《さは》ればそのまゝ指が滑り落ちるであらうと想はれるまでに張り切つて、その乳房から緩く流れ出た腹部の起伏は、再び腰のあたりになよらかな弧を描いたまゝ、股《もゝ》から脛《はぎ》へと鯉の背のやうな線を、惜しげもなく投げてゐる美しさ。おそらく洋燈《らんぷ》の光りでなく、真昼の陽《ひ》の下に晒されたとしても、この肌ならば誰に慚づるところもあるまいと思へば、櫓の次郎は偶然にも、千人の中に一人あるかないかの美《び》肌《き》を得て、思ふがまゝのおのが仕事を遺すことの出来る喜びを、更に沁《しみ》々感ぜずにはゐられなかつた。

この場面における雪岱の挿絵（図8）は「お伝地獄」の中でもとりわけ有名であり、刺青の痛みに耐えるお伝とその背中に針を刺す櫓の次郎の上体を大きく描いている。ここでは背景をまったく抜きにすることによって二人を際立たせているが、テクストに示されたお伝のなよらかな裸体は、彼女に覆い被さるように描かれた櫓の次郎の後ろ姿に遮られて一部だけしか見えない。しかし、この挿絵を見る読者が、刺青を彫るのに没頭している櫓の次郎に共感的に寄り添う位置に身を置くなら、テクストにおいて言葉を尽くして表現されたお伝の裸体への想像力を強く喚起されることになるだろう。邦枝は「ともすれば（露骨になり易い）かうした場面を描くことは、作者に取つては一番の難事であつて、一歩踏み違へれば忽ち発売禁止の厄《やく》に会ふのだから堪らない」（前掲「艶物のこつ」）と述べているが、雪岱の挿絵は、ここでもテクストのもつ濃密な官能性を視覚的には抑制された表現とすることによって俗悪になるのを回避し、そのエロティシズムをほどよく上品なものに仕立てているのである。

では、雪岱がお伝を描くこととともに強い関心を示していた明治初年の都市風景や風俗を捉えた挿絵は、テクストとどのように関わっているのだろうか。

周知のとおり「お伝地獄」には、お伝が上京した当時架橋されたばかりの万世橋（第十三回「小春日」一）、「江戸の名が東京と変つても、少しの変りもあらう筈がなかつた」とされる火事の喧噪（第七十三回「猫」十二）、日本における鉄橋の嚆矢であり、お伝と情人の平岡市十郎が出会うことになる横浜の吉田橋（第九十一回「星明り」三）、お伝が男たちを誘惑するたびに使われる相乗りの人力車（第九十三回「星明り」五、第百八十七回「青蚊帳」三）、下岡蓮杖の写真館での撮影風景（第百十一回「雨」十）、インド人の馭者が操る横浜から東京通いの幌馬車と紋付に山高帽子の男装したお伝（第百五十回「幌馬車」一）、新橋へ向けて走る鉄道（第百六十四回「蒸気車」四）など、この点について見るべきものは数多いが、ここでは物語の中でユニークな脇役として登場する医師の杉本喜平太の服装に注目しておきたい。

起廃病院の副院長を務める杉本は、太鼓腹で頭の禿げた好色家の中年男であり、妖艶なお伝に魅せられて親切を尽くしては上手に利用されていく。彼はお伝から頼まれて上州下牧村に浪之助を診察に行くことになるが、その場面を描いた第三十四回（「芒」八）の挿絵（図9）は、蝶ネクタイにモーニング姿で傍らに往診鞄を置いて正座する杉本を画面の右側に配し、向かい合わせの中央にいる浪之助が左側のお伝と言葉を交わしている様子を描いている。杉本は浪之助が深刻な「結節癩」になっていると判りながら、お伝への下心から浪之助に治る見込みがあると嘘をつき、その勧めにしたがい浪之助が上京することにしたとお伝に語るのである。ここではテクストの末尾に、「杉本はさういひながら、ひそかに消毒薬を浸した手帛《ハンケチ》で手を拭いた」とあるのを受けて、杉本はハンケチを手にしているが、実は彼の服装については、その直前（第三十三回「芒」七）でわずかに「洋服姿の男」と言及されているにすぎない。さらに遡れば、杉本がはじめて挿絵にモーニングを着て登場する第二十四回（「小春日」十二）の柳橋の旗亭でお伝と密会する場面においても、テクストには彼の服装への言及はまったく不在である。つまり、杉本のモーニング姿は、雪岱がテクストには欠けていた細部を補い、そのキャラクターを浮き彫りにするために付け加えた要素ということになる。[15]

図9

この物語が展開する明治六年当時、モーニングを着用していた者は、「洋服の紀元」（石井研堂『明治事物起原』明41・1、橋南堂）とされる前年十一月の太政官布告によって洋服の採用が定められた官吏か、あるいは富裕で物好きな紳士くらいしかいなかった。「風俗的な資料も蒐めてゐ」（前掲「挿画の抱負」）たという雪岱は、おそらくそのことを十分に承知していたはずである。『日本洋服沿革史』（昭5・6、大阪洋服商同業組合）によれば、明治初期には「医者は多く羅紗製半マンテル型の三つ揃に、長マンテル型の外用服を用ひ」ていたのであり、また中産階級以上の人々の間に洋服が多く用いられ、「在来の日本礼装に代るに背広・詰衿・フロック・モーニング等を以つて社交上の用を務め、漸く社会化して来」るのは明治二十年代になってからとされる。雪岱の挿絵でも、起廃病院院長の後藤昌文を描いたもの（第十六回「小春日」四、第七十五回「猫」十三）では、「マンテル」（マントの意）型の医者服を着せていることを考え合わせるなら、杉本のモーニング姿がきわめて異例であることは明瞭だろう。

頭が禿げ上がり太鼓腹をした杉本には、窮屈そうなモーニング姿はおよそ似合わない。しかし、だからこそ珍奇な紳士ぶりと女性に甘いお人好しな彼のキャラクターの滑稽さは、その服装によって増幅される。先の浪之助を往診したときの挿絵でも、お伝を我が物にしようと嘘の診断をくだしながら、ひそかにハンケチで手を消毒せずにはいられない杉本の行動のちぐはぐさが、しかつめらしく端然と座したモーニング姿によってユーモラスな軽妙さをもたらしている。すなわち、テクストの内在する味わいを挿絵が明るみに出しているのである。

この後もお伝にうまく利用されていく杉本は、起廃病院が火事で類焼した際にいったん行方不明になるが、物語の後半で横浜から東京に向かうお伝と同じ汽車に乗り合わせて唐突に再登場する。その杉本がお伝に東京での住居を斡旋し、二人を乗せた人力車がそこに向かうさまを描いた第百六十六回（「蒸気車」六）の挿絵（図10）は、いつものモーニング姿に山高帽子をかぶりステッキを持った嬉しそうな杉本と、後ろに付き随うお伝を画面の下方に配し、上方には直線的に引かれた電線を縫うように飛ぶ燕をあしらっている。画面の中央を広い空白にし、人

図10

物は上体だけを切り取って人力車や地面を省略した構図は、流れるような軽快感を示している。やがてお伝は後藤吉蔵という金蔓と出会い、あっさりと杉本の前から姿を消すことになる。その意味で、再登場した後の杉本をめぐる一連のシークエンスは、本来のプロット展開からすればつなぎの役目を果たしているにすぎないが、ここでそうした寄り道をストーリーに組み込み、杉本という脇役に再び出番が設けられたのは、雪岱の挿絵によって明るみに出されたそのユニークなキャラクターが、作者である邦枝にとって捨てがたい存在へと育っていったためかもしれない。

この他にも、空俵に入れられて質屋に担がれていくお伝（第七十九回「開化道」四）、横浜の中井新兵衛商店で強請に使われる女の生首（第百七回「雨」六）、春雨の中を相合傘で歩くお伝と市十郎（第百十回「雨」九）、鏡の中に大写しになった妖艶なお伝の顔（第百七十三回「蒸気車」十三）など、すぐれた意匠の挿絵に事欠かないが、ここでは最後に、雪岱の挿絵において独特の妖しい世界を形作る闇の表現について検討したい。

小村雪岱の多岐にわたる仕事のなかでも挿絵にこそ本領があるとする鏑木清方は、「小村さんは自分の懐く美の表現を形にもとめるとき版を媒とするのが直接《ぢか》に筆に托するよりも便《たより》とされたらしい」と評して、そのすぐれた特質を闇の表現に求めている。

小村さんは闇をかくことがあれば、たいていべつたりとつぶしでゆく、細い肥痩のない線で人物草木、あらゆる物象を細描することの他は、中途の太い線や、術語でサビといふ粗い筆のカスレはあまり用ひないで、黒いところはつぶしでゆく手を用ゆる、この手がよく雪岱好みの情趣を強調するが、（中略）たとへば川端の夜景があるとする、その時の小村さんの画面には流るゝ川水にも、岸の石崖にも、真昼の描写と何のかはるところなく、紙の白地の白々としてゐて、天の一方から大地を包んで漆の如き真暗闇が蔽ひかゝつてゐる。網目のやうなハツキリした石崖も、白魚の泳いでゐるやうな水の線も、素地《きぢ》の白さと一体になつて烏羽玉の闇をひとしほ暗いものに見せる。（「序」、『小村雪岱』昭17・12、高見沢木版社）

ここで清方が例にあげている「真昼の描写と何のかはるところなく、紙の白地の白々としてゐて、天の一方から大地を包んで漆の如き真暗闇が蔽ひかゝつてゐる」という光景は、前述の「お伝地獄」第一回の挿絵を想起させるだろう。黒い天空に覆われた真昼のように白い闇の世界には、「暗香浮動の態さへあり、闇のうつゝのうつくしや、と形容したいほどである」（同前）とされるように、夢とも現実ともつかない神秘的な美しさがあるが、雪岱にはこうした白を基調とした闇の表現とは逆に、画面全体を黒一色に塗りつぶした深々とした暗闇の中に対象の際立った表徴だけを白く浮かび上がらせる、もうひとつの闇の表現がある。「お伝地獄」第百二十五回（「茶碗酒」十二）における川の中に叩き込まれた英利西《いぎりす》巻のお初、および最終回（「夏景色」十）の川を泳いで逃げるお伝と市十郎を描いた挿絵がそれにあたる。その深々とした闇の表現は、生と死という人間存在の根源的な要素に関わっている。

第百二十五回の挿絵（図11）に描かれた真っ暗な川面に逆様になった女の白い足は、横浜の長者橋から落下した

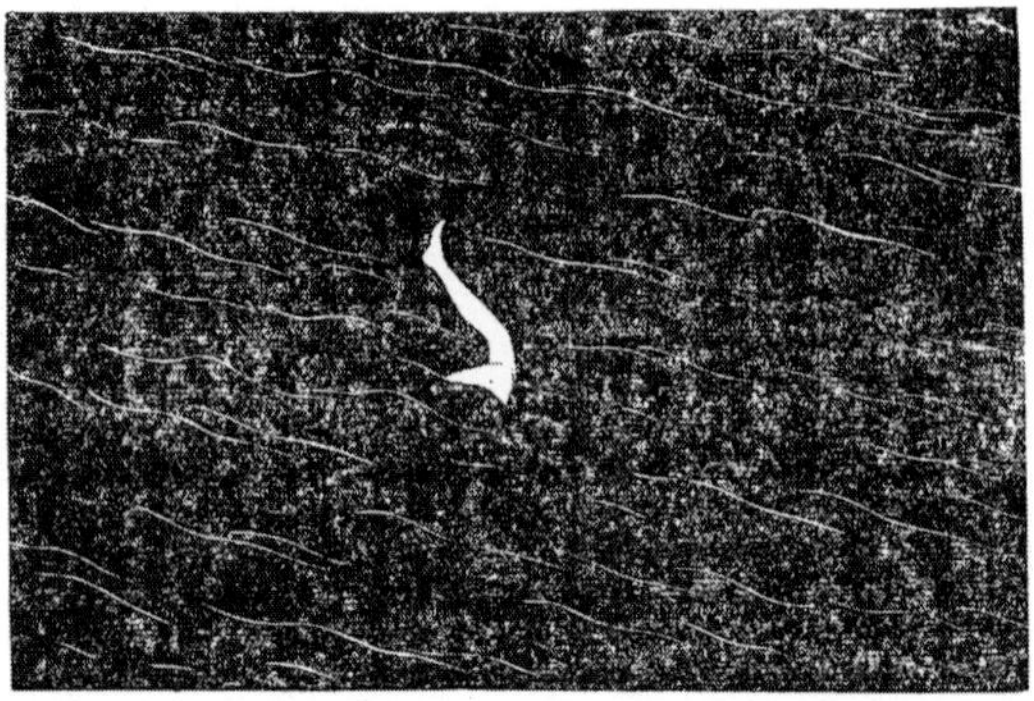
図11

お初のものだが、これは彼女が川に投げ込まれたその一瞬の様子をストップモーションのように静止画として捉えたものでは決してない。お初はすでにこの前の回（第百二十四回「茶碗酒」十一）で、お伝が中井新兵衛商店から騙り取った大金の分け前を要求して二人で格闘していたところを、通りかかった市十郎に川に投げ落とされたときに死んでしまうのであり、ここではそのお初の死体が逆様の状態のまま川を流されていくのである。しかも妖しげにむき出しになった細く白い女の足だけが川面に浮かび、ほかは水中に没している構図となっていることは重要だろう。この場面のテクストにおいて、市十郎とともに橋の上に佇むお伝は、繰り返し死んだお初のことを思い、「だけどお初ツて女は、考へりや可哀さうなことをしたねえ」としみじみと同情して涙する。英利西巻のお初は吉田橋の夜鷹をしていた女であり、同じ稼業に手を染めたことのあるお伝は、お初の哀れな死を他人事として片付けることができない。川面に白い足だけを浮かべた挿絵の構図は、そうしたあり得たかもしれない自分をお初の死に重ねるお伝の心象風景を映し出している。その広々とした川には起点も終点もなく、女の死体は永遠にこのままの状態で漂いつづけることになるだろう。

それに対して、最終回の挿絵（図12）には、哀れな死を指向する世界とは裏腹な、たくましい生を指向する世界が表現されている。深い闇に包まれた奥利根の流れを横切り、その水面に頭と手足だけを出して泳ぐ市十郎とお伝の身体から白い水飛沫がたなびいているのは、川の急な勢いを示すものであり、それに抗いながら泳いでいく

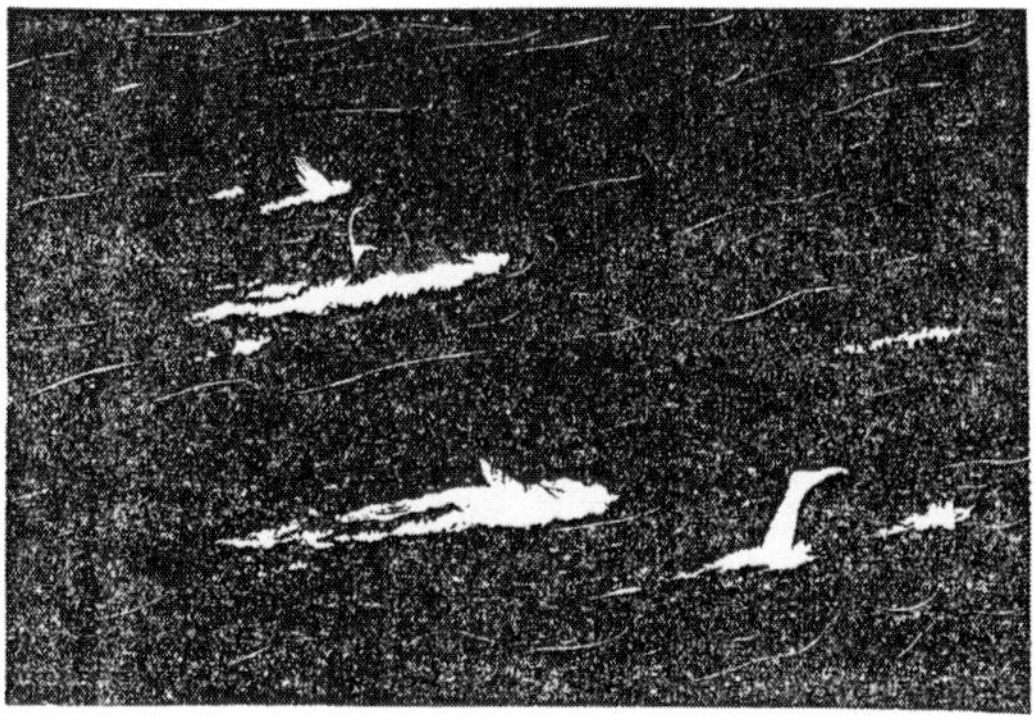
図12

二人の姿には力強さがある。この物語は、後藤吉蔵殺害後いったん上州下牧村に身を隠したお伝と市十郎が、再び東京を目指して出発したところを捕吏に見つかり、奥利根の流れに身を躍らせるところで終わり、テクストの末尾は「漸く白みそめた濃紺色の空に、星の光は淡かつた」という描写で閉じられているが、挿絵ではそれよりも一歩進めて、川に飛び込んだ二人が水面に浮上して逃げのびていく光景を描いている。「江戸の女」としてのお伝も旗本崩れの市十郎も、文明開化の時代にすんなりと適応することはできず、悪事を重ねて生きていくしかない。しかし、彼らは内省や葛藤に苦しんだり諦めたりすることなく、ひたすら行動しつづける。その前途の見えないままに懸命に生きようとする二人の泳ぐ姿を暗闇の川の中に捉えた挿絵が、オープンエンドで結ばれるテクストのさらに先にあるべき二人の行方への関心を強く喚起するものになっていることは疑いない。

邦枝完二は「お伝地獄」の完結後、その続篇として「お伝情史」を雑誌『現代』（昭10・9〜11・10）に発表し、小村雪岱が引き続きその挿絵の筆を執った。さらに二人は、新聞小説「喧嘩鳶」（『大阪毎日新聞』『東京日日新聞』昭13・8・7〜14・2・14夕刊）においても見事なコラボレーションを展開して好評を博したが、昭和十六年十月に雪岱が急死したことで、邦枝はそのもっとも信頼すべきパートナーを失うことになる。

その雪岱を追悼する文章に、邦枝は「今後わたしの新聞小説がどうにか変化するとしたら、それは時勢のためなんぞではなくて、雪岱さんを亡くしたがためだといってよからう」（前掲「雪岱さん」）と記した。作者にとって挿絵画家の存在がいかに大きいかを語った言葉として、これほど痛切なものをほかに見出すことはできない。

挿絵との緊密な関係をとおしてテクストが生成されるとするなら、それは個人のオリジナリティにもとづいて高い芸術性を追求しようとする近代的な文学観とは遠く離れたものといわざるをえない。しかも、そのテクストの成立の前提として、発表媒体であるメディアをとりまく事情が深く関与している場合、それは見方によっては功利性を追求する資本主義の論理に支配されたものとして批判されなければならないだろう。しかし、特定の文学愛好者ではなく、不特定多数の幅広い層の一般読者を対象とする新聞小説においては、何よりもまず「面白くなければならない」ず、「読者達にとつてはその日その日が面白く読めて明日の朝刊や夕刊が待ち兼ねるやうな小説を望んでゐる」（菊池寛「連載小説論」、『新文芸思想講座』昭9・1、7、文芸春秋社）とすれば、作者が独自に培った構想をそのまま展開していくよりも、自己とは異質な見方やジャンル、メディアの戦略などとの対話をとおして物語を練り上げていくことが、その面白さを実現して小説の成功につながることもある。邦枝完二の「お伝地獄」におけるメディアとテクストと挿絵との相関関係は、そのことを端的に示している。新聞小説には、芸術的な評価軸によっては割り切れないさまざまな錯綜した要因があり、それらの絡まり合う網の目を慎重に解きほぐしていくことが求められるのである。

注

（1）「「お伝地獄」当時」（『大衆文学代表作全集』月報19、一九五五・九、河出書房）

（2）『読売新聞百年史』（一九七六・一一、読売新聞社）参照。

（3）『読売新聞』の日曜夕刊は、東京の主要紙八社の申し合わせにより昭和十年七月七日に廃止される。

（4）『新聞小説史　昭和篇Ⅱ』（一九八一・一一、国書刊行会）

（5）注（1）に同じ。
（6）注（2）に同じ。なお、「江戸侍」という同題の短篇小説が、邦枝完二の『読切小説自選帖』（昭17・6、文松堂）に収録されている（初出未詳）。戊辰戦争当時、彰義隊の蹶起を愚挙であると批判し、「腰抜け野郎」と罵倒されても泰然自若としていた貧乏な旗本の主人公が、身内の諫死によりやむなく参戦して討死する物語であり、邦枝のいう「気の弱い幕臣」を反語的な意味で捉えるなら、この小説は当初の構想と同じ腹案にもとづくものと考えられる。
（7）なお、邦枝完二は、『毒婦暦』以前の大正三年二月五、十、十二、二十日の『時事新報』に、同じく「毒婦暦」と題して、夜嵐お絹、鳥追お松などを散文詩めかして描いている。
（8）注（1）に同じ。
（9）田村栄太郎『妖婦列伝』（一九六〇・一一、雄山閣）参照。
（10）同前。
（11）「毒婦物の系譜」（『国文学』一九七六・八）
（12）引用は『黙阿彌全集』第24巻（大15・11、春陽堂）による。
（13）「高橋お伝と絹の道」（『幻景の明治』所収、一九七八・一一、朝日新聞社）
（14）注（1）に同じ。
（15）杉本喜平太は、第五十四回（「初時雨」四）で起廃病院の書生部屋に現れるときには普段着の和服姿であり、同じ日にお伝と浪之助の滞在する旅宿を訪ねる第五十八回（「初時雨」八）では羽織袴姿となる。これらの場合は、いずれもテクストに服装への言及があり、挿絵もそれにしたがっている。

付記

本研究の一部は、平成二十八年度関西大学国内研究員研究費によって行った。記して謝意を表します。

火野葦平「石と釘」「亡霊」考察
――水木しげる漫画「小便」との比較と九州地方の伝説をふまえて――

増田周子

はじめに

火野葦平は、生涯河童を愛した。『河童曼陀羅』（昭和三二年五月一〇日、四季社）という自身の四三篇の河童小説を収録した天金、背革で作成された大変瀟洒な本を、限定一二〇〇部で発刊し、その一冊一冊に火野葦平という自筆署名を入れて頒布したり、『河童昇天』(1)『河童会議』(2)『河童十二話』(3)など河童という言葉の入った随筆集を数多く発行している。火野は、「序　怪異について」(4)で、次のように記している。

私はお化けが好きである。河童も妖怪変化の類といってもよいから、河童の物語を四十篇も書き、絵筆をとれば河童ばかりを描く私は、すでに人間を落第しているのかも知れない。旅すれば、そこに河童はいないかと聞き、いるといえばどんな河童かと聞く。河童も所によって同じでない。

火野は旅をしても、河童を探し求め、絵を書き、河童の色紙を頼まれれば書いてやり、さらに、「私は河童にとりつかれているのかも知れない」[5]とか「河童と同居しているみたいだ」[6]などと述べる。これほどまでに河童を愛好し、五三歳で逝去するまでに、数多くの河童の小説、童話、エッセイなどを残している。火野葦平文学を考えるうえで、河童物は重要な意味をしめる。ただ、これまで、ほとんど火野の河童物と称される作品群は研究されてこなかった。そこで、本稿では、九州地方の河童伝説をもとにした火野の「石と釘」、同じく河童物の「亡霊」そして火野の「石と釘」「亡霊」を典拠として改変した水木しげるの漫画「小便」をとりあげ、比較検討してみたい。なお、作品テクストは、『河童曼陀羅』の「石と釘」「亡霊」を用い、水木しげる作品は『河童膏』[7]収録の「小便」を用いる。

一　「石と釘」の成立

火野葦平の「石と釘」は、昭和一五年七月一〇日発行の『九州文学』（通巻二一）に「伝説」という題で発表された。そして、『伝説』（昭和一六年五月三〇日、小山書店）に収載される際に改題し、「石と釘」というタイトルにした。「一〜八」章に分かれた短い小説である。葦平生前の「石と釘」収録本を次にあげておく。なお、最初に改題はされたが、その後、収録されるときも特に目立った加筆修正はない。

1. 『伝説』（前掲書）
2. 『石と釘』（昭和二二年二月二〇日、東京出版）
3. 『河童〈春陽堂文庫〉』（昭和二四年一一月一五日、春陽堂）
4. 『かつぱの皿』（昭和二七年一二月一五日、学風書院）
5. 『河童ものがたり』（昭和三〇年一二月一五日、新潮社）
6. 『河童曼陀羅』（前掲書）
7. 『かっぱ物語』（昭和三二年六月一日、青葉書房）
8. 『火野葦平選集　三巻』（昭和三三年七月三〇日、東京創元社）
9. 『少年少女文学風土記＝ふるさとを訪ねて＝　第六巻』（昭和三四年一一月一五日、泰光堂）

まず、考察にあたって「石と釘」の内容を確認しておく。

「石と釘」は、忙しく働いている鍛冶屋に、乞食のような堂丸総学という名の山伏が、縄張り争いのために合戦を続けている島郷と修多羅の河童群勢を封じるために、一尺ぐらいの長さの釘を作ってほしいと頼む場面から始まる。合戦で戦死した河童の死体のどろどろの青汁が散らばり、農作物は腐り被害は甚だしく人々は困らされていた。最初は釘を作ることに応じてはくれなかったが、毎日通いつめ、ついに丹念に一本の釘を作ってくれた。山伏が河童封じの釘を作らせたことを聞きつけた河童たちは、河童同士で戦争している場合ではないと慌てて和平した。河童の敵は、この日から山伏となったのである。山伏は、北九州若松の高塔山にある雨に朽ちた御堂の中にある石の地蔵尊の前に端座して護摩をたき、高らかに経文を唱えた。何日も、ものも食べず、ただ一心不乱に地蔵尊の身体を柔らかくするために祈祷したのである。河童も、女に化けて誘惑したり、糞尿の臭気をまき散らし必死で邪魔をしたが、山伏の持っている経文の威力には勝てなかった。何日かすると、地蔵尊の肌が柔らかくなった。そこで、山伏は金槌で地蔵尊の背中に釘を打ち始めた。河童たちは、封じ込められまいとして、山伏に鋭い爪をたてたり噛みついたりした。山伏は傷だらけになって力尽きて倒れたが、河童たちも青いどろどろの液体になって溶けてしまった。山伏は本願を遂げたのである。作品の最後は、次のように締めくくられている。

私は高塔山に登り、その頂上の石の地蔵尊の背にある一本のさびた釘に手をふれる時には、奇妙なうそざむさを常におぼえるのである。さうして、その下に無数の河童が永遠に封じこめられてゐるといふ土の上に、やうやく萌えはじめた美しい青草をつくづくながめるのである。

主人公「私」が高塔山に登り「奇妙なうそざむさ」を感じながらも、この河童封じの地蔵尊の背中に打ち込まれた釘をさわりながら、山伏に思いを馳せる。荒れ果てた土地から解放され、ようやく平和になり、美しい青草という生命の息吹を眺めるという終わりになっている。戦時中の、昭和一五年、日中戦争ただ中に描かれたにも関わらず、作品には平和を願う思いが込められている。

二 「石と釘」典拠の福岡県若松地方の民話

先に説明したように、火野葦平の「石と釘」は実に短い小説であるが、この話は福岡県に伝わる「河童の駒引き」伝説がもとになっている。和田寛編『河童伝承大事典』には、福岡県「河童の駒引き」として次のように記されている。

昔、修多羅村の庄屋の家の作男が、近くの池で馬を洗った後、堤の木に馬を繋いで家へ帰ってきた。しばらくすると、その馬が嘶きながら駆け戻ってきたので、よく見ると、足に河童がしがみついていた。さっそく捕らえて、殺そうとすると、河童がしきりに詫びたので、石地蔵の背中に舟釘を打ち込み、これが刺さっている間は悪戯をしないことを約束させて、放してやることにした。

この地蔵を安置したのが高塔山で、それ以後、毎年大晦日になると、村人たちがこの「河童封じの地蔵尊」に参詣して、背中の釘の有無を確かめるしきたりがあるという。(8)

このような話は民話として、福岡県北九州市若松地方に伝わっていたのである。高塔山という山は、福岡県北九州市若松区大字修多羅にある、標高一二四mの低い山である。現在でも、「河童封じの地蔵尊」として親しまれている釘を背中に刺した地蔵が、その山にある。釘を刺した地蔵とは珍しいもので、河童の駒引きという、馬を池や沼に引きずり込む河童の悪行を戒めるための釘であった。この地蔵の正式名称は、虚空蔵菩薩で、所有主は北九州市若松区の安養寺である。(9) 高塔山で平成二八年に筆者が撮影した「河童封じの地蔵尊」の写真を三枚あげておく。

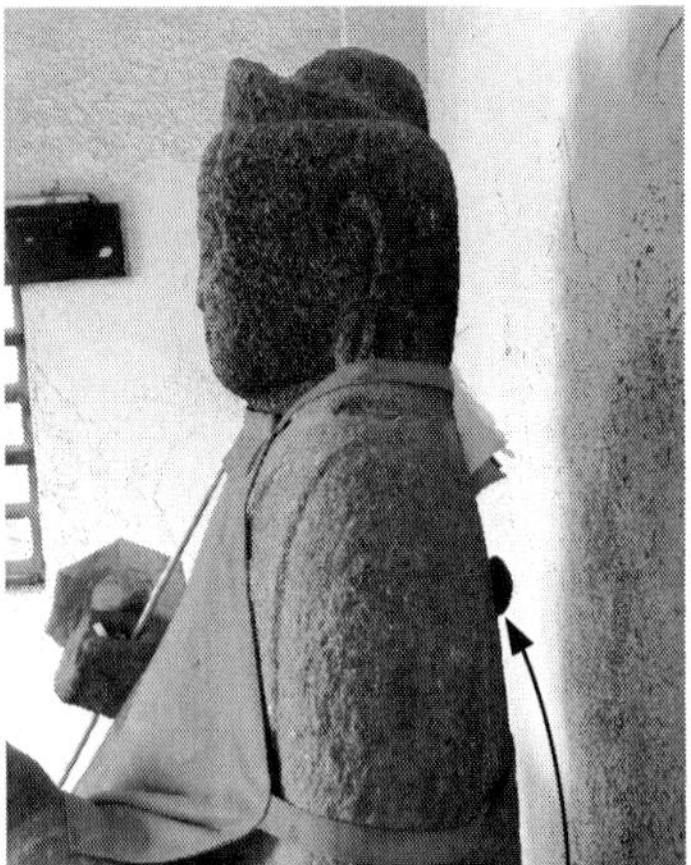

河童封じの釘

火野葦平も、高塔山の地蔵について、母の語る話を「河童正月」というエッセイで次のように記している。

「お母さんはその釘のことでこんなことを聞いたことがあるよ。小石の誰やらさんという庄屋さんのところに河童が悪さをしに来た。その河童が厩の中にちよろりと入るのを下男が見つけた。河童は妙に馬が好きで、よく、馬の尻尾にぶら下がったり、馬を川に引きこんだりする。下男は大急ぎで厩の戸を閉めて、錠前を下してしまった。河童は困って、その何日目かに庄屋さんの夢枕に立った。もう決して悪いことしません、私が居らぬと家族が困ります。約束の印に高塔山の石地蔵さんの背中に釘を打っておいて下さい。その釘のある中は悪さをしません、ひと月に一度づつその釘を見に山に参ります、と河童がいうたので、厩から出してやった。河童は痩せてしまうて、全く動けずにくたりとなって居った。早う帰らんかというと、頭の皿に水を一杯お願いしますというので、水をかけてやると、急に元気づいて、飛ぶように栄盛川のほうに走って行ったというのだよ[10]」

この火野の母が語った話は、和田寛が編纂した『河童伝承大事典』に収載されている福岡県「河童の駒引き」と同じような話であり、火野の弟の政雄も「この話は私も小さい時よく聞かされた[11]」と述べ、「昔から修多羅村には、こんな話がいい伝えられていた」とし、より詳しく説明しているので、念のために紹介しておく。

「修多羅村の庄屋がある時、池で馬に水を飲ませ、つないでおいて家に帰った。ところが厩で変な馬のいななきがするから、行ってみると、つないでおいた馬が帰っていて、しかも厩の中には河童が一ぴき小さくなってうずくまっていた。すぐ捕えて縛ったら、河童はもうこれから悪戯はせぬからとしきりにことわりをいう。この河童は馬を池の中へ引きずりこもうとして力およばず、馬から逆に厩まで引きずってこられたのである。庄屋は河童をゆるしてやり、その時ぜったいに修多羅村の者を池に引きこんではならぬと約束させた。高塔山の地蔵の背に釘を打っておくから、その釘のある間はぜったいに悪戯をするなと念をおし、河童をはなしてやった。それいらい修多羅村の者で水死する者がなくなった。河童は毎年一年の終りに釘の有無をたしかめるため、高塔山へ登ってゆく。そして釘があるので、いつも首うなだれ、すごすごと山を下ってゆくのである。(12)」

和田寛の集めた福岡県「河童の駒引き」、火野葦平の母の語る話、弟の政雄が整理した伝説を並べてみた。いずれも、河童が馬を川に引きこもうとするが、庄屋に見つかってしまう話だ。河童が謝るので許してやり、その代わりに高塔山の石地蔵に釘を打ち込み、その釘がある間は河童に決して悪戯をしないと誓わせる内容になっている。(13)あくまで、地蔵に打ち込む釘は、河童の駒引きを封じこめるための釘である。一方、火野の「石と釘」は、縄張り争いの戦闘にあけくれた河童たちを封じ込めるための釘である。すなわち、福岡県若松地方の民話をもとにはしているが、「石と釘」は大幅に創作して改変され、河童の戦闘を鎮める話にしている。火野葦平も「釘のため、多くの河童が地中に封じこめられているという伝説を古老から聞き、『石と釘』を書いた。釘を打たれているのは地蔵尊ではなく、虚空蔵菩薩のようである。昔、高塔山が虚空蔵山と別称されていたのは、この石仏のためではないかと思われるが、今は地蔵尊で通るようになつてしまつた。むろん、『石と釘』は伝説に私のフィクションをまじえた作品で、私はこの小篇が気に入り、これをきつかけに、その後、ぞくぞくと河童短編を書くようになった」[14]と述べていることから、「石と釘」は福岡県若松地区に昔から伝わる釘を背中に刺した地蔵にまつわる「河童の駒引き」伝説をもとに、創造性を駆使してつくりあげた小説だとわかる。

三　「石と釘」の現在の状況

二章で記したように、火野の「石と釘」は、福岡県若松地方に伝わってきた民間伝承とはかなり異なる話である。あくまで、伝説をもとに火野が創作したフィクションである。北九州市若松区の高塔山の、「河童封じの地蔵尊」には、平成二八年現在北九州教育委員会による説明書きの立札が立っている。一部引用してみたい。

背中に大きな釘を打たれたこの坐り地蔵には、修多羅村の河童の話が伝えられています。馬を池の中に引きずりこもうとして失敗した河童を庄屋が捕まえ、地蔵の背中に舟釘を打ちこんで、釘のある間はいたずらをしませんと河童に誓わせたという話です。

作家の火野葦平（一九〇六―一九六〇）は、この河童の駒引伝説をもとにした作品を、昭和一五年「九州文学」に「伝説」という題で発表し、のちに単行本に収めるとき「石と釘」と改題しました。今では、葦平の小説の方が有名になっています。

この立札は、福岡県北九州市若松地区に伝わる「河童の駒引伝説」を正しく説明し、高塔山の「河童封じの地蔵尊」の由来について、しっかり記しているので間違いはない[15]。だが、最近は、どうも、伝説と火野の「石と釘」が混乱しているようだ。つまりは、北九州市若松地区の「河童の駒引伝説」がすっかり忘れられて、あたかも、「石と釘」が「河童封じの地蔵尊」の由来となった民話のように語り継がれているのである。例えば、昭和五〇年から平成六年までTBS系で全国テレビ放送され、市原悦子と常田富士男のナレーションで語られて小さい子供から大人までが親しんだ「まんが日本昔ばなし」では、「河童地蔵」と題して、「河童の駒引伝説」の内容ではなく、「石と釘」の内容に極めて近い話がとりあげられた。「日本昔ばなし」であるはずなのに、伝承ではなく、火野の「石と釘」のフィクションの方で語られ、放映されたのである。ちなみに、この「河童地蔵」は、日本児童文学者協会編『福岡県の民話〈ふるさとの民話一五〉』（昭和五四年一〇月一日、偕成社）に収録の、水上平吉が北九州市の民話を再録した「河童地蔵」を出典として、昭和五九年六月一六日に初めて放映された[16]。本にもテレビ放映でも、原作の火野葦平「石と釘」については全く触れられていない。「石と釘」の内容が、昔から伝わっている福岡県の民話のように、『福岡県の民話〈ふるさとの民話一五〉』に収録されて、それをもとにテレビ放送されたのである。それだけでなく、西日本リビング新聞社が運営するネット配信「リビング福岡・リビング北九州[17]」では、「北九州の民話〈其の六〉」として、小倉南区に拠点をもつ「劇団　響座」の梅田清美さん（下関市在住）が、地区の方言を取り入れて語った「カッパ地蔵（若松区）」という民話を配信している。この「カッパ地蔵（若松区）」の内容は、「石と釘」の内容そのものである。なお、この「カッパ地蔵（若松区）」の出典は、北九州市が「北九州市美しいまちづくり基金」事業として発行する民話と伝説マップ『北九州むかしばなし』（平成一四年一〇月日付なし、北九州市芸術文化振興財団）であり、北九州市も、「石と釘」の内容は、火野葦平の創作であるということを強調せず、もともとから伝わっている『北九州むかしばなし』の「カッパ地蔵」として広めているのである。つまりは、先にあげた立札の「今では、葦平の小説の方が有名になっています」とあるように、もともと口伝えられてきた民話の「河童の駒引き」伝説より火野の「石と釘」の方が、いつの間にか、福岡県の方々に好まれ、長い年月を経てもとから在った伝説のように次第に語り継がれるようになってきたようだ。

このことは、火野葦平の功績によることも大きい。北九州市若松区の現在のホームページには「火まつり行事」として次の如く記されている。

昭和二九年に、若松区出身の芥川賞作家火野葦平が、「戦後のすさんだ世の中を明るく照らそう」と、高塔山の頂上でかっぱ達を招待する祭りを初め、これに賛同した多くの人々が、高塔山を目指し、たいまつを掲げて登ったのが始まりです。

この「かっぱ祭り」と「たいまつ行列」をあわせて「火まつり行事」と言います。

美しいたいまつの行列が、まるで輝く糸で山肌を縫うように進む光景は幻想的です。

例年、多くの皆様にご参加いただいております。(18)

ちなみに本年は、平成二八年七月三一日にこの「火まつり行事」が行われた。昭和二九年に始められてから、毎年夏に六〇年以上も続いている。また、火野の生前は、この「火まつり行事」の時に火野自ら書いた河童の祭文が高塔山の「河童封じの地蔵尊」の前で彼自身により読み上げられていた。弟の玉井政雄が、昭和三三年の祭文を写しているのでここにあげてみる。

祭文

高塔山の河童諸君へ本年もまた物申す。すでに諸君と相会すること、年々、数を重ね、その親密の度は加はるといえども、諸君の業績や、すこぶる緩慢、且つ、不成績にて、本年はちと文句をならべ、背の甲羅にヤイトをすえんと思ふなり。但し、去る八月一日、かっぱ祭の日、朝より天を曇らし、雨を降らし、風を加え、数十年ぶりの大旱魃に潤ひを与えたるは賞すべし。祭はのびたるも旱天の慈雨は万民をよろこばし、息をつかしめ、田の稲をよみがへらせたり。その褒美として水道断水の折にもかかはらず、頭の皿用として特級水をまんまんとたたへて供へたり。次は文句。日本と世界のいつまでもよくならぬのみならず、だんだん悪くなるは如何したるにや。河童の神通力をもつて乱世をユートピアに化せしむこと、数年前の約なるに、汚職、暴力、貧乏はいよいよはびこり、中東は動乱の巷となる。奮起せよ、河童諸君、早々に緊急会議をひらき、日本と世界の平和のために全力をいたすべし。もちろん地元の平和と幸福を忘るべからず。

右、本年はちとヤイトをすえたれども、われらが平和の念願を諒として、胡瓜、なすびをくらひて踊りだしたまへ。

あなかしこ

昭和三十三年八月十一日

火野葦平(19)

この祭文にあるように、火野は、河伯とも呼ばれ、水神としても知られる河童の神通力をもって、世界に平和をもたらしてほしいと願っていたようだ。毎年夏に「河童封じの地蔵尊」の前で火野自ら河童たちに向けた祭文を読み、火野の死後も「火まつり行事」が続けられてきたことから、火野の小説「石と釘」が、庶民の間に広く浸透し、いつのまにか、北九州市若松地域に伝わる伝説が、あたかも「石と釘」そのものであったかのようになっていったのだろう。

「河童封じの地蔵尊」と葦平（河伯洞提供）

四　火野葦平「石と釘」「亡霊」を典拠とした水木しげる漫画「小便」

一　火野葦平「亡霊」の比喩するもの

水木しげるは、「石と釘」を典拠として、漫画「小便」を描き、昭和四四年一二月四日の『漫画アクション』に発表した。その後、表紙に「火野葦平作河童曼陀羅より」と記された『河童膏』（昭和四五年九月一日、双葉社）に収録された。なお、「小便」は、火野の「石と釘」だけでなく火野の「亡霊」（『文学界』昭和二二年八月一日）をミックスさせて構築した漫画である。水木の「小便」は、前半は火野の「亡霊」、後半には火野の「石と釘」がふまえられているが、最終的な結論は、火野の作品とは全く異なる。

「亡霊」は次のような話である。これまで何人もの旅人が通ったが、急ぎ足で駆け抜け、決して立ち止まることのなかった鬱蒼と茂った森林の淵の傍に一人の盲目の男がやってきた。淵からは、しばらく足を止めて、栗の木の下の石に座って話を聞いてほしいと哀願する声が聞こえた。その男は、淵の声の言うとおりに石に座った。淵は水源もなければはけ口もない、青苔を溶かしたようなどろどろの水で糞尿よりも強烈な悪臭を放っていた。声の主は、自分は河童だという。そして、今は、形も影もなくなって液体になったこの淵が自分たち河童の姿だという。そして、なぜ自分たち河童がこのような姿になったのかを語り始める。百年前まで、この山間には千匹ほどの河童が仲良く楽しく、桃源郷かと思われるほどの様子で住んでいた。誰も支配しようなどという威張った気持を持たず、みな幸せそのものであったが、ただただ退屈していた。ある日、鼻曲がりで皿の色が茶色の、仲間から重きをおかれていない河童が、一つの実験を提案した。それは、ここに住む河童全員で一斉に声を出してみるとどんな音がするかという実験だった。退屈だったので、全員、早速実行しようとした。語っていた河童は、自分が大声を発したのではどんな音がするのか、皆の声を聞くことができないので、自分は声を出さないでおこうと決めたという。そして実験の日が来た。鼻曲がりの河童が、合図をした。すると、大きな声が鳴るかと思えば、なんの音もせず全くの静寂が訪れた。なんと、全員の河童が、どんな音が鳴るのか、自分だけが聞いてみたいと思って声を発しなかったのである。そこで、鉄の規律の掟が冷酷にも河童たちの頭上にくだり、平和な生活は一気に崩れ、河童たちは、青いどろどろの液体になり、破滅し、淵となったのだった。この淵は、水源も出口もないため、腐り続けるのみである。そうして平和な日を思い起こし、悔恨と悲哀と苦悩を味わい、ただ嘆息するばかりの日を河童たちは送っていた。河童は、話を聞いてくれたことに感謝し、自分の胸の苦しみが和むと喜んだ。話が終わるとすぐに、盲目の男は淵に小便をしようとした。小便をかけられると原型、つまり、河童に戻るのだ。語っていた河童は、絶対にもとの姿には戻りたくないので、小便をかけないでくれと男に哀願するがとうとう小便を淵にかけられるシーンで、この物語は終わる。

「亡霊」は、このような不思議な小説である。火野はいったい、この小説で何を描こうとしたのであろうか。「亡霊」テクストをより注意深くみていこう。この作品で語りかける河童は、盲目の男が言うとおりに栗の木の下に座ってくれたため、次のように喜びを語った。

> わたくしはうれしさで涙の出る思ひがいたしました。あなたはきつとあしへいさんの友人にちがひない。われわれ河童について変らぬ深い理解と愛情とを持つてくれるのは、伝説を軽蔑し、詩を否定し、浪漫をすらも異端視して、科学と実証とばかりを現実の価値とするやうになつた現代では、あしへいさんをおいてはな

くなつたのでありますから、（後略）

ここで、表されているのは、この作品の描かれた昭和二二年、終戦後まもなくの「伝説を軽蔑し、詩を否定し、浪漫をすらも異端視して、科学と実証とばかりを現実の価値」とする世状に対する反感の気持ちである。さて、河童全員で一斉に声を出してみるとどんな音がするかという実験を提案したのは、「鼻まがりで嘴が短かく、頭の皿の毛が茶色なので、仲間からは大して重きをおかれてゐなかつた」河童であった。この河童の「頭の皿の毛が茶色」とは何を暗喩しているのだろうか。それは、日本ではなく異国の、西洋河童を指しているのではなかろうか。河童は、この実験をした日の様子を次のように語る。

わたくしたちは谷の窪地にあつまつて提案者の鞭のうごくのを凝視してゐました。赤毛で鼻まがりの河童は一段たかい丘のうへに立つて、右手に葦の鞭を握り、気どつた様子で頃あひをはかつてゐました。（中略）自分は声をたてないで、全員の合唱を聞いてやらうといふことでした。この思ひつきは大いにわたくしの気に入りました。千匹のうち自分一人くらゐ黙つてゐてもわかる筈もないし、影響もあるまいと考へたわけです。それにしても約束を破ることになるので、すこしは気がとがめ、きよろきよろとあたりをうかがひました（後略）

この河童は、声を立てると約束したのに自分だけが約束を破ることに「すこしは気がとがめ」たと述べる。そして、いよいよ鼻の曲がった皿の色が茶色の河童は、合図をしようとした。その時の様子は次のように語られる。

わたくしはこのときこの見栄えもせぬみすぼらしい河童がいまや嘗てない得意の心境にあることを看てとりました。これまでは軽蔑されてゐたのに、いまや千匹の河童の指揮をしてゐる。この鞭一つで全体がどうにでもなる。その得意さはふと傲岸なひらめきと、一種復讐めいた眼の色となつて、物理現象に対する学問的情熱以外の不純なものを、あきらかにその姿態に示してゐました。わたくしはにはかに反発を感じて、そのためにも声を発しまいと思ひさだめました。この瞬間の動揺ののち、待望の葦の鞭がかすかに風を切つて振りおろされました。思はずわたくしは息をのみました。全身を耳にしました。

語っている河童は、鼻の曲がった皿の色が茶色の河童が「この鞭一つで全体がどうにでもなる」と思っている傲慢な様子に反発を感じ、約束を破ることに後ろめたさを覚えていたにも関わらず、そんな気持ちはどこかに吹っ飛んでしまい、声を出さないことにしたのである。しかも、約束を破ったのはこの河童だけでなく、全ての河童であり、「全員絶叫のかはりに全員沈黙」という行動をとったのであった。すると「この歴史的な一瞬ののちに、ゆるがすことのできぬ鉄の規律、かの戦慄すべき伝説の掟が冷酷にわたくしたちの頭上にくだつて来ました」。そして、河童は「違約と驚愕とが精神と肉体のどちらをも亡ぼして、指揮者をはじめ千匹の河童たちは、そのとき、青いどろどろの液体となつて溶けてしまひ、いつかこの窪地に一つのふちができてゐたのです」と語る。

さて、ここに書かれる「ゆるがすことのできぬ鉄の規律」「伝説の掟」とは何だろうか。それは、河童が約束を破った、すなわち「違約」したために、降りかかってきた規律と掟と考えられる。少し河童の性質について考えてみたい。河童の話として、各地に伝わる「河童の妙薬」という話がある。日本全国で少しずつ地域によって話は異なるが、だいたい次のような話である。ある日、いたずら者の河童が、人間の女性の尻を触ろうと、便所にひそかに潜り込む。河童が入り、手を伸ばしたところ、鋭利な刃物で腕を切り落とされてしまった。河童は家主に、自分のした過ちを謝り、手を返してほしいと、頼む。手を数日のうちに返してくれさえすれば、河童は元の通り繋ぐことができるのだ。何度も謝り、最後には、二度とこんな悪戯はしないと約束し、手を返してもらうかわりに、河童の骨接ぎの妙薬を教えるという話である。[20]先の「石と釘」のもとになった民話「河童の駒引き」でも、釘が打ち込まれている間は、決して悪さはしないと約束する。そして河童自ら、一年に一度、あるいは一月に一度、定期的に地蔵の背中の釘を確かめに行く。河童は、伝説や民話の中で、悪いことをするが、怒られて、反省し、二度としないと約束すればそれを必ず守る。すなわち、約束を守る妖怪というのが河童なのである。だから、この「亡霊」では、約束を守らなかったために「一瞬ののちに、ゆるがすことのできぬ鉄の規律、かの戦慄すべき伝説の掟が冷酷に」河童たちに襲い掛かり、河童の身体はどろどろの青苔のような液体となり、淵になってしまったのである。本来、河童は、一度約束したことは守る性質なのだが、この作品では約束を破ってしまう。「河童は正義と信義と真実とをも愛している」[21]信用できる妖怪なのである。また「亡霊」の河童は、極めて人間に近いものとして描かれている。作品中で「河童が本来暗愚なものである」とも強調されているが、これは、火野が人間は暗愚な動物であると述べる[22]こととつながり、「亡霊」の河童世界は、人間社会を暗示しているとも考えられる。

では、さきにこの音実験を提案し指揮した「頭の皿の毛が茶色」の河童とは、異国人や、西欧を意味しているのではないかと説明したが、それは何を比喩しているのだろうか。「亡霊」が書かれた昭和二二年とは日本はどんな状況であったのか。

日本は昭和二〇年八月一五日から、昭和二七年四月二八日、サンフランシスコ講和条約締結まで連合国軍最高司令官総司令部(GHQ)の支配下におかれた。昭和二一年とは、GHQの支配の真っ只中であった。GHQは、昭和二〇年九月一〇日、「言論および新聞の自由に関する覚書」を表し、同月一九日には「日本の新聞準則に関する覚書」(プレス・コード)、二二日には「日本の放送準則に関する覚書」(ラジオ・コード)を出し、一〇月九日から、「主要新聞・雑誌がこれに基づく事前検閲を受けた(雑誌は四七年一一月、新聞は四八年七月から事後検閲に戻る)」。プレス・コードは、一〇か条からなり、公安を害する事項、連合国・占領軍に対する破壊的批評、宣伝的報道などを禁止した[23]。すなわち、日本は敗戦によって軍の支配下や、内務省検閲から解放されたが、GHQによる新たな言論統制や、統治支配を受けることになったのである。このような「亡霊」発表時の状況を考えると、「亡霊」に登場する、みんなからは異端視され「軽蔑されてゐた」にも関わらず、「この鞭一つで全体がどうにでもなる」という「得意さ」「傲岸」「一種復讐めいた眼の色」をした、「頭の皿の毛が茶色」の河童とは、GHQの支配者や、GHQに寄り添い、儲けている日本人たちを指すのではないだろうか。また、この音響の実験は、「精緻な理論と科学的根拠をもつてゐて、たしかに学問としての権威すら示してゐたのですが、じつはそれは表面だけで、真の動機といふのは、たしかにただの退屈にすぎなかつた」とも描く。すなわち、いかにも合理的で、正当な科学的根拠を持って支配しているかのようにみえるが、単なる惰性と思いつきぐらいでしかないという、当時のGHQの支配を揶揄している。「亡霊」には、河童たちを描いた次のような表現もある。

眼の色を変へて勝敗をあらそふやうな精神の緊張はさらになく、空腹をかかへて食を求める切実さもなく、単調な明け暮れにぶらぶらとただ時間ばかりを消してゐるやうな毎日、権力にたいする反逆もなく、征服にたいする欲望もない平和な日々、かういふときには、ただ頭脳ばかりが活躍するほかはなく、さまざまの思素がくりひろげられ、強ひて思想と哲学の体系が組みたてられて、したりげに発表されますが、それを仲間たちはただ漫然と眠たげにきいてゐて、なかなか立派な思想だ、おどろくべきである、などはいひますが、生活へつながつて来るものはなにもありませんからすぐに忘れてしまひます。

この描写は、ＧＨＱに支配されていても、それに対する反発も感じず、「ぶらぶらとただ時間ばかりを消してゐるやうな毎日」を送っている、当時の日本人たちを愚弄しているとも考えられるだろう。さらにこんな表現もある。

科学に革命をもたらす実験をする時がきた、それは音響に関する物理現象で、諸君の協力なくしては成りたたない、決起をのぞむ、と。なにか鹿爪らしい理論と、妙な記号のついた方程式のやうなものを彼はわたくしたちに示しましたが、わたくしたちにはさういふ学問的なものはわからない。また興味もない。にもかかはらずそれに賛同したのはわたくしたちがすでに底知れぬ倦怠に腐りきつてゐたからです。

ただ「底知れぬ倦怠に腐りきつて」いて、そうすると、いかにも難しい理論を並べたてただけの下らない提案にも、素晴らしいと飛びついてしまう。判断力や、真の思考力を失って、ただ堕落と惰性に明け暮れる日々を送る当時の日本人たちの危機感を描いている。日本人は、ＧＨＱの支配にすら反抗心を失うほど怠慢になっていたのだ。こうしてすべての反抗心を失い、実験の当日には、指揮している「頭の皿の毛が茶色」の河童は「物理現象に対する学問的情熱以外の不純なもの」を眼に光らせ、他の河童たちを支配しているのだという驕りの意識をむき出しにする。語っている河童は、その時になってこの「頭の皿の毛が茶色」の河童の驕りにやっと気づき、反発し、約束を破り、全く声を出さない。声を出さないとはどういうことか。支配下における無言の抵抗である。もっともらしいGHQの論理に、声をあげて反発するほどの力も、意欲も、学問も、知識も、昭和二二年当時の日本人たちは何も持ち合わせていなかった。ただ、支配に逆らうには、無言の抵抗しかなかったのである。

「亡霊」の最後は、語りの河童が盲目の男に話しかける次の記述が描かれる。

なにをするのです？……おや、これはどうしたことだ？　わたしはいつたいどうしたのだらう。あなたはどなたですか。……わたしたちの知己であるとばかり思つてゐたのに、わたしの錯覚だつたのか、百年の苦痛と沈黙とでわたしの智恵もにぶつてゐたのか。あなたを見そこなつた。……あなたはわたしたちと無関係の人だ。知己を求めてゐたわたくしの感傷にすぎなかつた。……あ、この淵のなかに小便をしないでくれ。

最初、この河童は男をみかけ「あなたはきつとあしへいさんの友人にちがひない。」と、喜んでいたが、それは単なる錯覚で自分たちの知己ではなく、無関係だと述べる。続けて、

小便をしないでくれ。たのみます。たのむ。伝説の掟が恐しい。……なんといふ愚かなことか。……小便をかけられれば俺たちはまたもとの河童に後もどりしなくてはならん。それはいやだ。小便をしないでくれ。……あなたはなにもきこえないのだな。あ、あ、あ、あなたは不具なのだな。もつともらしい様子に騙された。

最後に、この男が、盲目であり耳も聞こえないということに、語っていた河童は気づく。火野の「亡霊」では、

河童は男が障害を持っていることを最後に知ると描かれている。男は、目が見えず、耳も聞こえず、「鼻も利かない」。「栗の下の石に腰かけてくれといつたときに、そのとほりにしたのは偶然の一致だった」のである。この描写は、何を示しているのか。やっと昭和二二年当時の日本人たちは、GHQの傲岸不遜さに気がつき、無言の抵抗をし、現実の世に嫌気がさしてしまうが、その心情に至った過程を聞いてくれて、理解してくれていると思っていた男は、全然、聞こえても、見えてもいなかったということを表しているのではないか。戦後になっても、支配される日本人の苦悩を、他人（他国）は、容易に理解してくれるものではないということを表現しているように感じる。物語は、非情にも最後、河童の次の言葉で終わる。

……おい、やめてくれ。小便をするな。尿のために原型にかへるのは先祖からのならはしだ。俺たちはもう河童にかへりたくない。またあの単調で退屈な日が蘇るかと思ふとぞつとする。俺たちは百年間、苦しみと悲しみと、回想と希望とですこしも退屈しなかつた。それで生き甲斐を感じて来た。いまのままで沢山だ。……やめてくれ。なんとかいへ。聾のうへに唖だな。……あ、たうとう初めた。もう取りかへしはつかない。……もう取りかへしはつかない。

河童が、現実の世に絶望し、戻りたくないのに戻らせられてしまうという結末である。人間界とは別の世界、すなわち、死後の世界で一〇〇年間を過ごし、今では「生き甲斐を感じて」いたのにも関わらず、亡霊たちは現世に呼び戻される。一〇〇年くらい経たないと功罪はわかりかねるので、一〇〇年後、GHQの支配や冒涜がどんな影響を日本に及ぼしているのか、この眼で見てみるべきだというのだろうか。「亡霊」は、一見、河童の行動や世界を描いているように見えながら、そこには、痛烈なGHQ支配への反抗が暗喩されている。すでに述べたように、「亡霊」の書かれた昭和二二年は、雑誌に掲載する前に、事前検閲が実施されていて「連合国・占領軍に対する破壊的批評」などはあからさまにはできなかった。しかし、日本人、特に葦平のような知識人は、GHQの支配下で、権力に圧迫され、閉塞感を抱いていた。「亡霊」の世界は、検閲を免れるすれすれの線で、当時の占領軍の支配に抵抗する思いが込められている。

二　水木しげる漫画「小便」と火野葦平「亡霊」「石と釘」

水木しげる漫画「小便」は、ある男が地蔵の背中の釘を抜こうとし、八七歳の老人に「抜いちゃいかん」と止められるところからはじまる。[24] 老人は「小便地蔵っていって、由来があるんだ　河童でも出てきたらどうするんだ」と述べて、火野の「亡霊」の話と同じ物語を男に語り始める。淵に通りかかる盲目の男には、「亡霊」にはなかった、あんまの東六という名前が付けられている。火野の「亡霊」と同様に、深い森林の中で、平和でのどかな日々を河童たち千匹は過ごしていたが、退屈していて、その退屈しのぎに、ある河童が、「どうだいみんな面白いことしてみねえか」「この谷間の河童が全部揃って時刻を合わせていっせいに怒鳴ってみようじゃねえか」「どんな大きな声になるだろう」と提案する。だがこの提案する河童は、火野の「亡霊」のように「頭の皿の毛が茶色」とは記されていない。そして、「亡霊」と最も異なるところは、提案者の河童が、「このアイディアはここから百里ばかり向こうの池から学んで来た〝文化〟ってえもんなんだぜ」と言う点である。他の河童たちは「ばかばかしいという者もいたが　反対者をときふせて　ともかく全員一致で〝文化〟をとり入れる実行に移すことに一致した」。そうして、いよいよ、音の実験をする日が来た。大きな音がするかと思えばそうではなく、思わず私は息をのみました　全身を耳にしました　なんということだろうか　けたたましく荒々しいどよめきが鼓膜をも破る響きをもっておこると思っていましたのに　その一瞬は世にも珍らしい静寂がおとずれたのです　あまりに巨大すぎる響は無音の錯覚をあたえるともきいています　ひょっとしたらそうじゃないかと　耳の穴をほじくったのですが　やはり　全然きこえませんでした　これはゆるがすことのできぬ鉄の規律〝河童は文化を取り入れてはいけない〟という　かの戦慄すべき伝説の掟が冷酷に私たちの頭上に下ってきた

この引用文を一部ゴシックで表したが、ゴシック部分は、火野の「亡霊」とほぼ同じ記述箇所である。「亡霊」と違うところは、河童たちに下った「伝説の掟」は、「河童は文化を取り入れてはいけない」と結論付けている点である。これは、水木しげる独自の解釈である。つまり、水木の「小便」では、河童たちが文化を取り入れようと試みたため、「伝説の掟」が下ってきて、河童は、青いどろどろの液体となり、淵となってしまったとしているのである。その淵にあんまの東六が通りかかり、ひと通り河童たちが淵になったいきさつを語り、最後は、河童は東六に次のように哀願する。

実はあなたを待っていたのです　この淵にどうか小便をしてください　小便をかけられればわれわれは元の河童にかえられるのです　尿のために原型にかえるのは先祖からのならわしなのです

「分かったよ　小便すりゃあいいんだろ」と東六は言って、小便を淵に向かってし始めた。「亡霊」とは真逆で、水木の「小便」は、河童たちが現世に戻りたいと考えているところが根本的に違う。水木の「小便」では、河童たち一千匹が生き返って元気になり、あまりの驚きに東六は、「一目散に村に逃げかえった」。「小便」は、その後次のように展開する。

村人たちは　河童が千匹も出て田畑を荒されては大変と　退治する方法を考えたのだが　河童を退治するのは一匹でもむずかしい話　そこで堂丸総学という山伏に河童を封じてもらうよう頼んだのです

この村人の頼みを受けた堂丸総学は、地蔵の背中を柔らかくして釘を打ち込むための読経を地蔵の前で行う。堂丸総学は、火野の「石と釘」に登場する山伏と同じ名前で、ここから水木の「小便」は「石と釘」と同様の話になる。山伏は、何日も、ものも食べず、ただ河童を封じ込めるために一生懸命祈祷を繰り返した。ただ山伏が祈祷を続けるのは、「石と釘」のように、「縄張り争いのために合戦を続けている島郷と修多羅の河童群勢を封じるため」ではなく、「小便」では、あくまで、河童が田畑を荒らすことに困り果てた村人が山伏に頼んだためである。河童も、女に化けて誘惑したり、妖怪になって脅したり、糞尿をまき散らして必死で邪魔をした。それでも山伏は一向にひるまず、ようやく地蔵尊の肌が柔らかくなったので、金槌で地蔵尊の背中に釘を打ち始めた。河童たちは、封じ込められまいとして、山伏に鋭い爪をたてて噛みつく。山伏は傷だらけになって力尽きて倒れたが、釘は打ち込まれ、河童たちも青いどろどろの液体になって溶けてしまった。こうして山伏は本願成就を果たす。「小便」の最後は、「石と釘」の最後と全く異なる。老人は、男に次のように語る。

それから誰いうとなくこの地蔵を〝小便地蔵〟と呼ぶようになりこの十年前までは花がたえなかったものじゃ今じゃ知っている者も亡くなって花も供えねえがこの地蔵にゃあこういう由来があるんだ

男は、「なるほど一本の釘にも深いわけがあるのですね」と答えた。最後は、火野の「石と釘」の末尾を少し変えて、

私は高塔山に登り、その頂上の石の地蔵尊の背に一本のさびた釘をみるとき奇妙なうそさむさをそれからおぼえるようになった

という言葉で終わる。「石と釘」の「さうして、その下に無数の河童が永遠に封じこめられてゐるという土の上に、やうやく萌えはじめた美しい青草をつくづくとながめるのである。」という一文は、「小便」では、カットされる。再度確認するが、火野の「石と釘」では、山伏が河童を釘地蔵に封じ込めるのは、縄張り争いのための合戦を河童たちにやめさせるためであり、そこには平和を希求する山伏の気持ちが込められていた。そして、主人公の「私」も高塔山に登り、地蔵の背中の釘をさわりながら、平和になり、美しい青草が生え始めたことに、しみじみとした感慨を覚えるという内容であった。一方、水木の「小便」は、文化を取り入れてはいけないのにその掟を破ったため、青い苔のようなどろどろの液体になってしまった河童が、小便をかけられることによって生まれ変わる。そして、田畑を荒らすために、河童たちは山伏に、釘で地蔵に封じ込められるという内容で、平和の希求とか、そんな話ではなく摩訶不思議な河童伝説としてまとめられているのである。「小便」の最後は、老人

から背中に釘をさした地蔵の由来が語られ、その地蔵が「小便地蔵」と呼ばれていると教えられる。そして話を聞き終ると男は「奇妙なうそさむさをそれからおぼえるようになった」のである。「小便」は、「石と釘」とは全く異なり、面白可笑しくまとめられ、「河童封じの地蔵尊」も「小便地蔵」なとど、苦笑するような呼び名に転換されている。すなわち、「小便」はうそくさくまとめられた奇妙な漫画となっている。

さて、火野の「石と釘」「亡霊」を典拠としながらも、水木が、漫画「小便」のような話に改変したのは何故だろうか。作品のできばえは、火野の「石と釘」「亡霊」も、水木の「小便」もすべて面白く、後々まで残る名作と考えられ、甲乙はつけられない。その理由は、作品が発表された年などによるだろう。火野が「石と釘」を発表したのは、日中戦争のさ中であり、また、「亡霊」は戦後間もなくの、GHQ占領下で発表された。そして火野自身も、戦争に行き、そして戦争作品を戦中に書いたとして、公職追放されるのではないかと怯えていた時の作品[25]が「亡霊」であった。日本を含め、世界全体が戦争とその後遺症で不安を抱いていた時期なのである。「石と釘」や「亡霊」が戦争と関連づけられて描かれるのも無理はないだろう。一方、水木しげるが「小便」を発表したのは昭和四四年である。戦後およそ二〇年たった頃であり、日本は高度経済成長、競争社会へ突き進んでいる時期である。水木は「インタヴュー　あらたな〝幸福学〟を考える」の中で次のように述べる。

競争社会は疲れます。つねに満足することがなく、苦しく圧迫された感じだけが残ります。そうなると宗教に代わる精神衛生学のようなものが必要になるでしょう。（中略）マンガは娯楽です。妖怪は庶民の願望が現れています。百姓の気分転換、気晴らしです。現実が貧しく、儒教や仏教の信仰、道徳では満たされないところを別世界に遊ぶわけです。音とか光はあるが、形がない。妖怪はそうした世界に生きているのですよ。[26]

水木は競争社会には精神衛生学のような、「気分転換、気晴らし」が必要で、その役割を果たすのが、漫画であり、現実社会とは離れた別世界に生きる妖怪であると述べる。すなわち、水木の「小便」が、火野作品を典拠としながらも、人間世界や現実社会とはかけ離れた河童の不思議な幻想世界を描き、娯楽性を強めた作品に仕上げられているのは、水木自身が考えた妖怪漫画の持つ癒し効果を高めるためでもあったのであろう。

終わりに

本稿では、火野葦平「石と釘」が、北九州市若松区の高塔山に現在も安置されている「河童封じの地蔵尊」の由来である「河童の駒引き」伝説をもとにアレンジした作品であることを論じてきた。もともと、同地方に伝えられている「河童の駒引き」伝説とは根本的に異なり、「石と釘」作品世界には、縄張り争いのために合戦を続けることをいましめる内容が描かれ、日中戦争中の作品でありながら、平和の意味が込められていることを考察した。火野は、日中戦争に従軍しながらも、利権争いで、同じアジア人同士がいがみ合い、命を落としてまで戦うことの無意味さを感じていたのであろうか。また「石と釘」考察の過程で、北九州市における、作家火野葦平の影響力が大きすぎて、今では、昔から伝わる「河童の駒引き」伝説よりも「石と釘」の内容が広く流布し、あたかも、「石と釘」が福岡県の伝説であったかのように語り継がれ、読み継がれていることを記した。さらには、火野の「亡霊」についてもくわしく考察してきた。「亡霊」も「石と釘」と同じ火野の河童物であるが、「亡霊」には、民主主義という一見平等な思想をもたらしたＧＨＱの提案を、何も考えず受け入れてきた日本人が、支配者の意識を目の当たりにし、無言の抵抗をする姿を河童に喩えて表現されていることを指摘した。また火野の「石と釘」「亡霊」を典拠としながらも、水木しげるの漫画「小便」が、火野の構築した世界とは全く違う内容をテーマとしている点をあげ、水木の「小便」が娯楽性を重視していることを説明した。

火野の「石と釘」「亡霊」、水木の「小便」は、いずれも河童という妖怪を描いた興味深い作品であるが、発表の時代や、作者の目指す方向性の違いなどにより、主題が異なるものとなっている。火野には、本稿で扱った作品以外にも河童物があり、水木にも火野の河童物を典拠として改変した作品があるので、両者を比較しながら、火野と水木という偉大な芸術家の残した作品の意味を今後も考えていきたい。

注

（1）火野葦平『河童昇天』（昭和一五年四月一七日、改造社）
（2）火野葦平『河童会議』（昭和三三年四月一〇日、文芸春秋新社）
（3）火野葦平『随筆集　かっぱ十二話』（昭和三〇年七月一日、学風書院）
（4）火野葦平『随筆集　かっぱ十二話』（同）
（5）火野葦平「あとがき」（『河童会議』同）
（6）注5に同じ
（7）『河童膏』（昭和四五年九月一日、双葉社）
（8）和田寛編『河童伝承大事典』（平成一七年六月、日付なし、岩田書院）
（9）玉井政雄『河童の釘』（昭和三五年一〇月三〇日、月刊「西日本」社）
（10）火野葦平「第十話　河童正月」（『河童十二話』同）
（11）注9に同じ
（12）同右

(13) この「河童の駒引き伝説」は、その他に、劉寒吉・角田嘉久『福岡県の伝説』(昭和五四年四月二〇日、角川書店)や、宮地武彦・山中耕作・荒木博之『日本伝説大系第一三巻　北九州編』(昭和六二年三月二〇日、みずうみ書房)などでも北九州市に伝わる伝説として類似の話がとりあげられている。
(14) 火野葦平「解説」(『火野葦平選集　三巻』同)
(15) なお、この記述と同様の内容が『若松市史　第二集』(昭和五九年四月一日、福岡県若松市)に記されている。
(16) 古里紅子管理人「まんが日本昔ばなし～データベース～」参照
http://nihon.syoukoukai.com/modules/page/index.php?content_id=31　閲覧日時:二〇一六年八月二〇日
(17) http://www.livingfk.com/town/archives/50　閲覧日時:二〇一六年八月二〇日
(18) http://www.city.kitakyushu.lg.jp/wakamatsu/w4100110.html　閲覧日時:二〇一六年八月二〇日
(19) 玉井政雄『河童の釘』(同)
(20) この例は、「筑前の伝説」として、宮地武彦・山中耕作・荒木博之『日本伝説大系第一三巻　北九州編』の「三七　河童」にあげられている例だが、他にも、妖怪の伝説を集めた国際日本文化研究センター「怪異・妖怪伝承データベース」には類似の話が、日本各国に伝わっている例が少なくとも数十話あげられている。
(21) 火野葦平「後書　河童独白」(『河童曼陀羅』同)
(22) 火野葦平『赤い国の旅人』(昭和三〇年二月二五日、朝日新聞社)などに記されている。
(23) 国立国会図書館編『一九四五　終戦の前後、何を読み、何を記したか〈平成二七年度国立国会図書館特集展示〉』(平成二七年一〇月日付記載なし、国立国会図書館)、内川芳美「プレス・コード」(『日本大百科全書』全二五巻、平成六年一月一日～一〇日、小学館)などを参照した。
(24) 昭和二八年に、北九州市若松の高塔山の「河童封じの地蔵尊」の釘を何者かが抜いてしまったという事件があったそうだ。(玉井政雄『河童の釘』(同)に詳しい)火野もこの事件を「釘カッパ」(『河童七変化』昭和三二年四月五日、宝文社)に記しているので、火野の「釘カッパ」をふまえて、釘を抜こうとする男を登場させたのかもしれない。
(25) 火野の公職追放は、昭和二三年五月二五日から、同二五年一〇月一三日。
(26) 水木しげる「インタヴュー　あらたな〝幸福学〟を考える」(『望見』昭和五二年九月)

資料紹介

一九四二年度「大陸往来」掲載記事(作品)タイトル一覧
――含・「大陸往来賞」をめぐる動向についての若干の解説――

大橋毅彦

一九四〇年に上海で創刊された現地総合雑誌「大陸往来」に関して、筆者はこれまでに二本の論考を発表している。

その内容について略記しておくと、第一稿では、この雑誌の出版体制がいかなるものであったかについて、発行者大輪一郎の経歴や大陸往来社の所在地などに言及するとともに、国立国会図書館ならびに中国国家図書館が所蔵する一九四〇年から四一年にかけての計一〇冊の同誌に掲載された記事の細目を示した(1)。

続く第二の論考では、前の作業をふまえて、この時期の現地文学の種々相を探るにあたって興味深く思われる問題に的を絞って考察した。具体的には、日中の戦闘が継続している状況の中で現地の特殊性を押し出すことを狙った作家たちが、現地新体制の礎になるための熱意や、享楽的な生活とは一線を劃した健康美を持った〈青年〉

男女を主人公に据えた小説を書き出したことを中心にするなどして、その課題に迫ってみた。[2]で、三本目にあたる今回の小論では、一九四二年度の「大陸往来」を取り上げることにする。幸いなことに、当該年度の同誌は一月号から十二月号までのすべてが中国国家図書館に所蔵されている。それらに掲載された記事タイトル一覧を資料紹介としてこれまでと同様に掲げることにするが、その中から一九四二年度の上海邦人社会における文芸文化界に関連するトピックを一つだけ取り上げて解説していこうと思う。それすなわち副題にも記した「大陸往来賞」をめぐっての動向である。

＊　＊　＊

前年十二月の太平洋戦争開戦時の捷利は、ここ上海でも日本軍の租界進駐をもたらし、日本主導による租界都市上海の再編成を実践の途に就かせることとなったが、そうした動きは上海の文化界にあっても同様に加速化されていった。上海演劇文協、中支那写真連盟、上海交響楽団、上海洋画会の誕生[3]や、大日本写真貿易による記録映画「浙東作戦譜」の制作発表などがそれにあたり、一九四二年度の「大陸往来」は、その間の消息を「現地文化消息」や「大陸文化情報」を通じてほぼ毎号発信しているが、こうした流れの中にあって「大陸往来賞」に関する社告が四月号で発表された。

まず、その企てがいかなるものであったかを知るには、社告の冒頭をみればよい。そこには次のような言葉がある。

> 中日文化は中日両国の国策が求むる方向に発展、伸長せしめねばならぬことは勿論なるも、之を如何に指導し、如何に発展せしめるかは頗る重要なる問題にして之が育成強化に関する論文及び小説を中日両国の現地人より募集し、中日文化をして最も正しき方向に誘導せしめんとす。（傍点大橋）

次いで規定の要諦を紹介すると、募集作品の内容が、論文では「大東亜戦下中日文化の育成方向に就て」（四百字詰原稿用紙三十枚前後）、小説では「和平問題・中日提携より取材せるもの」（四百字詰原稿用紙五十枚程度）とされていることをはじめとして、用語は「日本語又は中国語」、締切は「昭和十七年六月末日」、審査方法は「在支権威を以て審査会を組織」して各ジャンル入選一名、佳作五名を採り、「昭和十七年八月号「大陸往来」誌上又は単行本にて発表」と、ざっと見てこんなところだろうか。ほかに留意する点としては、この賞が興亜院華中連絡部文化局と中日文化協会上海分会の後援をうけていることも挙げられよう。うち後者は、南京に本部を置く中日文化協会の支部として一九四一年一月に発足、汪兆銘を首班とする中華民国南京「国民」政府と日本との文化提携を目的とする各種の催しや事業をこの時期試みており、さらに時代が下れば、武田泰淳、石上玄一郎、陶晶孫らもそこに関与していくというように、戦時下上海における日本の文化統治の実態を探るにあたって無視することのできない文化機関である[4]。

選考の過程と結果の方に目を向けよう。八月号掲載の本誌編輯部による「大陸往来賞入選候補作品の発表に就いて」は、「大陸往来賞」の規定の発表が新聞其の外の広告手段をとらず、「大陸往来」誌上に告示したのみであったが、六月末日を以て締切った段階で論文五八編、小説六三編の応募があったことを伝えている。募集期間が短く、地域的に応募資格も「現地に在住せる者」と制限したにもかかわらず、これだけの数の応募作品を得たことをこの事業の成功とみなす言辞も文中に出てくる。

しかし、その一方で作品の出来栄えの点では、かなりの問題が残る結果となった。このことは、この一文のタイトルが「入選作品の発表」ではなく、「入選候補作品の発表」となっている点に端的に示されているわけだが、そうなった経緯とそれをふまえて今後の審査方法に変更がなされる点について説明がなされている箇所を、ややくだくだしい感はあるがそのまま引いておく。

本社は最初の計画では締切直後これを内選し、夫々十篇の候補作品を選抜して、これを在支邦人及び中国の権威を以て別に組織せる「大陸往来賞審査委員会」に送り、同会の審議を経て、入選を決定し、これを八月号に掲載する予定であつたが、本誌編輯部及び編輯部顧問による内選の結果はその候補作品の質に多少の失望を感じ、これを直ちに審査委員会に送ることの危険に想到したので、更に第二回内選を行ひ、別掲の如く、論文三篇、小説三篇、計六篇を選出し、ともかく先づこれを入選候補作品となし、この全部を一応本誌に発表し、然してこれを審査委員会に送つてその入選作品の選定を求め、更に、万機を公論に決すべく、一般の推薦投票を待ち、更に同人の意見を加入し、この三段階に依る入選決定の方法にその審査法式の変更をみたものである。

約めて言えば、審査委員会による審議を先延ばしにし、一般投票の結果と本誌同人の再選審査という選出方式も加えて総合的に入選を決定する、ということである。これとあわせて、発表の時期も十月号に変更する旨が伝えられ、本文の後には一頁分を用いて九月十日締切の「大陸往来賞選出投票用紙」が付けられている。

また、審査委員会委員も別掲のかたちで伝えられており、そのラインナップは、伊藤隆治（興亜院華中連絡部文化局長）・深町作次（上海毎日新聞社長）・尾坂與一（大陸新報社長）・林廣吉（岡崎調査室）・高橋良三（長江文学会代表）・廣田洋二（上海総領事館情報部長）・褚民誼（中日文化協会理事長）・陳公博（上海特別市政府市長）・林柏生（国民政府宣伝部長）である。このうち、林廣吉と高橋良三は、一九四三年秋の中日文化協会上海分会の改組をきっかけとして、同会の活動の実質的な担い手となる人物である。

順番が後になったが、肝心の入選候補作品とその作者（筆者）名も、論文部門では「中日文化の育成方向」（揚江〔目次と実際に作品本文掲載頁では「江揚」〕一郎）・「東亜（道義学科〔科学のママ〕）文化の建設」（釘宮敦夫）・「中日文化の基底及び指標」（都筑庄平）、小説部門では「日語学校」（中野齋）・「新土」（佐野清）・「清郷地区」（陳一就）が、それぞれ発表されている。そして、「創刊三周年記念中日文化育成特輯号」と銘打ち、通常号より頁数が増えたこの八月号の四頁から三四頁までと、一七二頁から二六七頁にかけて、当該論文と小説の本文がすべて掲載された。

で、それらの作品内容について言及したいところなのだが、まずはその前に賞の決定が最終的にどうなったかについて確認しておこう。八月号で告知されたように、十月号に掲載された「大陸往来賞決定に関する発表」においてそれはなされたが、そこでの結論は、入選の決定は見合わせ、代わりに候補作六編を「大陸往来賞選外佳作」にするというものだった。入選には至らずとも選外佳作となった理由として、「「大陸往来賞」制定の趣旨たる中日文化の向上に資する處多大なるものありと思料」されたことが挙げられているが、作品の実態に即した評言を回避した、いささか苦しい弁明といった感がある。つまりそれは、「大陸往来賞決定に関する発表」のすぐ後に「大陸往来賞入選候補作品批評」と題して掲載された、芦田寛、杉本淳、遠江三郎の論評が辛口のトーンを響かせていることとも照応する評価のスタンスであった。

なるほど、これら六編は、評論にせよ小説にせよ、論拠のない確信が次々と言明されたり、和平＝善、抗日＝悪と規定して勧善懲悪の鋳型に嵌ったストーリーに終始していたりと、作品としての瑕疵を充分すぎるほど持ってしまっている。その一例としてここでは、すでに「大陸往来」の一九四〇年十一月号に小説「ながれ」を発表していた黒木清次が、「佐野清」のペンネームで応募した、「新土」を取り上げてみる。

上海郊外江湾《キャンワン》の農場を舞台として、華中棉花改新会職員の西田が、棉花の栽培も又大東亜共栄圏樹立のためには揺るがせにできない仕事であるという信念のもとに中国人の農民の指導にあたっていく姿を描いたこの小説は、後に「棉花記」と改題、改稿されて「上海文学　夏秋作品」（一九四三・一〇）と「上海文学　冬春作品」（一九四四・四）とに連載、さらに一つにまとめられて、黒木と同じく上海文学研究会同人の池田克己、小泉譲との小説合著『新風土』（一九四四・七　大陸往来社）にも収録、第一八回芥川賞候補ならびに第一九回芥川賞予選候補ともなった作品である。こうした結果が招来されることを肯わせるように、同じく選外佳作となった「日語学校」や「清郷地区」と比べ、広大な農場の涯から吹き渡ってくる風に全身を晒す西田の土への烈しい愛着が語られたり、彼の下で働く周青年の思考が、科学技術をとるか、何事も「自然的」にという旧くから伝わる教えをとるかのはざまにあってゆらぎを呈していくところなど、小説の細部のレアリテにおいてはたしかに光るものがある。

だが、その一方、作品の結末の付け方はあまりに安直でお手盛り式の感が否めない。自分の前にはまだ様々な困難が山積しているのを感じつつ帰宅した西田を待っていたものは、アリューシャンにおける日本軍の戦果を告げる記事とマレー戦線にいる弟からの軍事郵便だった。そして、それらを読む彼の裡には、北太平洋や南方の国ともつながる自分の仕事に対しての新たな希望が湧きたち、その心は「目に見えない大きな力」に勇気づけられていく。「大陸往来賞入選候補作品批評」中で杉本淳は、西田が農民や同僚を前にして熱弁を揮う場面を捉えて「これは棉花改進会当局の方針書とも言ふべきで、これにあらわれる人物は、棉の改良を説明するための人間で人間そのものではない」という辛辣な言葉を記しているが、(5)こうしたリアリティの欠如を突く評言は、いま取り上げた「目に見えない大きな力」などといった実体の伴わないお題目的なものに、いともやすやすと自らの精神を預けていってしまう主人公像を前にしたときに、よりいっそう的を得たものとなるのではないか。

翻ってみるに、「新土」に先立つ「ながれ」の中で、同じ作家が物語ろうとしていたのは、「美しからざれば哀しからんに」といった主人公の呟きを基調低音とする、蘇州の街で出会った日本の青年と中国人の娘の間で交わされていく、ひそやかな愛情劇であった。だが、それから一年半が経過した時点でその作風は時局に沿って大きな転回を示し、「ながれ」が持っていた抒情的でしめやかな傾向を受け継いだかに思える緒方正巳の「新風」という小説の方は、「一心にひとつことのみ思ひつめ思ひあまりて散るさうびかな」といった和歌や、北京の秋の訪れを告げる「蘆荻の葉のざわめきと野鳩の断続する声」など、人物の心理描写や作品ディティールの仕上がり具合においては「ながれ」よりもかえって優れている点があり、さらにそこに登場する日本人の木庭と幽蘭・秀蘭姉妹との交感を、五四運動以後の文学革命裏面史に関与した人たちが紡いでいった生のドラマとつなげて語っていこうとする、創作モチーフの点から見てもユニークな側面があるにもかかわらず、「大陸往来賞入選外作」としての扱いをうけている(6)。

ところで、そんな状況を尻目にかけて、十二月号の同誌に掲載された佐野（＝黒木）の小説「あの日以後」は、前作の持つ傾向にさらに拍車をかけるものとなっていた。それは、小説の題名が示唆している「宣戦の大詔が下った日」を上海で迎えた佐山が、「草も木も靡きふす雄大な高千穂の峯」から「宮城の寂静としたお濠」にいたるまでの「美しい祖国の風景」を瞬時のうちに思い浮かべながら、妻の前で高村光太郎の詩「地理の書」の朗誦を始める場面一つをとってみても頷かれる(7)。ルポルタージュ風な叙述でそれ以降の「街の表情」が辿られた後、東京と日向で暮らす妻の妹と自分の妹からの便りを読むところで小説は終わるが、そこに屹立しているのもやはり、「祖国」への「没我の応召」を続ける内地の肉親の姿を思い浮かべながら、自身もまた「なにか支へやうとしてさ、へきれない大きな流れ」の中に巻き込まれていくことに陶然とする人間の姿なのである。[8]

「大陸往来賞」を企画した側が期待した和平問題・中日提携に取材した作品が、それについてのスローガンだけは歌い上げていても、文学としての実質を備えているとは言い難いものであったことは、ここまでの考察をもってほぼ言い尽くせたかと思う。最後に、それならば件の企画とは直接的には関わらないけれども、雑誌全体の編集方針からすればやはり中日提携という目的の一翼を担うと思われる他の記事群が、一九四二年度の「大陸往来」誌上においてどういった傾向を見せていたのかといった点にも触れておくなら、たとえば中国側の書き手を起用した「中国論壇」が、三月号から開設されていることが注目されよう。あと一つは、六月号から連載が始まる上海毎日新聞文化部主任佐藤幸司による「中国古典文学解剖」。「金瓶梅」、「紅楼夢」、「西廂記」などを毎回取り上げ、中日文化交流の流れに掉さそうとしている。

だが、現在の中国もしくは上海にあっての中国人文学者に対する問題関心は如何？「最近の上海話劇界の動向」[9]、「新しき中国映画の方向を語る座談会」[10]といった他のジャンルにおける動きと比べて、当代中国文学に対する反応は遅れをとっている。十一月号で小特集が組まれた「魯迅追想」――とは言え魯迅逝いて六年、その意味では彼も現役の文学者ではない――に寄せられた諸家の小文を除けば、せいぜい拾えるのは、中国語雑誌「雑誌」から、永楽七六郎の日本語訳によって同じく十一月号に転載された「中国文壇と巴金＝名作「家」「春」「秋」その他について＝」と、例の選外佳作となった陳一続の「清郷地区」くらいであろう。だが、この後者の書き手とて、この年の「大陸往来」への登場の仕方は「在滬評論家」の肩書で「現地文化時評」、「中国論壇」、「現地経済時評」にまで筆をとっているのであって、純粋に小説道に精進していくのとはほど遠いスタンスを示しているのだ。文化の面においても日本の統治力が強まっていく上海に留まることを自ら選んでいきもすれば、その一方では余儀なくされていきもした中国の文学者が、自分たちを取り巻く未曽有の歴史的重圧の中で、どのようにして文学の隘路を歩んでいくのか、そうしたことを「大陸往来」の読者がそこに訳載される彼らの作品を通してかろうじて知り得ていくには、一九四三年以降を待たねばならない。

注

（1）「初期「大陸往来」の一瞥（上）―含・一九四〇～四一年度同誌掲載記事（作品）タイトル一覧―」（「日本文藝研究」二〇一五・三）。

（2）「初期「大陸往来」の一瞥（下）―戦時下上海における現地文学の種々相―」（「日本文藝研究」二〇一五・一〇）。

（3）このうち上海演劇文協の結成は前年の十一月である。

（4）この組織の文化活動全体を総攬するための資料集として大橋毅彦・趙夢雲『上海中日文化協会研究・序説―現地新聞メディア掲載の協会関連記事一覧』（二〇〇四・三　六甲出版販売）がある。

（5）杉本淳の評論タイトルは「驚くべき貧困さ」であり、これは一九四二年八月二一日の「大陸新報」夕刊からの再掲である。

（6）作品末尾で秀蘭は、異母姉の幽蘭に宛てた手紙を残して木庭と幽蘭の前から姿を消していくが、その手紙の中にある「お姉様方の間の建設はそのまま日支両国への提携へつながつてゐるわけです。お姉様なら立派にその事を成し遂げ得ると信じます」といった言葉が、そうした物言いを必然とする筋の運びが見られないにもかかわらず唐突に持ち出されている、換言すれば「大陸往来賞」制定の趣旨に合わせるためのアリバイ作りのようだと判断されたのが、「入選外作」とされた理由ではなかろうか。なお、作品本文は翌九月号の「大陸往来」に掲載された。

（7）ここで対比的に思い出されるのが、堀田善衛の創作集『祖国喪失』（一九五二・五　文芸春秋社）の一章をなす「共犯者」（初出＝「個性」一九四九・五六合併号）において、戦時下の上海に身を置くうちに「実直な人生」の存在に対して懐疑の眼を向けだした主人公杉の脳裏を、「松の木の生えた海浜風景」が「恐ろしい早さでどこかへ過ぎ去り退いてゆく」さまが物語られる一節である。すなわち、須臾の間にあっての知覚の動きを捉えようとする点では一緒なのだが、その動きが主人公杉のきわめて個人的かつ身体的な感覚としてたしかに表出されているのに比べて、佐山のそれはあまりに観念的でステロタイプ化されたものに堕しているといった印象が生じてくるのである。

（8）同じ十二月号に佐野は「黒木清次」名で「十二月八日―ペテレル号撃沈―」・「この朝―ハワイ爆撃の報いたる」と題する二編の詩も寄せている。「大東亜戦争記念詩集」と銘打たれ、池田克己、河肥荘平の詩とともに掲載されているこの二編の内容がいかなるものであるかは容易に想像できよう。

（9）七月号および九月号掲載。筆者は河原流太郎。

（10）八月号掲載。出席者は後掲の細目一覧を参照。

＊　＊　＊

「大陸往来」掲載記事（作品）タイトル一覧（一九四二年度）

〔凡例〕

- 各号の実際の「目次」では、記事（作品）の記載順が頁順になっていない箇所があるので、原則として頁順に合わせて記した。
- 記事（作品）タイトルが「目次」と本文とで異なる場合は、原則として後者に従う。また、その際サブタイトルがあれば、それも併せて記した。
- 〔特輯〕が組まれている場合、その表記やそれに対応する各記事のタイトルが、「目次」と本文とで異なる場合があるが、両者を比較してどちらが適切であるかが判断できる場合はそれを採り、判断しかねる場合は原則的に本文の方を採った。また、〔特輯〕に該当する記事のタイトルには＊を付した。一方、本文中に特輯の記載はなくても、目次にその記載がある場合はそちらに拠った。
- 記事（作品）執筆者や座談会出席者の肩書は、「目次」や文中に記されているものに限って記した。なお、同一人物に関して同じ肩書が二回以上出てくる場合は、原則として初回のみ記すことにした。また、談話筆記で筆記者名が明示されている場合は括弧を付して記した。個人名ではなく編集部・調査部といった表記がある場合はそれを記した。
・記事（作品）内容について若干のコメントを要する場合、〈 〉を用いてそれを記した。
・随筆・現地随筆・現地読物・中間読物などの見出しが、本文もしくは「目次」にあって付いているものはそれをそのまま記した。
・文芸作品中、タイトルだけからではジャンルが判断しにくいものに関しては、タイトル下に括弧を付して（小説）・（詩）・（俳句）・などと表記した。
・注目すべき社告は採り上げることとし、その都度タイトル上に（社告）と表記した。
・人名表記については適宜新字体に改めた。明らかに誤植だと思われるものはその箇所にママを付け、正しい表記をその後に〔 〕を付して記した。
・そのほか、見易さや内容をチェックして表記を一部整序した箇所もある。

○一九四二（昭和十七）年一月号（第三巻第一号）
祝戦捷之新春〈日本クラブ鮫島鉄夫以下四七名、福田千代作以下「上海居留民団民会議員」四五名〉
扉・カット　杉本　英一
社論　現地人よ光輝ある歴史を担へ　12
〔特輯　英米崩壊と新東亜の構造〕
＊大東亜戦と上海の役割　佐藤　秀三（上海自然科学研究所長）　14
＊大東亜戦の現地的構想　青木　節　20
＊東亜共栄圏内の金融市場　海原　老人　24
＊日本の蹶起と東亜の変貌　古谷多津夫　28
＊映画の大東亜戦争　山口　勲（中華映画巡回映画課長）　34

〈文末に「未完」とあり〉
厦門往来　木村　映一　43
現地経済漫語　分福茶釜と花見酒　宮崎　議平（文責記者）　44
〔大東亜戦とA・B・C国家の輿論〕
＊米国輿論　手前味噌の強がり　荒木　敏雄　48
＊英国輿論　頼むは蔣介石　米原　達三　51
＊重慶輿論　悩みは果てなし　田代清太郎　54
現地経済時評　中支経済の立場　新田　信吉　58
前線記録　宣戦の日の上海　引佐　貢　60
〈十二月八日の上海の街の様子。日本軍によって接収・拿捕された建物、英米商船名を挙げる〉
文化講座〔第四講〕　支那に於ける流氓の研究（二）　賀茂　真人　64
国際論調　69
〈各国紙の論説・社説の紹介〉
現地文化消息　美術　展覧会雑記　70（三段組下段〜72）
〈上海画廊の現況〉
現地文化時評　中国電影界の現状　陳　一就　74
〈上海影業公司一覧（民国三十年十二月調査）掲載。中華映画株式会社（華名・中華電影股份有限公司）が最近制作せる作品の紹介もあり〉
〔現地随筆8人集〕
＊中国の画家・その他　清野　久美（上海画廊支配人）　78
＊布哇回想　家仲　茂（著述家）　82

〈文末に「鳴尾にて」とあり〉

＊二十分程　李　如雲　86

〈南京路の雑踏を歩いてきた日の夜、ベットに入ってからの感懐〉

＊支那の温泉　広田　俊彦（自然科学研究所員）　89

＊診療余技　須藤五百三（須藤医院長）　92

＊歌を唄ふ神々　塚田　照夫（中華劇場宣伝部）　96

〈「なんでもないような言葉で、なんでもないようなことを話して、それで、キラ〳〵と眩暈ひのするほど、かなしいはなしを、誰かとしてみたい」〉

＊急診車　鎌形　和夫（虹口医院、医学博士）　99

＊思想戦への一歩　藤田　兄孫（双葉屋貿易公司経営者）　103

重慶研究　108

現地文化消息　映画　同時録音の成功　中華・日映共同作品『長沙作戦』　古賀　一郎　106（三段組下段～107）

現地政治時評　駐華大使交迭　福田　三次　109

宣撫日記（詩）　二藤　二雄　112

蕪湖往来　花田　雪夫　114

中支煙草事業の新編成

――英米資本の後退と日本資本の進出――　岡田　龍介　122

租界の表情　上海往来　玉川　五郎　124

現地文化消息　演劇　上海演劇文協の誕生　O・R生　124（三段組下段～125）

〈昨年十一月二十五日結成。理事長は支那劇研究会升屋治三郎。同協会は上海青年団の演劇部に包含、さらに中日《ママ》の文化協会の一翼をなす〉

現地人物短評　青木節　蘇錫文　瀧川　太郎　127
〈青木は華中水電社長、蘇は浦東市長〉
共栄圏映画論への一提言（二）　象川　潤（上海映画研究会員）　128
〈インド・セイロン島・ビルマ・豪州連邦の情勢を紹介〉
特別調査　英米対支侵略百年の全貌　142
〈内容は「序言」「英国対支投資の実態」「米国の在支権益の全貌」。本文二十一頁分〉
編輯後記　164

○一九四二（昭和十七）年二月号（第三巻第二号）
カット　同人
社論　南方建設の課題　2
〔特輯　南方新編成への要請〕
*南方資源開発論　深見　研二　4
*南方圏内建設の諸問題と上海の地位　石原真三郎　14
*南方民族史の内　爪哇民族史　粕谷郡三郎　24
*南洋華僑同胞の検討と今後の展望　蘇　錫文（中華輪船公司社長）　36
*蘭領印度の特殊性　伊藤　正三　40
*白人百年の侵蝕より解放される南方地域一覧表　44
画と文　冬の蘇州留園　杭州高氏梅園　松村　天籟　46
〈「さま〴〵の姿をなせる太湖石眠るが如し冬の留園」〉
現地政治時評　南方同志会に就て　辻　徹平　48

新刊紹介　「長江文学」　90
〈同誌第二巻第一号（第四冊）。「志摩雅夫を除いた作家たちが積極面の問題を回避しているかに見受けられる」とあり。〉
研究・調査　英米煙草トラストの解剖　岡田　龍介　91
秩序（小説）　岡枝　英元　98
〈編輯後記によれば作者は新人。三月号「編輯後記」には「作者はこの一篇を残して再び北京に飛んだ」とあり。〉
ヒリッピン往来　115
編輯後記　116

○一九四二（昭和十七）年三月号（第三巻第三号）
カット　同人
社論　大東亜戦下・中国への理念　2
〔特輯　大東亜戦争下　国民政府の実態と実力〕
＊大東亜解放戦と中国の進路　汪　精衛　4
＊汪精衛主義批評　袁　殊　10
〈汪の「三民主義の理論と実際」に触れつつ〉
＊和平文学の方向　蘇我　邦衛　14
〈「『和平文学』は今こそ惜みなく「戦時文学」へと再転進し、大東亜戦下の文学運動に参加すべきである」との結論を下す〉
＊新国民運動と新中国の建設　楊　光政　20

支那農業問題と畜産の地位　沼田　宏　25
游撃地区踏破五百里の記（一）　本誌特派員　加茂　喜三　32
〈目次では標題下に「清郷ルポルタージュ」と記載。常熟、無錫を経て安鎮へ〉
現地政治時評　上海総力報国会に寄す　辻　徹平　40
国際論調　42
愛路工作と民衆組織　大木　護　45
現地経済夜話　煙草は何故高いか　深川慎一郎　48
〈愛路工作は中支那における民衆動員の尖兵である〉
随筆　豪州を語る　小畠　実　54
書道と教育　大下不二男　59
重慶研究　62
蘇州往来　65
中国論壇　政治と実践主義　荘　謙信（東大出身滬南航運公司董事）　66
抗戦主義者及びその領袖蔣閣下に寄す　陳　一就（在滬評論家）　68
「革新時代」の分析　王　子明（上海特別市政府関係者）　70
現地文化消息　美術　隠れたる中国の画家　富永　良雄　67（三段組下段〜68）
〈上海画廊に勤めて一年余りの間に経験した、日本人も文化という点では変な先進的な優越感を棄ててからないといけないと実感した出来事について〉
共栄圏映画論への一提言（三）　象川　潤　72
〈主として「中支那の現状」に言及〉
新刊紹介「続長江三十年」　77

現地文化時評　上海における音楽に就て　今野　秀人　78
〈上海楽友会の樹立を提言。シンホニーやオペラに加えて新日本の作曲家の手になる楽曲を演奏すること
を期待。今野秀人はのち上海音楽協会の中心となって活動する草刈義人の筆名。〉
南方民族史の内　爪哇民族史（二）　粕谷郡三郎　83
明星李麗華と語る　中国の映画スタヂオ参観記　本誌記者　K・K生　88
〈上海藝華影業公司のスタヂオで李麗華と会見〉
現地文化消息　映画　考証・閑職　吉田　雅俊　89（三段組下段～90）
上海に於ける半島人の文化行動　朴　巨影　94
〈昨年十二月に創立大会を開いた文化同好会のことなど〉
南京往来　97
密集地帯（小説）　塚田　照夫　98
編輯後記　112
〈「原稿募集」のお知らせ。「原稿締切ハ毎月十日・原稿ハ四百字詰五枚乃至十五枚・採用ノ分ニハ薄謝ヲ
呈ス　一、中国政治、経済、文化ニ関スル批判、検討、提唱　一、現地に取材せる雑文及び中間読物
一、各地の地理、人情・風俗及び民情の紹介」〉

○一九四二（昭和十七）年四月号（第三巻第四号）
（社告）本誌二周年記念募集『大陸往来賞』規定
〈中日文化の育成強化に関する論文及び小説を中日両国の現地人より募集。規定も掲載〉
カット　同人
社論　国民政府還都二周年記念に際して　2

〔特輯　南方華僑の研究〕
＊南洋華僑の概観とその動態分析　張　鳴　4
〈文末「南方同志会提供」〉
＊南洋華僑工作の新展開　本多　六郎　15
＊南洋華僑の特質的伸張力と今後の方向　南　一平　22
＊蘭印開拓の華僑とその現況　鮑　振青（国民政府僑務委員会管理科長）　26
＊南方に於ける通貨金融の性格と華僑勢力（一）　阿波田正一（上海経済研究所編輯長）　29
南京往来　41
〈中日商工会議所合同座談会、南京日本体育聯盟の動向〉
中間読物　後宮物語　賀茂　真人　42
支那農業と畜産問題――前承――　沼田　宏　51
随筆　北京の味覚　帆形呂久郎　56
現地文化消息　美術　上海のオアシス　森　子　57（三段組下段～58）
〈最近の上海画廊が真面目な画家や一流の画家の関心を惹かなくなったことを記す〉
現地経済時評　上海経済と華僑の関連　陳　一就　60
〈「在滬南洋華僑関係有力者一覧表」も掲載〉
国際論調　64
現地邦商発達史　日本棉花株式会社の巻　66
現地文化消息　教育　書道による中日提携　米山　永一　66（三段組下段～67）
随筆　パイプ　富永　良雄（在滬彫刻家）　68
現地文化消息　映画　現地映画の役割　原田　春夫　68（三段組下段～69）

南方民族史　爪哇の巻（三）　粕谷郡三郎　71
漢口往来　古本　繁雄　75
〈武漢合作社の現況〉
游撃地区踏破五百里の記（二）　本誌特派員　加茂　喜三　76
白木実業公司の現況
〈昭和十三年に上海で開業した百貨店白木実業公司の現況〉
特使クリップスの訪印（印度情勢）　佐々木一郎　82
三井洋行の現況　87
重慶研究　88
随筆　日華一体と論語の信行　原　重治　92
大丸洋行の現況　94
共栄圏映画論への一提言（完）　象川　潤　96
〈「南支那の現状」・「重慶政権下の映画界」〉
中国論壇　東亜解放の呼号　絳　峯　100
時局策進委員会の使命　國　揮　102
大東亜戦争下「中国青年の奮起を語る」座談会　104
出席者　張士英（上海経済研究所）・顧志維（中国通信社）・荘謙信（滬南航運公司）・陶滌亜（作家）・
婁仁奎（浙東輪船公司）・李麗（日語教師）・岩城、加茂、米倉、萩野（本紙記者）
〈三月二十日、場所国際飯店。「新国民運動と青年」「満洲国への憧憬」「和平文学の方向」「日本留学生を
優遇しては?」などの見出しあり〉
編輯後記　加茂　生　122

〈「大陸往来賞」の制定について言及。なお、編輯兼印刷兼発行人大輪一郎と発行所大陸往来社の住所が三月号までは前者が「上海北四川路八七九号」、後者が「北四川路八七九号虹口ビル四階」と表記されていたが、この号の奥付からは両者ともに「上海海寧路三徳里三五号」と変更されている。〉

○一九四二（昭和十七）年五月号（第三巻第五号）

（社告）本誌二周年記念募集『大陸往来賞』規定
カット　同人
社論　大東亜建設と文化　2
中支計画経済の方向　高木真（上海経済研究所）　4
南京往来　千代田清　11
国家の発展と科学教育　小林巌（在上海領事館副領事）　12
〔特輯　奮起した印度民族〕
＊印度の蹶起と英印会談の決裂　佐々木一郎　16
＊印度独立への行動　B・ポッピー　25
〈中国印度独立聯盟について言及〉
＊印度の資源と経済事情　岡田龍介　28
蘇州往来　吉川好一　35
随筆　近作二題　画と文　松村天籟　36
〈「常州郊外」・「玄武湖」。目次では「随筆」だが、本文は「春うらゝ　鳩の母呼ぶ　彼岸寺」をはじめとする俳句六句〉
南方通貨金融の性格（二）　阿波田正一　38

国際論調　50
游撃地区踏破五百里の記（三）　本誌特派員　加茂　喜三　54
現地文化消息　映画　民間撮影の記録映画　米原　岩雄　58（三段組下段〜59）
〈大日本写真貿易が発表した「浙東作戦譜」〉
上海商店の店頭文化　秋山　孝　62
〈ショーウインドーを見て、南京路、四川路のコースと対比し虹口側が稍、洗練さを欠き余りにウインドーに無関心であるのに注意を喚起したい。〉
若き日の回想　島田萬之助　66
〈「まへがき」によれば、島田は「大正三年に渡支して以来特殊な任務に半生を捧げ、山東に、河南に、鄭州に、上海にと活躍を続」けてきた、「知己は日本人間よりも寧ろ中国人間に多」い「興亜の先駆者」〉
随筆　南京雑想　千代田一郎　72
俳句　釣り池にて　美伊　汎　73
〈俳句八句〉
重慶研究　76
杭州行　内山　完造　80
〈目次では「杭州紀行」。旅先で食した草魚の魚生（＝刺身）について記す〉
「上海」へ寄せるの書　孫田　昌植　84
随筆　「とびはぜ」物語　熊崎　跳魚（在滬水魚研究家）　90
現地文化消息　写真　鈴木　久一　90（三段組下段〜91）
〈「中支那写真連盟」の結成。理事長赤松直昌はじめ委員・役員紹介〉
中国論壇　大東亜戦争に於ける中国の任務　絳　峰　92

〈中国の力量は当然和平地区を強固にし、而して最終の目的たる全面和平に到達すべき」と主張〉

現地事業会社紹介　98

金融工作の尖兵＝華興商業銀行の巻・現地煙草の王者＝東洋葉煙草会社の巻・廃墟から繁栄へ＝華中電気通信の巻・国民教導の道場＝中華劇場の巻

ローレット物語――赤い封蝋――（小説）　アルフレッド・ド・ヴィニー（原作）　高田　久壽（訳出）　100

〈「解説」によれば、本作品は「フランス浪漫派の詩人、小説家アルフレッド・ド・ヴィニの短編小説集、「軍隊の服従と偉大」の中の一編で、「ナポレオンがエルバ島を脱出して一八一五年三月一日カンヌに上陸した時に取材」したもの〉

編輯後記　116

○一九四二（昭和十七）年六月号（第三巻第六号）

（社告）本誌二周年記念募集『大陸往来賞』規定

カット　同人

社論　抗戦重慶の行方　2

〔特輯　中支経済再編と通貨問題〕

＊中支建設経済の新志向――東亜広域経済圏の一環として――　今井　東平（中国通信社経済記者）　4

＊中支経済再編と電力問題　宮坂二三夫　14

＊中支通貨情勢の新展開　森澤　昌輝　22

＊中支通貨工作の将来　山田　房雄　27

支那に於ける易書の研究（一）　南　岳　36
〈在支三十年の間に種々の易書を蒐集して読んできた立場から初学者の参考にと記す〉
国際論調　42
資料　重慶の国際宣伝に就いて　46
〈「まえがき」に「本文は民国二十七年、大東亜戦以前、郭若沫《ママ》（沫若）が著述した「重慶戦時宣伝工作」の一部分を抄訳したもの」とあり〉
大陸の疾病　水野　礼司（上海自然科学研究所研究員、医学博士）　52
街頭通信　初夏の洋装便り　李　如雲　56
中国の大立物と語る（一）　司法院長温宗堯氏に中国司法の理想を聴く　本誌記者　I・C生　58
〈本文は一問一答形式〉
俳句　初夏十人集　警吟社同人　62
〈白神峻峰、袴田翠雨ら十名、二十句掲載〉
上海にゐる中国画家　山本　鹿造　64
〈中国人の洋画家関紫蘭女史、唐蘊玉女史、倪貽徳、汪亜塵、額文樑、陳抱一について言及〉
現地文化消息　音楽　上海交響楽団の発足　64（三段組下段～65）
随筆　忘れ物　内山　完造　68
〈纏足の慣行についての見解〉
支那農業に於ける畜産問題（三）　沼田　宏　72
中国古典文学解剖　奇書『金瓶梅』に就いて――その時代観及び取材内容を中心として――　佐藤　幸司（上海毎日新聞文化部主任）　78
中国論壇　独の春季攻勢と第二戦線　張　会蘇　訳者・河原流太郎　84

新公園二景　〈絵と文〉　村島　鉄雄　88
重慶研究　90
現地文化消息　運動　水泳協会の誕生　90（三段組下段～91）
猶太部落訪問記　野中　愛三　94
〈西華徳路の難民収容所を訪ねた折の印象。「石川達三の蒼氓を想はせる」といった感想も記す。野中は現地作家。文末に「上海総領事館及び支那方面艦隊報道部検閲済」との記載あり〉
「支那」を摑む　麿川　一造　100
南京秘史　村川　清一　102
大陸淡水魚譚　手長蝦の生態　熊崎　跳魚　104
現地事業会社紹介　111
興業新体制の確立＝昭南劇場の巻〈同館は旧ウイリス戯院を改称したもの〉・大陸建設の戦士＝一郡組の巻・倉庫業界の権威＝上海三菱倉庫の巻
地方開発と建設　江北の産業復興と文化開拓の使命　江北興行公司の事業精神　114
現地文化消息　映画　華満映画の提携　115（三段組下段～116）
〈『阿片戦争』製作を取り上げる〉
世界の予言　119
〈二年前の三月、パリで発行されていたエクゼルショールという新聞に出ていた記事の紹介〉
編輯後記　120
〈紙数の制限から「ローレット物語」と「若き日の回想」は次号に回す〉

○一九四二（昭和十七）年七月号（第三巻第七号）
扉〈田川憲の版画〉
社論　現地文化力の結集　2
〈「われわれは支那民衆に指導性と優秀性を発揮する前に先づ自己体制を強靭ならしめ結集を計らねばならぬ」〉
〔特輯　中国建設五年の回顧と今後〕
＊建設五年　現段階に於ける国民政府　水野　一夫　4
＊抗戦五年　現段階に於ける重慶政権　林　大学　11
＊中国民生建設五年の回顧と今後　現地視角（持ち回り座談会）　16
語る人々　谷水真澄（大毎上海支局長）・児島博（大陸新報社主筆）・金久保通雄（読売新聞中支総局次長）・勝山内匠（興亜院華中連絡部政務局調査官）
ガンジーの主張　井村鼎三郎　26
支那に於ける易書の研究（二）　住山　南岳　28
国際論調　32
現地文化消息　教育　33（三段組下段～34）
〈中南支日本教育会上海分会の今年度の事業内容の紹介。とくに「研究部」の態勢〉
ルーズヴエルトの妄想　36
〈「最近上海ドイツ情報部が「アメリカの実相」と題して発表したものの部分的抜粋〉
最近の上海話劇界の動向（上）　河原流太郎　44
〈中国旅行劇団・上海芸術劇社・上海劇芸社の動向〉
大八車と吃飯　絵と文　阪上　景外　48

我等描く前進せり　中国報道戦士の観た祖国〔特別寄稿〕　魯　風　訳者・永楽七六郎　50
重慶研究　54
現地文化消息　美術　上海洋画会の誕生　55（三段組下段〜56）
〈二十一日中日文化協会上海分会館にて結成式挙行。常任委員は顔文様、王遠勃、陳抱一の三名〉
英米蘇の画策　杉山信太郎　58
湿　伊藤　克三（玄黄社同人）　61
〈上海の気象と住宅との関係についての所感を述べる。玄黄社は画家の団体〉
聖火（詩）　寒　風　62（三段組上段〜63）
「第二戦線」の帰趨　鍋山　勝一　62
〈英米ソ三国間における欧州第二戦線の設置問題をめぐって〉
中国文学解剖（二）小説『紅楼夢』瞥見（一）　佐藤　幸司　64
——紅楼夢の出世と之れに関する学術的研究——
大陸淡水魚譚　タップ・ミンノの生態　熊崎　跳魚　70
若き日の回想　島田萬之助　72
大東亜戦下　海の記念日第二回諸行事　海軍懇話会主催　80
産業南京を築く両巨星　82
大久保彦左と呼ばれる杉山徳太郎・三選会頭と云はる佐藤貫一
ロ－レット物語＝赤い封蝋＝（二）（小説）　アルフレッド・ド・ヴィニー（原作）高田　久壽（訳出）　86
特別掲載　浙贛作戦従軍記　戦ふ地図　牧　耿之介　99
〈日録風。文末に「軍報道部検閲済み」と表記〉
編輯後記　108

〈「大陸往来賞」応募作品相当数に上り、発表は八月文化特輯号の形式にて行うことに変更と記す〉

○一九四二（昭和十七）年八月号（第三巻第八号）　創刊三周年記念中日文化育成特輯号

中国人の論ずる中国文学　中国に於ける第二次文化運動の指標　止舟　訳・永楽七六郎　72
国際論調　78
新しき中国映画の方向を語る座談会　82
出席者＝松村雄蔵（興亜院調査官）・田尾五太郎（上海特務機関思想部）・筈見恒夫（映画評論家）・青山唯一（中華映画企画課長）・辻久一（軍報道部）・清水晶（日本映画雑誌協会）・澤田稔（中国通信社）・米倉、加茂記者
〈「木蘭従軍」や日本映画の現地活用のことなど。本文中に出席者青山唯一の急逝と、この座談会における談話が氏の最後のものとなったことを告げる訃報が挿入〉
浙贛作戦従軍記　戦ふ地図　牧　耿之介　100
〈前号の続き。文末「軍報道部検閲済み」とあり〉
東支那海に挑む　温州作戦従軍記〔砲艦〇〇にて〕　林　俊夫　110
〈「艦隊報道部検閲済」とあり〉
中日新体制の構想　千代田一郎　114
〈「新体制は読んだ字の如く新たらしい体制であるがその持つ内容は心体制」と述べる〉
中間読物　或る日の蔣介石　南　一平　118
中間読物　西蔵の伝説　細江常太郎　128
随筆　尻餅の記　内山　完造　136
〈数日前、我が国の最高水準にあると筆者が考えている某雑誌に載った支那に関する論文を見て、一驚を喫した＝尻餅をついた＝こと〉
随筆　中国の心臓　神田　隆　140
〈「息子を蔣介石の部下として置き、自分は日本軍に協力して和平の理想郷を建設する」と言う古老を通

して中国人の民族性についての感懐を記す〉
近日雑想　『滬西随想』に答へて　小畠　実　146
〈昨年九月号本誌掲載の東亜同文書院大学教授原一郎氏の『滬西随想』に答えて〉
武漢みたま、——武漢通信——　智世田市朗　148
〈山崎居留民団長、内田佐和吉漢口大陸新報顧問の発言を紹介〉
現地事業会社紹介　武漢の産業戦士　中華製氷と武漢商事　151
老支那の協力　太平洋行の巻　152
大陸往来賞入選候補作品の発表に就いて　本誌編輯部　169
〈応募作品は論文五十八編、小説六十三編。入選作は八月号に掲載の予定であったが、本誌編輯部及び編輯部顧問の内選の結果、その質に問題ありと判断、今回は論文三編、小説三編を入選候補作として選出、今後の審査方法につき変更する旨を通知。計六編の候補作の題名と筆者（作者）名ならびに審査委員会メンバーも紹介。〉
〔大陸往来賞入選候補作品〕
＊新土（小説）　佐野　清　172
＊日語学校（小説）　中野　齋　205
＊清郷地区（小説）　陳　一就　224
編輯後記　加茂　生　268
〈本社に企画部新設。七月中旬「重慶の内幕を発く」（パンフレット）を刊行したが、続いて「模形飛行機の作り方」を八月上旬に出版。〉

○一九四二（昭和十七）年九月号（第三巻第九号）

社論　中国への答訪使節　2
〈汪主席訪日、褚民誼特派大使の来訪に答えて、元首相平沼騏一郎、元外相有田一郎、元拓相、現大政翼賛会興亜局長永井柳太郎の三氏を南京に派遣〉

純正国民党への課題（上）　山本　昇　4
〈「一、国民運動と純正国民党」、「二、国民再教化工作としての新国民の錬成」。上海軍報道部検閲済み〉

東亜暦確立の必要性――（東亜新秩序と改暦）――　孫田　昌植　14

中国廉潔政治方法論　周　匡　訳・野田　寛次　18

大南京の建設と邦人の覚悟を聴く　持ち回り座談会　22
語る人々＝清水童《ママ》（董）三（日本大使館書記官）・上野中佐（南京特務機関輔佐官）・前田市治（南京居留民団長）・佐藤貫一（南京日本商工会議所会頭）・中村英二（南京居留民団民会議員）

現地随筆　度量衡問答　内山　完造　27

支那に於ける易学の研究（四）　住山　南額　30

上海から西安まで　支那奥地潜行手記　胡　沙　訳・永楽七六郎　38
〈一九四一年末、上海から隴海路を経て、特殊地域を通過して西安に至るまでの見聞〉

碼頭（詩）　寒　風　49

重慶研究　50

江北の旅　絵と文　瀧岸　岸鐘　52
〈表題は目次より。「南通所見」・「狼山の遠景」〉

現地人の内地報告　林　大学　54

最近の上海話劇界の動向（下）　河原流太郎　60

〈中芸劇団、新国民劇団（遠東劇団を改名）、現代劇団などの動向。「最近の上海話劇団体一覧表（「太平洋周報」による）」掲載〉
現地随筆　大陸疾病談義＝健民運動に寄せて＝　信原　南人（医学博士）66
重慶紀行　島田萬之助 70
〈「若き日の回想」の続き。「今より十年前の記憶をたどって綴られたもの」〉
中国文学解剖（四）「西廂記」と「会真記」――演劇史上における発展経路を中心として――　佐藤　幸司 76
国際論調 86
角笛（詩）　ア・ド・ヴイニー（原作）高田　久壽（訳出）92
〈「ローレット物語」に次いでのヴィニー詩編の翻訳。訳者による解説「「角笛」に就いて」が97頁まで下段に掲載〉
大陸往来賞入選外作　新風（小説）　緒方　正巳 98
編輯後記 112

○一九四二（昭和十七）年十月号（第三巻第十号）
声明〈上海雑誌協会、昭和十七年九月十二日〉
扉 2
社論　大東亜省設置と現地
〔満州国十周年記念特輯〕
＊満州国建国十周年を祝す　上海軍報道部陸軍中佐　横山　彦真 4
＊満洲経済開発の現段階　浦野　道蔵 8
＊東亜解放戦と満洲国　松島　東三 16

一九四二年度「大陸往来」掲載記事（作品）タイトル一覧

＊大東亜戦と中満の共同前進　慶　平　24
政治的視野より見た上海経済の再編　水木一郎　28
純正国民党への課題（下）　山本　昇　34
西北工作を繞る諸問題　松野尚一　44
現地人の内地報告（Ⅱ）　小畠　実　50
国際論調　54
中国古典文学解剖（五）唐代の伝奇小説（一）　佐藤幸司　56
俳句　颱風圏　野村杜季子　65
〈「応え打つキイの手白く颱風裡」を冒頭に十句掲載。「新公園」のカット〉
断章　塚田照夫　66
〈「これは、あるときどきの日記のはしである」〉
碧海に浮ぶ舟山列島——全島舟游記——　沖田涼二　70
現地事業会社紹介　75
技術報国に重点＝漢口醤油醸造株式会社の巻・日支一体の理想＝武漢柴煤公社の巻・『経済新中国の建設』＝武漢製茶株式会社の巻・金融の使命＝漢口銀行の巻・武漢の交通動脈＝武漢交通公司の巻
現地読物　いたづら狐　河原流太郎　78
〈『剪燈余話』廿一編中の『胡媚娘伝』を翻訳したもの〉
支那に於ける易学の研究　住山南岳　86
重慶研究　92
大陸往来賞決定に関する発表　94
〈「本年八月号に掲載せる「大陸往来賞入選候補作品」六篇を審査の結果「大陸往来賞選外佳作」と決定

し、六篇に対し夫々奨励金として金五拾円也を授与す」。奨励金授与式同日、現地有識者の参集を求め、作品批評の座談会を開催する予定とも記す。（ただし、この座談会が実施されたかについては確認がとれていない〔大橋注〕）。〉

大陸往来賞入選候補作品批評
　現地文学の開拓　芦田　寛　96
　〈「新土」を島木健作の「運命の人」と比較して論じて一定の評価を示す〉
　驚くべき貧困さ　杉本　淳　99
　〈評論部門応募作にあって「中日文化」なる語が用いられている点を批判。〉
　中日文化への捨石　遠江　三郎　101
大陸往来の編輯に就いての所感　96（四段組下段～101）
〈「大陸往来」に接した読者からの所感を掲載。呉淞・南京・上海・杭州からの計九名〉
ウイルキーの重慶訪問　向井　重雄　102
〈十月上旬に重慶を訪問した米国の特使ウイルキーをめぐって〉
漢口居留民団民会議員
〈二十七名の議員名掲載〉
翻訳小説　現代の英雄　M・U・レルモントフ作　東　日出夫訳　106
〈冒頭に「解説」あり。同作は作者の二度目の流刑の時に発表されたものと紹介。文末に「未完」と記載〉
編輯後記　114
〈奥付で編輯兼印刷兼発行人大輪一郎、発行所大陸往来社の住所が「上海北四川路八八七号と記載〉

○一九四二（昭和十七）年十一月号（第三巻第十一号）

扉　2

社論　新民会全聯大会の意義　蘆川　與一　4

〈十月下旬北京で開催された新民会全体聯合協議会について〉

最近に於ける重慶の外交政策　山本　鹿造　10

国府軍事機構の改革

〈「国軍新陣容」として「軍事委員会委員長汪精衛」はじめ陣容の一覧〉

〔魯迅追想〕

＊魯迅と林語堂　亢　徳　駿河　二郎　訳　16

〈林語堂の出版した「論語」と「人間世」に対して魯迅がとった態度〉

＊魯迅余聞　持塚　静男　17（三段組下段～19）

〈魯迅死後の彼とゆかりある作家たちの動静〉

＊魯迅の書簡　吉田狸眠洞　19

〈楊之華の編になるものの訳〉

＊魯迅と藤野先生　振　涼　伊佐幸太郎　訳　21

＊魯迅先生の遺像　姚　克　北村　啓夫　訳　23

重慶研究　26

〔現地文化の浄化に就いて〕

＊現地文学の再建　山村　純一　28

〈長江文学会の解散の報に接して。それに代わる「上海文学」の誕生ならびに同誌年内発行の動きについて〉

＊現地音楽の浄化　澤田　稔　30

〈ジャズはアメリカニズムの代表で日本精神とは「根本的」に相容れないとして、たとえばガシュキン（＝ガーシュイン）の「ラプソデー・イン・ブルー」とグローフエ「摩天楼」の演奏に異を唱える〉
中国古典文学解剖（六）唐代の伝奇小説（二） 佐藤 幸司 36
〈「離魂記」、「枕中記」などを取り上げて解説〉
現地随筆
盲断盲語 小畠 実 48
〈内田佐和吉『新武漢風物誌』、井上紅梅『中華万華鏡』、村上知行『大陸』などに書かれた中国の動植物について〉
僕の大陸ノート 引佐 鼎 52
〈国民政府外交部次長周隆庠の話や蘇州についての思い出など〉
囲碁と日華交流 呉 清源 56
〈目次ではこの一文も〈現地文化の浄化に就いて〉として扱われている〉
支那経済随談 増田 米治 60
国際論調 64
中国文壇と巴金＝名作「家」「春」「秋」その他について＝ 永楽七六郎 訳 66
〈「雑誌」復刊第二号に掲載された王易安の「巴金的「家・春・秋」及其它」を訳す。「大胆率直に巴金を裸にして批評したあたり」が面白いと評す〉
北支棉花の事業 平野 三郎 76
満洲と薬業 栗山千太郎〈株式会社鹽野義商社取締役〉 83
現地読物 支那怪異七題 河原流太郎 86
〈奇鬼伝、再生記、聊斎志異など〉

香港の話題　胡文虎の再生　杉村利太郎　94
〈最近華僑対策の緊要性が強調されるに伴って注目されだした胡文虎について〉
現地事業会社紹介
煙草技術の誇り＝武漢葉煙草組合の巻　101
炭都（小説）　野中　愛三　102
編輯後記　加茂　生　116

○一九四二（昭和十七）年十二月号（第三巻第十二号）

扉　2
社論　大東亜戦一周年を迎へて　鎌田　正一（支那方面艦隊報道部長海軍大佐）　4
〔大東亜戦争記念特輯〕
＊大東亜戦一年を迎へて感あり　武内　文彬　8
＊大東亜省開設と現地の期待　吉田謙太郎　18
＊大戦下一ヶ年の上海経済界
〈「編輯後記」によれば吉田は上海毎日経済部〉
街頭時評　木俣　武一　26
日華文化交流史への序説　岩下　国雄　28
文芸時評　文学経年の様相　蘇我　邦衛　34
〈前途について「昨秋私が『長江文学』第一巻第二号で提称した「中支文化聯盟」或は「上海文化協会」等の各文化団体の連携も今度こそ実現するか知れない」と述べる〉
〔特輯　大東亜戦争記念詩集〕

＊十二月八日を迎ふ・戦場にて・日本の母と日本の妻に　池田　克己　38
＊十二月八日――ペテレル号撃沈――・この朝――ハワイ爆撃の報いたる――　黒木　清次　44
＊ふたたび十二月八日をむかへる　河肥　荘平　46
中支那振興の業績　川口　一朗　50
〈設立後四年経過した中支那振興株式会社及び関係各社の足跡と現状の展望〉
重慶研究　58
大陸文化情報　58（四段組三・四段〜59）
〈上海交響楽団の第四回公演開催、海《ママ》〔閨〕秀作家林嬢の南画個展、青塔社絵画習作展など〉
現地読物　無雙と仙客　河原流太郎　62
〈唐代の伝奇小説「劉無雙伝」を翻訳したもの〉
風俗時評　軽薄なる姿態について　小泉　譲　68
現地事業会社紹介　金融工作の戦士＝中江実業の巻＝　70
林柏生と会談するの記　武藤　富男（満洲弘報処長）　72
〈五月〇日南京政府宣伝部長林柏生とヤマトホテルで会見するの記〉
現地の三大詩人　K・K生　75
〈河肥荘平・黒木清次・池田克己を紹介。黒木が「佐野清」の筆名を用いることも紹介〉
〔大東亜戦争一周年を迎へて躍進する「産業基地」満洲・華北を探る〕　77
〈本誌編輯局による現地報告集〉
＊聖業十年　皆川　豊治　78
＊華北経済の自活態様　高瀬　武寧（興亜院華北連絡部経済第一局長）　82
＊満洲に於ける農産物統制　結城清太郎（満洲農産公社理事長）　86

A Cultural History of Watching Fish 'From the Side and from Below'

—Roman Fish Ponds, Natural History Books, Cabinets of Curiosity, Goldfish Bowls and Aquariums—

MIZOI, Yuichi

Introduction

The purpose of this essay is to trace the history of 'watching fish'—from Roman fish ponds, to natural history books, to cabinets of curiosity, to goldfish bowls, to modern aquariums and to reveal the *impulsion* of the people in countries of the East and West for catching, describing and observing live fish to his/her satisfaction.

It is obvious that the impulsion to watch something is related to the desire to dominate it, which can be widely applied to our attitude toward animals. For instance, by casting an unreserved look at animals in zoos or aquariums, we reaffirm, consciously or unconsciously, that we control them. What Garry Marvin and Bob Mullan pointed out about zoos is applicable to aquariums:

> [...] at the most basic level, zoos are institutions of power, in that they reflect the uniquely human ability to hold in captivity and dominate large numbers of diverse wild animals for the purpose of human enjoyment and human benefit.[1)]

However, we must also consider the difference between watching terrestrial animals and watching aquatic lives. When a human being tries to watch fish to his satisfaction, water is the first obstacle that must be overcome, and this has resulted in several unique efforts to do so.

In this paper, we outline how 'the unique human ability' of watching fish developed from the ancient to modern times. The paper mainly focuses on Europe, but it also discusses China and Japan, where interesting fish cultures sprouted. The practices of collecting stuffed specimens or depicting fish are not excluded either, because fixing these animals in cabinets or on paper are also other forms of *domination* or *possession*. In addition, the term 'fish' here comprises all underwater living beings like aquatic mammals and invertebrates.

The main theme in the first section is the features of the practice of watching fish, and, in particular, the *angles of the visual line of sight*. This means that during the practice, fish must have been watched not only from above but also from the side and below. In the second section we trace the keeping, exhibiting and depicting of fish from ancient to early modern periods, both in Western and Eastern countries. Then we turn to the practices of watching fish in modern (public) aquariums in the last section.

1. Visual Line of Sight and Its Angles During the Practice of Watching Fish

Hidden Figures of Fish

The main obstacle to watching fish is water. When we observe them from above, the surface of the water reflects the light, which can prevent us from seeing the underwater world, and even without any reflection, water is still a layer which distorts the silhouette of the fish. It is obvious that this

characteristic of water previously prevented the accumulation of knowledge about aquatic lives. Hiroshi Aramata discusses this problem and states the following:

> But fish have different features compared to other terrestrial organisms such as plants. It is the very fact that they are living in the water. For human beings, the aquatic world was the other world [ikai, 異界], and as the inhabitants of the other world, the fish were essentially considered to be 'invisible' like ghosts. The strange sensation experienced by anglers when their fishing line catches something in the other world and starts to wriggle as if it were frightened is reminiscent of the archetypical image of the ancients. Fish were mysterious existences.[2)]

Fig.1 The hammerhead sharks in Scheuchzer's *Physica Sacra*. Vol.4. (1735) (Aramata, Hiroshi 荒俣宏. *Sekai dai hakubutsu zukan* 世界大博物図鑑. Vol.2 (Gyorui 魚類). Tokyo: Heibonsha 平凡社, 2014, p.8)

Aramata, stating that 'fish were, so to say, the half-hidden creatures'[3], points out that they were sometimes depicted with only half their bodies exposed from the water. He introduces as an example the illustration of hammerhead sharks in Johann Jakob Scheuchzer's (1672–1733) *Physica Sacra* (Fig. 1) and comments compellingly saying that 'The head, which can hardly be comprehended as that of a fish, induces fear and heightens the irritating masking effect [of water].'[4]

Surely we can watch living fish when we swim and dive in lakes or seas, but first we must solve problems such as breathing or dealing with the temperature or the pressure of the water. Observing fish directly, without any wall between them and us, can also be dangerous, like a scene in Jules Verne's (1828–1905) *Twenty Thousand Leagues under the Sea(s)*, in which the characters encounter sharks as they wander on the bottom of the sea:

> I was stretched out on the ground in the shelter of a seaweed bush when, raising my head, I noticed some huge shapes moving noisily past, giving out phosphorescent gleams.
> My blood froze in my veins! I had recognized the formidable sharks threatening us. [...] Monstrous fiery mouths that can chew an entire man in their iron jaws. [...] I hardly studied their silver bellies and menacing mouths bristling with teeth from a unscientific point of view, but more as a potential prey than as a naturalist.[5]

Here the protagonist does not appear as the dominator but rather as the prey who wishes not to be found out by predators, and, luckily, he can escape thanks to the shark's short-sightedness. In the water, fish occupy a favourable position for watching invaders.

Watching Fish 'from the Side and from Below'

Thus, it can be said that in order for us to view fish comfortably, they must be separated from their own living environment. In doing this, humans must consider the angles of visual line of sight because since ancient times, the people of the East and West have watched fish not only from above but also from *the side* or from *below*.

This notion might sound obvious, but this is important when we think of the difference between watching terrestrial animals and watching aquatic lives. Of course, people also like to watch terrestrial animals from the side, but if that is not possible, observing them obliquely from above tends to be preferred.

Such angles symbolise the superiority of the human, too. The menagerie of Louis XIV (1638–1715) effectively exemplifies this point, as it consisted of a two-storied pavilion where the king could watch animals from the side and from above (Fig. 2). This structure appealed to people from his country as well as from other countries; he gathered numerous animals from around the world and established his domination over the animal kingdom. These

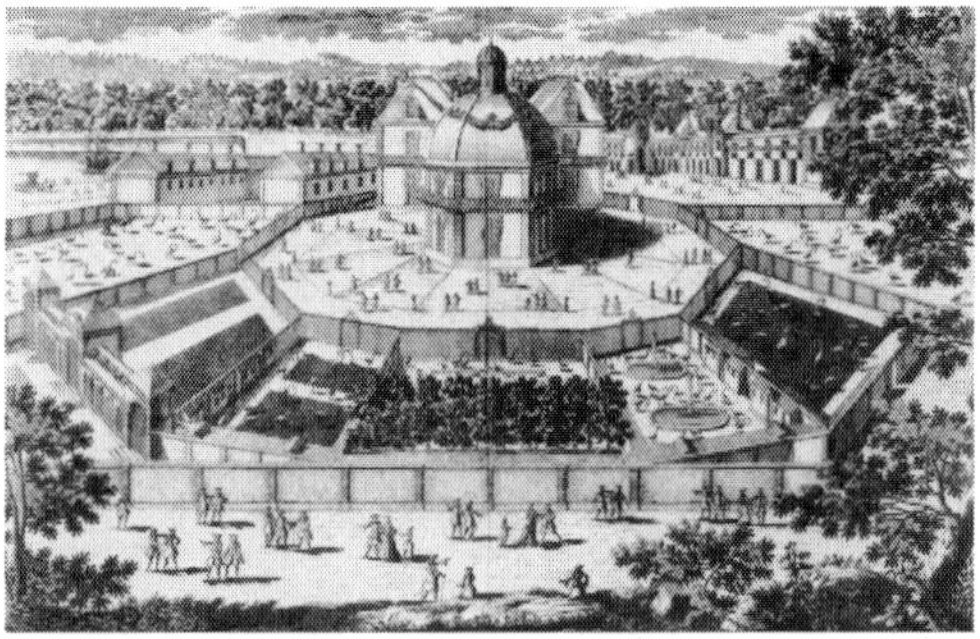

Fig. 2 The menagerie of Versailles (Baratay, Eric and Elisabeth Hardouin-Fougier. *Zoo*. Trans. Matthias Wolf. Berlin: Wagenbach, 2000, p. 53)

angles of visual line of sight have not essentially changed even in the modern period. The concept art (Fig. 3) of the Tierpark designed by Carl Hagenbeck (1844–1913) indicates the importance of the high-angle view, and today elevations are still crucial in zoos for watching a large group of animals.

Fig. 3 The concept art of the Tierpark Hagenbeck (Gretzschel, Matthias and Klaus Gille. *Hagenbeck*. Hamburg: Edition Temmen, 2009, p. 11)

But we cannot be satisfied when we watch fish from such angles. In addition to the above-mentioned problems of the water, the colour of fish often darkens to reduce the possibility of their being preyed upon by birds; hence, we can sometimes see only a black silhouette from above. Moreover, the body of many fish is a spindle shape, which makes it difficult to verify their profiles (of course, there are exceptions like rays, flounders, crustaceans and shellfish).

In short, fish watching cannot be done at a satisfactory level only by gathering and putting them in an enclosure like terrestrial animals. They must be

watched *from the side*, obliquely or right *from below* through a transparent wall.

Kazuo Yamamoto emphasises in his studies on aquariums that 'fish are beautiful in general when they are observed from the side, but their ornamental value decreases when we observe them from below'[6], and further comments that 'the best effect of exhibiting fish is achieved when watched from the side, and not from above or below.'[7] Although his statement is relevant generally, it must be pointed out that the preference for 'watching fish from below' is inseparable from the desire which the human being has cherished since the ancient period.

In times when human beings could not easily produce a large pane of glass to create an aquarium to hold fish, there was no other choice than to obtain the assistance of fairies in the sea to watch fish bellies underwater. An Irish legend collected by Thomas Crofton Croker (1798–1854) describes the experience of a fisher named Jack Dogherty, who borrowed a magical hat from a *merrow* (merman) and dived into the ocean without drowning. At the bottom, he could get out of the water and alight on a dry place, and there was a house slated with oyster shells. Crabs and lobsters were 'plenty walking leisurely on the sand. Overhead was the sea like a sky, and the fishes like birds swimming about in it.'[8] This image is reminiscent of aquariums or sea observatories, and it seems likely that the collective desire to experience what it was like underwater might have borne fruit as in this legend.

Watching fish from below in comfortable circumstances was nothing other than an uncommon experience. And to fulfil the wish without a merrow's hat, we must overcome the physical difficulties of doing so.

In the following section we examine how people in Europe, China and Japan kept, exhibited and depicted fish dead or alive from the ancient to the early modern periods. The visual line of sight and its angles at watching fish will be considered constantly.

2. Variations of Fish Watching from the Ancient to the Early Modern Period

Watching Fish in Classical Antiquity

In the ancient Mediterranean, people imagined the wonders of the sea and were fascinated by them. In Homer's *Odyssey*, the protagonist encounters Scylla, a monster with 12 legs and 6 heads, along with Charybdis, which swallows an enormous amount of water. Immortal as well as invincible[9], they symbolised the power of nature, which the human cannot control.

We can easily expand the list of such classical monsters, like Cetus, which attempted to swallow Andromeda; Triton, who possessed a human body and a fish tail; or Hippocampus, a mixture of horse and fish.[10]

However, people of the Mediterranean also attempted to depict aquatic lives realistically from early times. For instance, we can find vividly embossed octopuses at the bottom of a golden cup from Dendra (14th c. BCE Fig.4) or a realistic fresco from Thera island of a ship following dolphins (ca 1500 BCE Fig.5).

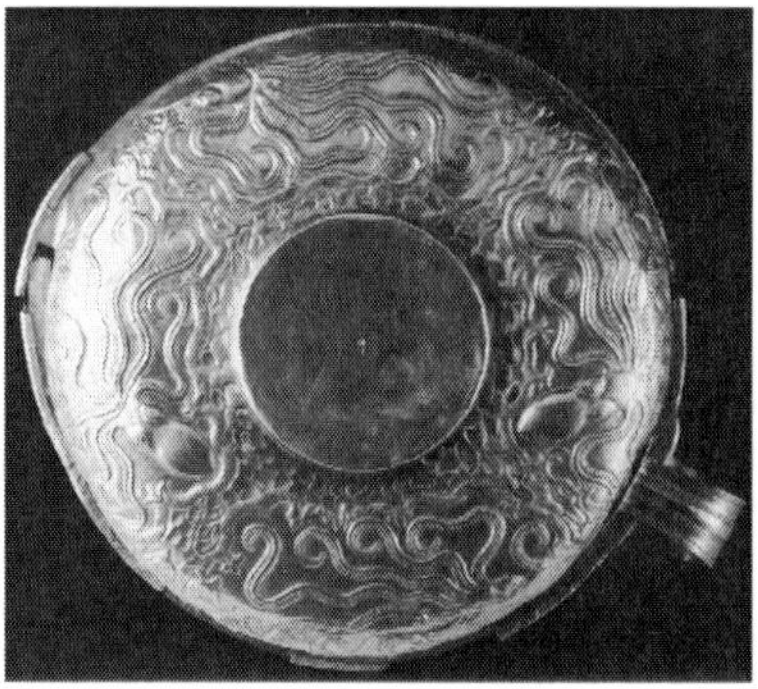

Fig.4 The golden cup from Dendra (14th c. BCE) (Tomobe, Naoshi 友部直 and Akira Mizuta 水田徹, ed. *Sekai bijutsu dai zenshu* 世界美術大全集. Vol.3. Tokyo: Shogakukan 小学館, 1997, Fig.58)

Fig.5 A fresco from Thera island (ca 1500 BCE)
(Tomobe Vol.3. 1997, Fig.74)

Aristotle (384 BCE–322 BCE) stands out for his objective way of observing aquatic lives. He described the structure of their body, sense and behaviour based not only on interviews with fishers or sponge divers but also on his collection of fish and observations made at Lesbos island.[11]

His descriptions of the half-asleep activity of fish[12] or the camouflage of the octopus in the act of predation[13] indicates that he carried out studies of the lives of fish in captivity. He also describes, presumably based on his experiences, fish dying from suffocation if they were kept in less water, like 'breathing animals' with less air.[14]

It is remarkable that Aristotle wrote only about what he was convinced was true and what he saw and heard himself, excluding nonsensical monster stories as much as possible. For example, he paid attention to only the facts about the breathing and the reproduction of aquatic animals like whales and did not engage in fancy (although he believed in the unlikely idea of the spontaneous generation of fish).[15]

In contrast, Pliny the Elder (ca 23–79) did not hesitate to introduce the wonders of aquatic lives like the fish 'balænæ', which was of enormous size (more than 10,000 square metres); the 100-metre-long 'pristis' in the Indian

Ocean; the battle of Alexander's fleet against a shoal of sea monsters; and sightings of Tritons.[16]

Moreover, Pliny also left some valuable reports about the Romans' methods of keeping and watching fish. According to him, a fish placed by Vedius Pollio in a pond at a villa in Campania lived for 60 years.[17] Pollio was a friend of the Roman emperor Augustus (63 BCE–14 AD) and famous for the story that he let his Muraenas devour condemned slaves[18], which sounds more like a legend than actual fact. Pliny reported further on Lucullus's fish pond filled with saltwater which was drawn from the sea through a tunnel that ran through the mountains near Naples.[19] According to George Jennison, 'such ponds were common enough on seaside properties in the first century A.D.'[20]

Muraenas were a favourite fish of the Romans. Pliny writes that C. Hirrius provided 6,000 Muraenas for a banquet of Julius Caesar, and he also mentions individuals who doted on them or who would adorn a Muraena with earrings.[21] Romans also kept red mullets, grey mullets, sea-pikes, turbots, sole and gilt breams.[22]

In relation to fish ponds, which were created for enjoyment or for supplementing food, mosaics depicting fish are worth mentioning. The most representative mosaic might be the one that was unearthed in Pompeii and is now exhibited at the Naples National Archaeological Museum (Fig. 6). In this work Mediterranean fish are illustrated realistically with their *sides* shown to us. This type of mosaic decorated not only baths, fountains and pools[23] but also the bottom of fish ponds. When the ponds were filled with water, the illustrated fish looked as if they were alive, and the real fish swam above the mosaic, although what Romans could actually see was only their tops.[24]

It can be said here that the desire to watch live fish from the side is

Fig. 6 A mosaic from Pompeii (Photographed by the author. August 2004)

understandable. But considering that glass plates were brought to Rome, Herculaneum and Pompeii in 50 AD and that people were then able to change one wall of fish tanks from marble to glass and watch fish from the side, as Bernd Brunner describes[25], it is fair to say that the Romans could fulfil their wish to some extent.

The desire to observe aquatic lives resulted in other forms of exhibition. For instance, when a whale washed up near the mouth of the Tiber River, a model of it was created and exhibited in a wild beast show.[26] According to Pliny, seals performed in front of an audience like they do today, and furthermore, Emperor Claudius (10 BCE–54 AD) killed a trapped orca in a harbour with his soldiers.[27]

'Half-Hidden Monsters' on Medieval and Renaissance Maps

The fall of the Western Roman Empire in 476 and the subsequent social turbulence resulted in a decline in studies and the scattering or the loss of books. The intolerance of the church in Western Europe toward the Greek understanding of science fostered this tendency[28] and caused the marginalisa-

tion of once familiar sea creatures. They were sometimes represented as monsters, with half their bodies exposed above the surface of the water.

The leviathan in the Bible must have stimulated people's imagination in the mediaeval period. This sea monster rejected every attempt to be controlled by anything except mighty God.

> Can you pull in Leviathan with a fishhook or tie down its tongue with a rope? Can you put a cord through its nose or pierce its jaw with a hook? [...] Will it make an agreement with you for you to take it as your slave for life? [...] Can you fill its hide with harpoons or its head with fishing spears? If you lay a hand on it, you will remember the struggle and never do it again![29]

Pliny's *Natural History*, filled with wonders and legends as mentioned above, was one of the few surviving books in this period and became a well-spring for the imagination in medieval Europe. Furthermore, *Physiologus*, which presented morals based on animal 'behaviours', also commanded wide popularity.[30]

In *Physiologus*, the chapter about the whale, for example, describes how it exhales perfume to lure fish into its mouth to devour them, and says the devil would tempt people with its false words in a similar way. *Physiologus* also introduces a famous legend: a whale was so huge that seafarers sometimes misperceived it as an island and moored their ship to it, but at that moment the whale dove into the ocean with them.[31]

Such 'sea monsters' were often painted on mediaeval world maps and nautical charts, and their depictions compel our interest today.

One of the earliest samples introduced by Chet Van Duzer is the *mappaemundi* (975), which represents the contents of *Commentary on the*

Apocalypse by Beatus of Liébana (ca 730–ca 800). It illustrates the ocean surrounding the three continents of Europe, Asia and Africa (called T-O *mappaemundi* because of its form), and fantastic monsters like a creature that swallowed Jonas (Fig. 7).[32] The fact that the entire bodies of the monsters are coloured in blue indicates that they are underwater, normally invisible from humans. However, it must be noted that the ships are also covered with blue paint.

However, on the map drawn in San Andrés de Arroyo (ca 1248), sea

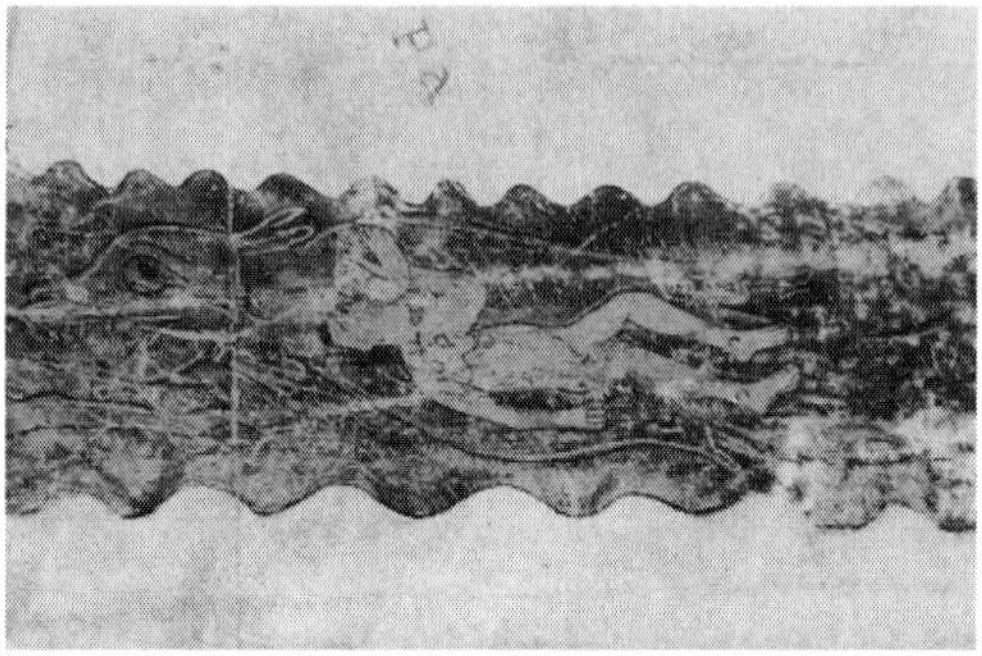

Fig. 7 Jonas in the belly of a monster (Duzer, Chet van. *Sea Monsters on Medieval and Renaissance Maps.* London: The British Library, 2014, p. 17)

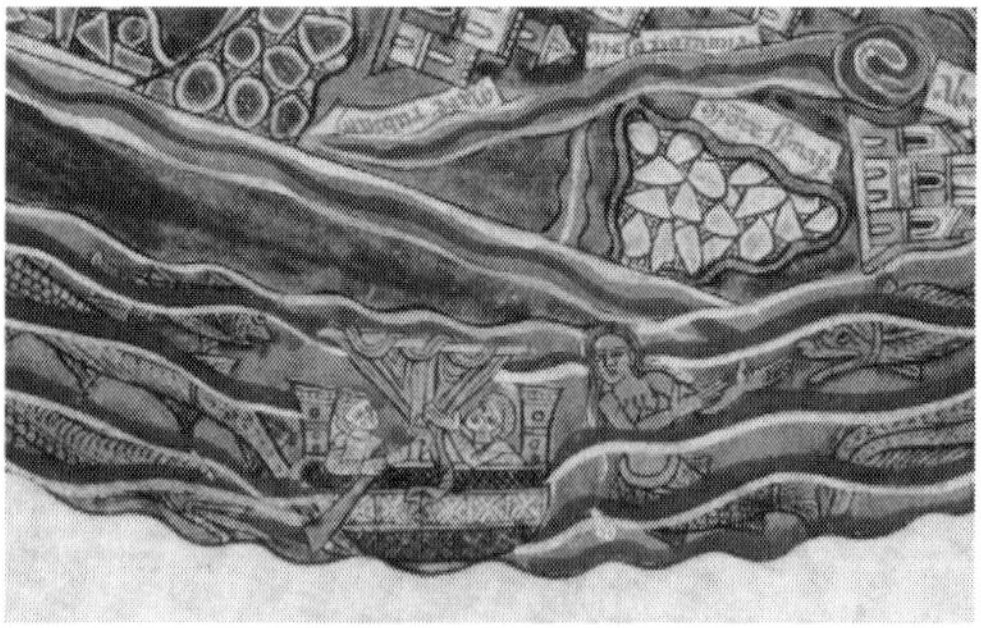

Fig. 8 A siren tempts seafarers (Duzer 2014, p. 20)

creatures are depicted clearly under the water's surface. One of them is a siren, and she exposes only half her body out of the water and tempts seafarers with her enchanting song (Fig. 8). Watching from above, from a god's view, we grasp her whole contour, but the seafarers shown on the map can see only the woman's body.

Another method of emphasising the mystique of sea monsters is *not* to illustrate the body under water.[33] Not all, but some monsters are portrayed with the lower half of their bodies concealed on the *Carta Marina* of Olaus Magnus (1449–1557), who left behind documents on Nordic history and folklore. The above-mentioned huge whale with a moored ship and seafarers on its back is also portrayed (Fig. 9). In contrast, the picture of a whale (being) gutted (Fig. 10) suggests that 'sea monsters' were no longer seen as uncontrollable in this period.[34]

Of course, the illustrators of these maps did not necessarily feel any responsibility for describing realistic aquatic lives. Yet we can also find some realistic depictions among the fantastic ones. Duzer provides an example in

Fig. 9 A whale with a moored ship and seafarers on its back (Duzer 2014, frontispiece)

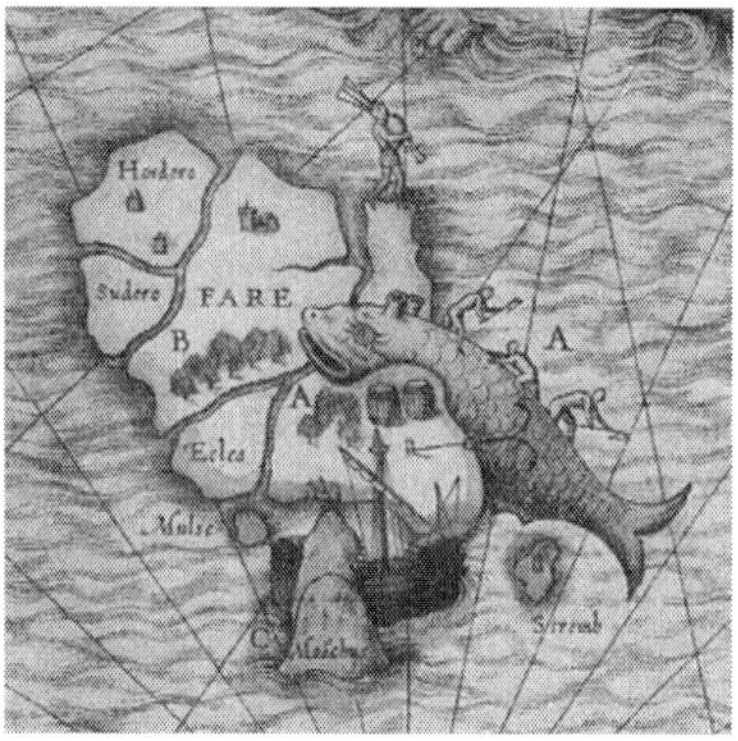

Fig. 10 The gutting of a whale (Duzer 2014, frontispiece)

Nova Francia, alio nomine dicta Terranova of 1592 (Fig. 11). Here we encounter old-fashioned monsters and a scene of whaling by Basques at the same time. The whaling scene, borrowed from a work in Hans Bol and Philip Galle's *Venationis, piscationis et aucupii typii* (1582), represents highly realistic whales.[35)]

The coexistence of fantastic and realistic creatures reflects changes in European mentality, which perceived large sea creatures as being less mysterious and not as uncontrollable as before.

Fig. 11 *Nova Francia, alio nomine dicta Terranova* of 1592 (Duzer 2014, p. 113)

Fish Illustrations in Natural Historical Literature and the Fish Exhibition in Cabinets of Curiosities

In my student years, I once dissected a shark referencing *The Natural History of Sharks* (サメの自然史 *Same no Shizen-shi*), written by the marine biologist Toru Taniuchi[36)], to understand its anatomical structure, and also witnessed the dissection of a Megamouth shark at Tokai University in 2003. All of these procedures naturally took a fairly long time, but allowed me to

experience what could be called ‘relentless watching’ by the human being. In the dissection of fish, they are observed from every angle and measured down to the smallest part, and their insides (even parasites) are also exposed to be inspected. There is no room for fancy.

This style of watching derives undoubtedly from Aristotle, and it is well known that his writings gained a reputation in the Renaissance period. Saburo Nishimura points out that Aristotle’s considerations of animals were already translated into Latin in the 13th century, but they had not commanded general acceptance before their publication (1476) by Theodorus Gaza, who escaped from the collapsing Byzantine Empire, where the literature of the antiquity had been preserved.[37)]

Stimulated by Aristotle’s works, abundant reports and depictions were published. Representative of these are the studies of Conrad Gesner (1516–65), who investigated mammals, reptiles, birds and fish by collecting relevant materials mainly in Switzerland and exchanging correspondence with other researchers.[38)]

Gesner’s treatise has numerous illustrations of fish portrayed from the best angles to show their details fully. Spindle fish are seen from the side and flat fish from the top. The treatise also contains an anatomical illustration of a small shark with its egg (Fig. 12), with the commentary, ‘[...] it is reddish and black in colour, is maculated and has extremely rough skin, like a file when stroked from the tail to the head.’[39)]

However, Gesner could at the same time not free himself from the belief in fantastic animals, much like the above-mentioned producers of maps. A famous example is his reference to the ‘sea bishop’ (Fig. 13). According to Gesner, this grotesque creature was caught on the coast near Poland in 1531 and sent to the king, but it desperately desired to go back to the ocean and was released at last.[40)]

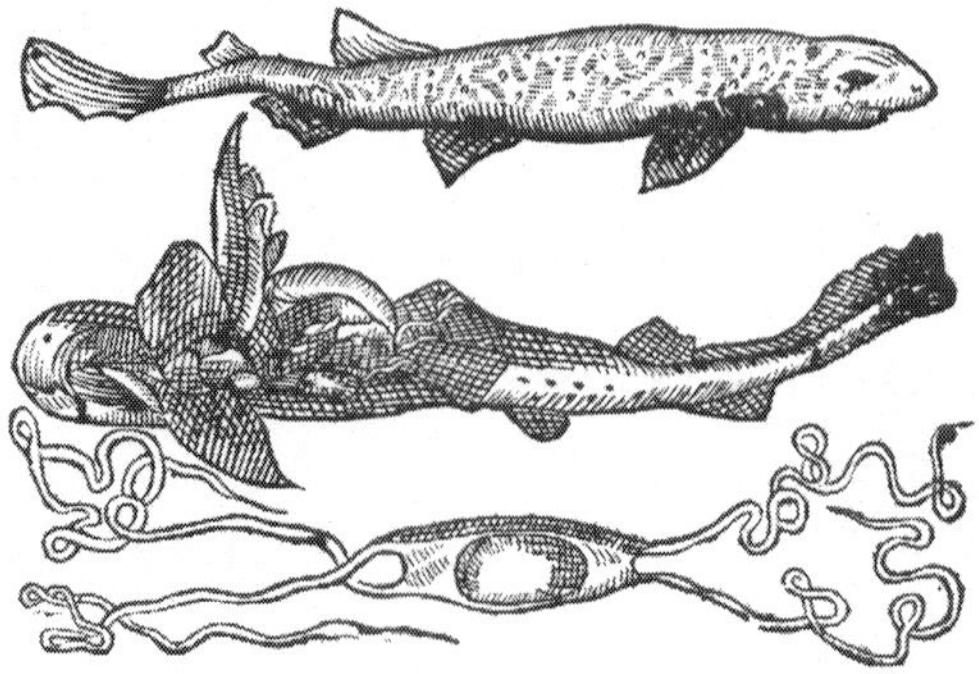

Fig. 12 An anatomical drawing of a small shark with its egg (Gesner, Conrad. *Fisch Buch.* Hannover: Schlütersche Verlagsanstalt und Druckerei, 1995 (Rept. of the original German edition, 1670), p. 111)

Fig. 13 An illustration of the 'sea bishop' (Gesner 1995, p. 152) Both of these pictures (Fig. 12 and 13) had already appeared in Guillaume Rondelet's *Libri de piscibus marinis*, 1554 (p. 380 and 494).

In Gesner's time, treatises on fish by Pierre Belon (1517–64), Guillaume Rondelet (1507–66) and Hippolyte Salviani (1514–72) were published in succession[41] and were enriched with fine illustrations. Books with coloured

illustrations also began to appear. For example, there were the vivid pictures in Louis Renard's (ca 1678–1746) *Poissons, ecrevisses et crabes, de diverses couleurs et figures extraordinaires, que l'on trouve autour des isles Moluques et sur les côtes des terres Australes [...]*, which seemed too colourful to the eyes of many readers and looked rather fantastic.[42]

Aramata indicates that fish were generally illustrated on land, sometimes with the background of the seashore in the 18th and 19th centuries (Fig. 14). He considers the characteristic representations of fish as follows:

> What it conversely indicates is that no European had ever witnessed the natural underwater world until this time. There was, therefore, no way to illustrate a fish swimming in the water.
> However, the depictions of fish with the landscapes seemed more 'natural' than the precise miniature of a mounted fish. We can regard the portrayed fish at the seashore as an ancestor of that 'in water'. In short, these types of depictions were developed in a struggle to provide a 'natural environment' to the foreign, aquatic inhabitants.[43]

Fig. 14 An illustration in William Jardine's *The Natural History of Fishes of the Perch Family* (1843) (Aramata 2014, p. 254)

Illustrations of fish in water were first produced by Philip Henry Gosse (1810–88), who popularised the term 'aquarium'.

The pleasure of watching fish from various angles was not limited to books. Cabinets of curiosities exemplify an interesting way of exhibiting fish. These were collections of artificial and natural rarities, established in Italy in the 15th century, and in the course of the European expansion to the world, the contents became more and more diversified.

Mounted fish were also indispensable for collections and often suspended from the ceiling. In the famous cabinet of Ferrante Imperato (ca 1525–ca 1615), for instance, fish were exhibited above birds over the top window and all over the ceiling (Fig. 15). Similarly, the ceiling over the cabinet of Francesco Calzolari (1521–1600) and that of Ole Worm (1588–1654) were occupied by fish as well (Fig. 16, 17).

In the cabinet of curiosities in Ambras Castle in Innsbruck, stuffed sharks are also hung from above, although they are works of the 19th century which were substituted for the original, deteriorated specimens (Fig. 18). In

Fig. 15 The cabinet of curiosities in *Dell'Historia Naturale* by Imperato (1599) (Baratay, Eric and Elisabeth Hardouin-Fugier. *Zoo*. London: Reaktion Books, 2004, p. 31)

Fig. 16 Calzolari's cabinet of curiosities (Komiya, Masayasu 小宮正安. *Yuetsu no shushu: Wunderkammer no nazo* 愉悦の蒐集 ヴンダーカンマーの謎. Tokyo: Shueisha 集英社, 2013, p. 55)

Fig. 17 Ole Worm's cabinet of curiosities (Komiya 2013, p. 138)

any case, this practice of exhibiting specimens likely indicates that this exhibition style was introduced not just because of the bird-like form of fish but also because of the desire for a marvellous underwater experience.

Fig. 18 The cabinet of curiosities in Ambras Castle
(Photographed by the author. September 2013)

Depictions of Fish and Natural Historical Study in China and Japan

The practices of watching and illustrating fish also developed in China and Japan. In China, where the fish is a symbol of fertility and success, depictions in the style of *Twin Fish* (双魚 Shuangyu) and *Fish among Algae* (藻魚図 Zaoyutu) have been produced. And their representation transformed from the rigid fish evoking a carcass on a chopping board to the realistic and vividly swimming fish during the era of Five Dynasties and Ten Kingdoms (907–960).[44)]

In the illustration *Fish among Algae*, like the one by Jie Liu (劉節 Ming dynasty 1368–1644, Fig. 19), fish were often depicted in a pattern with a twisting tail. But there were also attempts to integrate fish seen from various angles into a composition like *The Schooling Carps* (群鮮朝鯉圖巻 *Qunxianzhaolitujuan.* Ming dynasty). Tomomi Suwa assumes that this depiction represents the idea of 'The Happiness of Fish' (魚楽 Yule), which derives from a dialogue of Zhuangzi (荘子) with Huizi (恵子, Huizi asked Zhuangzi,

Fig. 19 *Fish among Algae* (藻魚圖軸 *Zaoyutuzhou*) by Jie Liu (Toda, Teisuke 戸田禎佑. 'Ryu setsu hitsu sogyo zu ni tsuite 劉節筆藻魚図について.' *Bijutsu Kenkyu* 美術研究. 240 (1966): frontispiece, Fig. 2)

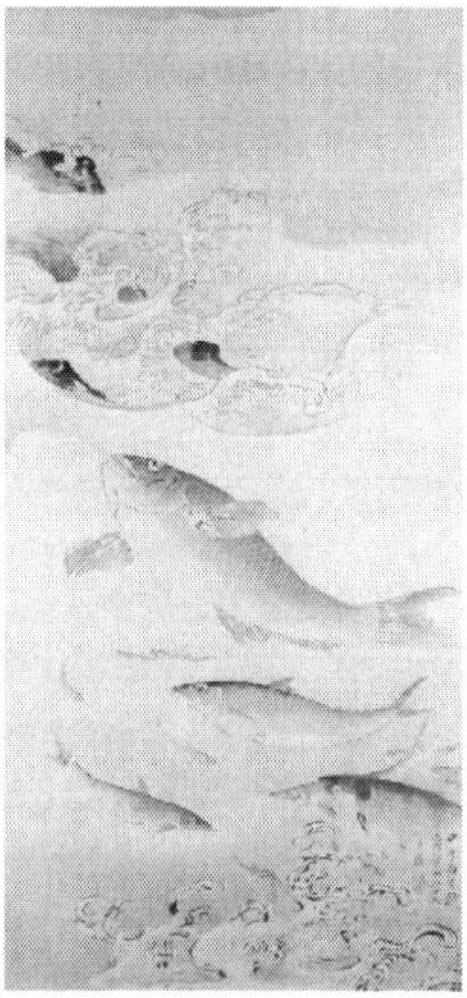

Fig. 20 *The Ocean's Bounty* (海錯図 *Kaisakuzu*) by Kazan Watanabe (Hibino, Hideo 日比野秀男. *Watanabe Kazan* 渡辺崋山. Tokyo: Perikansha ぺりかん社, 1994, frontispiece, Fig. 4)

'You are not a fish. How do you know what the happiness of fish is?'). The artist supposedly intended to obscure the angles so that we cannot be sure whether we are looking at the fish from above or from the side, and he succeeded in not letting us experience it from 'the specific viewpoint of human beings'.[45)]

The tradition of the *Fish among Algae* was also inherited by Japanese artists, but they developed it in an original style. For instance, Okyo Maruyama (円山応挙 1733–95) observed fish and tried to put some vitality into his precise depictions. Furthermore, he insisted on watching fish from a distance using a telescope, so as not to cause them to feel stressed and thereby lead to unnatural behaviour. His illustrations often portray fish

obliquely from above.[46] Illustrations of fish seen from the perspective of looking down on through a transparent water surface were also found among *ukiyo-e* pictures (浮世絵 woodblock prints and paintings of common life).[47]

Illustrations of swimming fish were also produced in the middle and latter part of the Edo period, and Kazan Watanabe's (渡辺崋山 1793–1841) work *The Ocean's Bounty* (海錯図 *Kaisakuzu*) is especially interesting (Fig.20) because it represents the underwater world, with the sides of fish as well as their *bellies*[48] visible. It is also notable that Watanabe, who had been both a philosopher and an artist, was executed in the political unrest just prior to the infancy of the public aquarium.

Realistic illustrations are linked to the rise of natural historic study called *honzogaku* (本草学) in the same period.[49] The subjects of this type of study which first developed in China were plants, animals and minerals that could be turned into medicine. The wide acceptance of this practice among Japanese was initiated by the Confucian Razan Hayashi (林羅山 1583–1657), who served as an adviser to Shogun Ieyasu Tokugawa (徳川家康 1542–1616) and translated Li Shizhen's (李時珍 1518–1593) *Compendium of Medical Herbs* (本草綱目 *Bencaogangmu*) into Japanese. The compendium had a specific arrangement and classification, along with descriptions, and the Japanese translation was read by scholars as well as samurais, who recognised that understanding of the human being and of nature was the way to bring out the truth in this universe in accordance with neo-Confucianism.[50]

Beginning in the middle Edo period, researchers of *honzogaku* were more interested in natural historical subjects themselves than (in) their medical efficacy and focused also on the lives of natives. Ekiken Kaibara's (貝原益軒 1630–1714) *Japanese Compendium of Materia Medica* (大和本草 *Yamato honzo*) represents this tendency as it describes some of the species appearing in Li Shizhen's writings along with those from Japan or Southern

and Western countries. Notably, the bounty from the sea is also introduced, and fish are depicted from the appropriate angles just like in the European literature (Fig. 21).[51)]

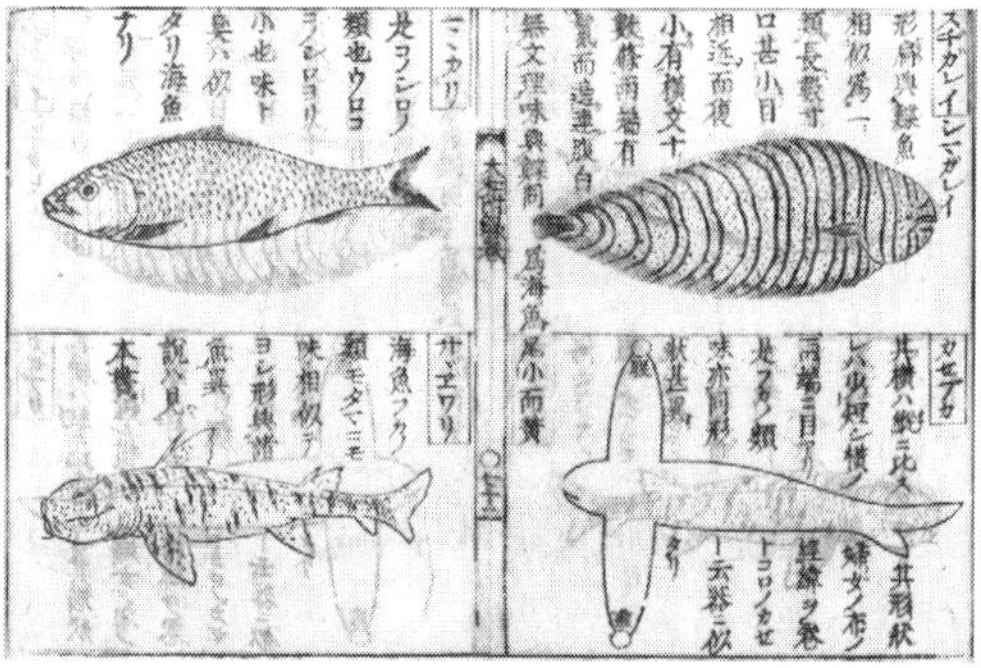

Fig. 21 Fish from the *Japanese Compendium of Materia Medica*. The weird picture at the lower right depicts a hammerhead shark (Kaibara, Ekiken 貝原益軒. *Yamato honzo: shinkosei kan no jo* 大和本草 新校正 巻之上. Akitaya, Taemon 秋田屋太右エ門, 1825, p. 72)

A wide range of people from the upper to the lower classes observed the beauty of the figures and colours of the fish. Yoritaka Matsudaira (松平頼恭 1711–77), the lord of the domain Takamatsu (today Kagawa), ordered the compilation of a full-coloured *Illustrated Book of Fish and Aquatic Animals* (衆鱗図 *Shurinzu*). Its illustrations are thickly lacquered and hence lightly uplifted from the paper with carefully painted scales (Fig. 22). Yoshitoki Musashi (武蔵吉恵), who was a direct retainer of the shogun, also illustrated more than 1,000 species of shells, and Tatsuyuki Okukura (奥倉辰行), a vegetable merchant, published *Four Books on Aquatic Lives* (水族四帖 *Suizoku jijou*) and *Realistic Illustrations of Aquatic Lives* (水族写真 *Suizoku shashin*), which depicted 1,000 species of fish.[52)]

Fig. 22 Pictures from the *Illustrated Book of Fish and Aquatic Animals* (Aramata 2014, p. 293)

The Rise of the Goldfish Culture

The practice of breeding and keeping goldfish is indispensable in the history of fish watching. Goldfish also originated in China. The sighting of 'fish with red scales' by Huanchong (桓沖) in Lushan in the period of the Jin dynasty (265–420) is recorded, and the Chinese supposedly began to collect and keep such mutants of crucian carps from the era of the Southern Liang dynasty (502–557) to the end of the Northern Song dynasty (1126). Since the time of the Southern Song dynasty (1127–ca 1279) goldfish have commanded popularity as the 'house fish' among the upper class and have also been bred selectively. They were kept at first in ponds and then in ceramic vessels. Ordinary people have also kept them since the period of the Ming dynasty (1368–1644).[53)]

Goldfish first came to Japan in the middle of the Muromachi period (1502), but they came to be imported on a larger scale from the beginning of the 17th century. The trend of keeping goldfish spread from the western region to Edo (Tokyo).[54)]

The best way of enjoying the shape of a goldfish is *uwami* (上見),

watching it from above, as Tomoko Yoshida, the seventh successor of the wholesale dealer founded in the Edo era (1603–1867), suggests:

> Watching [it] from above is wonderful because we can see the whole figure. We can enjoy the beautiful spindle shape, the appropriate thickness of the body, the tale wavering with the water pressure following the movement of the body and the arrangement of colours white, red and black.[55]

Goldfish were surely bred with a desire for watching fish, even though they can be only viewed from above. Goldfish could be observed easily in black lakes or in mossy vessels, and the pleasure of watching them was increased by mixing ones of various colours (Fig. 23).

The disadvantage of *uwami* is that the eyes of goldfish cannot be seen,

Fig. 23 Watching goldfish from above. Illustrated by Sadanobu Hasegawa (長谷川貞信 1809-79) (Nagata, Seiji 永田生慈 ed. *Nihon no ukiyoe bijutsu* 日本の浮世絵美術. Vol. 5. Tokyo: Kadokawa shoten 角川書店, 1996, p. 144)

although pop-eyed goldfish make this possible. They were already depicted in illustrations in 1428 in China, but could not be 'purely' bred until the 16th century, and Japanese did not even know of their existence until 1895.[56)]

The breeding of fish with brilliant colours or pop-eyes for our enjoyment can be said to represent the will to control nature. Nevertheless, it was not until the production of glass that the desire to watch them both from the side and from below could finally be appeased. Glass was probably introduced by Europeans to the Japanese who also fabricated it by themselves in the 18th century. The production of fish bowls enabled people to watch goldfish from any angle, and Japanese were caught up in this possibility (Fig. 24). Unique containers consisting of two bowls connected by a narrow pipe, called a *suishoku* (水燭), were also invented to watch goldfish swim from one bowl to another.[57)]

Fig. 24 A goldfish in a glass bowl. Illustrated by Eisho Chokosai (鳥高斎栄昌, 18th century) (Kikuchi, Sadao 菊地貞夫. *Genshoku nihon no bijutsu* 原色日本の美術. Vol. 17. Ukiyose 浮世絵. Tokyo: Shogakukan 小学館, 1968, Fig. 75)

Tatsugoro Yodoya（淀屋辰五郎）, a wealthy merchant from Osaka, is famous for building a kind of 'ceiling aquarium'. He constructed a room which was surrounded on all four sides by glass *shojis*（障子, screens usually made of paper with wooden frames and used as doors as well as walls in Japanese houses）and fit a glass tank on the ceiling. He filled the tank with water, placed goldfish in it and named the room the 'Summer Room'（夏座敷 Natsu zashiki）. Kosai Ibarakiya（茨木屋幸斎）, a master of geisha houses in Osaka, and Michiari Senga（千賀道有）, a physician to the councillor Okitsugu Tanuma（田沼意次 1719–88）, reportedly had similar rooms, but Katsumi Suzuki claims that all these stories sound unreliable: '[…] from the eye of an engineer of modern aquariums, who bothered with water leakage until the introduction of acrylic, I must say these stories are not believable.'[58)]

However, these 'legends' are relevant, regardless of their credibility, because they indicate the way of thinking of people who regarded watching fish from below, lying in a comfortable place, as a colossal luxury. The bellies of goldfish are not beautiful. But watching fish swimming from below was quite uncommon, just like visiting the dragon palace[59)], and therefore it could bring exhilarating enjoyment.

Goldfish also appeared in Europe in the 17th century. Opinions vary as to where they first appeared in Europe. It could have been England（Ursula Harter）, Portugal（Brunner）or the Netherlands（Suzuki）. In any case, goldfish were widely accepted in European salons from the time of Madame de Pompadour（1721–64）, who kept them.[60)]

However, saltwater fish were not 'dominated' by humans until the establishment of aquariums.

3. 'Overhead was the sea like a sky, and the fishes like birds swimming about in it': Watching Fish in Aquariums

Watching Fish in a Comfortable Place

There are not a few individuals who were regarded as contributors in the effort to keep saltwater fish alive. Jeanne Villepreux-Power (1794–1871) observed aquatic lives preserved in cases made of glass or wood, and Anna Thynne (1806–66) brought them in containers to London and succeeded in keeping them alive for a long time. Robert Warrington (1838–1907) as well as the above-mentioned Gosse experimented with keeping saltwater fish alive with oxygen exhaled by plants, and the latter is also famous as the disseminator of the term aquarium. Gosse indicated the term 'vivarium' or 'aquavivarium' was inappropriate or too long to pronounce and replaced it with aquarium, a term borrowed from the tank for aquatic plants.[61)]

Gosse collected aquatic lives and plants at the seashore, placed them in a tank which was 2 feet long, 1.5 feet wide and 1.5 feet deep[62)], and then reconstructed a small underwater world in it. His description of fish is three dimensional, 'They [grey mullets] were amusing, from their liveliness, being never at rest, but ever swimming waywardly to and fro, most vivaciously [...] I have noticed that the little Mullets endeavour to supply the deficiency by protruding their mouths from the surface and sucking in mouthfuls of air [...].'[63)]

He also lithographed his illustrations in multicolour. They were masterpieces of depictions of aquatic lives portrayed *from the side*, but the prints were too marvellously vivid to be believed as real and were often misunderstood as fantastic images (Fig. 25).[64)] However, many people had never seen fish swimming even at the nearest coast until this period.

Fig.25 *The Ancient Wrasse,* illustrated by Gosse (Gosse, Philip Henry. *The Aquarium.* London: 1856, frontispiece)

The development of the glass industry and the abolition of the glass tax enabled individuals to possess an 'aquarium' easily, and a lot of men and women started collecting anemones, sea cucumber and crabs at the seashore. William Alford Lloyd (1826–80) opened The Aquarium Warehouse at Portland Road, Regent's Park in 1855 and sold 15,000 aquatic animals and plants as well as fresh and saltwater fish, thanks to the extension of railways and the invention of artificial saltwater.[65]

The first public aquarium, called Fish House, had already opened at the London Zoo (1853) in Regent's Park, so Lloyd surely expected its visitors would intensify their desire to possess a fish tank themselves. Fish House was built of iron and glass and contained many tanks filled with freshwater or saltwater. The water had to be changed incessantly because of the lack of a water circulation system.[66]

Fish House stimulated people from other countries, like the United States, France, Germany, the Netherlands and so on to build public aquariums.[67] And especially in France a characteristic way of exhibiting fish was developed.

The aquarium of Jardin Zoologique d'Acclimatation (1860), for instance, had a line of tanks along one side of the corridor (40 metres long and 10 metres wide), and light streamed through the green water in tanks, enchanting visitors with the mysterious atmosphere (Fig. 26). It was 'an amalgam of arcade, gallery, diorama, theatre and museum'.[68] Thanks to the water circulation system invented by Lloyd, using sand as the water filter, the aquarium could contain more than 20,000 litres of water.[69]

Fig. 26 The aquarium of Jardin Zoologique d'Acclimatation (Harter, Ursula. *Aquaria in Kunst, Literatur und Wissenschaft.* Heidelberg: Kehrer, 2014, p. 58)

More interesting examples for our consideration are the freshwater aquarium and especially the saltwater aquarium built for the International Exposition in Paris (1867). The inside of the freshwater aquarium represented a kind of grotto. The seawater aquarium was built in the same style, and visitors walked through a passage decorated with stalactites and stalagmites. The climax was the huge tank on the first floor (Fig. 27) and, remarkably, fish could be watched from the side and from *below*. This structure naturally aimed at letting visitors feel as if they were walking in an under-

water world, but reportedly with little success.[70)]

Jules Verne's novel *Twenty Thousand Leagues under the Sea* was closely related to this aquarium. Suzuki, introducing the illustrated scene of a huge octopus watched by the protagonists (Fig. 28), assumes that Verne or the

Fig. 27 The seawater aquarium of the International Exposition in Paris, 1867 (*Harper's Weekly.* 21 September 1867, p. 604)

Fig. 28 An illustration from *Twenty Thousand Leagues under the Sea* (Harter 2014, p. 77)

illustrator might have been influenced by the trends in the aquariums competing in size in those days.[71)]

His speculation is right. According to Harter, Verne visited the International Exposition when he was setting out to write the novel and inspected the dynamoelectric machine, the diving device, the submarine and the aquariums. They must have inspired him.[72)]

In fact, in his novel the windows of the submarine are compared with the glass of aquariums.[73)] The experiences of visiting aquariums and of exploring the ocean with a submarine are of course not the same. Nonetheless, the submarine *Nautilus* is a very solid and comfortable place with air conditioning, and the protagonists can safely watch beautiful but sometimes dangerous fish through the windows to their satisfaction, just as if they were in an aquarium. Furthermore, the submarine rapidly sails through the Pacific Ocean, the Indian Ocean, the Mediterranean and so on, like aquarium visitors wandering along tanks containing fish from various regions.[74)]

Twenty Thousand Leagues under the Sea also inspired the designers of aquariums in return. Harter indicates that Verne's novel became the source of ideas for the brothers Albert (1873–1942) and Henri Guillaumet (1868–1929), who designed the aquarium of the Exposition Universelle (1900). They rendered rays of sunshine through the surface of the water in the aquarium hall using the latest technologies of lighting and projection. 'Their effects were strengthened by the mirror projection of the images moving over the tanks on the huge canvas pulled taut under the ceiling.' (Fig. 29)[75)] This was another way of looking at fish with wonder as compared with the huge tank of the International Exposition in 1867. The influence of *Twenty Thousand Leagues under the Sea* can be also verified by the display of a shipwreck or the performances of pearl divers.[76)]

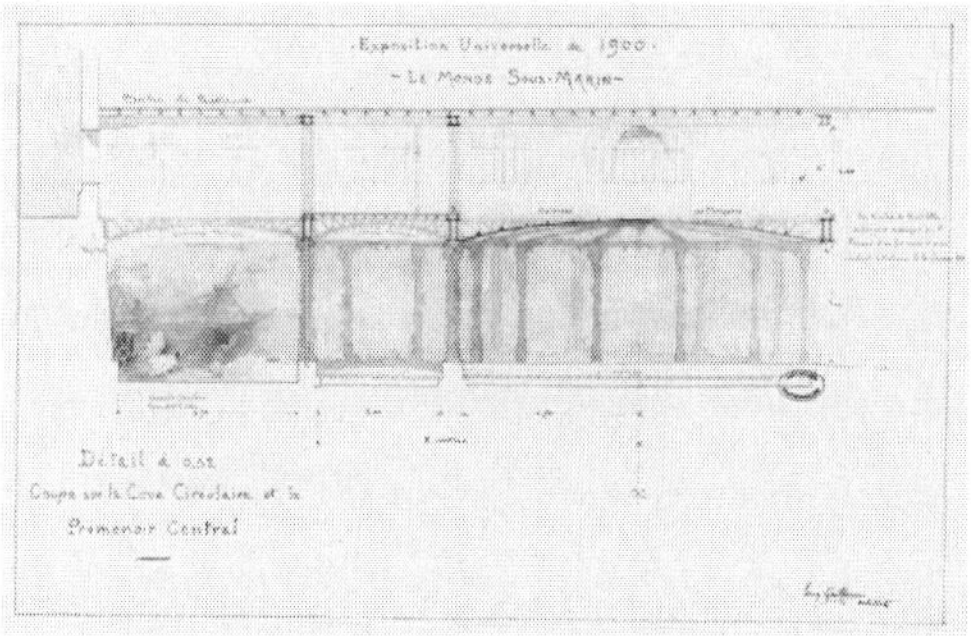

Fig. 29 The concept design of the aquarium of the Exposition Universelle (1900) (Harter 2014, p. 71)

Cherishing the Desire for Watching Fish from the Side and from Below

Japanese established the first aquarium in Japan called the Room for Fish Watching (観魚室 uonozoki, 1882) at the Ueno Zoo, inspired by those in Europe. It was a rectangle facility with 10 tanks exhibiting freshwater fish and occasionally saltwater fish. In 1885, the private Asakusa Aquarium was opened and it exhibited saltwater fish. This aquarium was reminiscent of its European predecessors because of its cavernous interior, and fish tanks were displayed among rocks. But because, it is assumed, the tanks were presumably not well taken care of, fish died one after another and the aquarium did not last for even one year.[77)]

Therefore, the Wada-misaki Aquarium of the Second Fisheries Exposition in Kobe (1897) is described as the first 'full-fledged' public aquarium. It was designed by Isao Iijima (飯島魁 1861–1921), who studied in Leipzig and must have visited the local aquarium and also the Berliner Aquarium Unter den Linden with the famous grotto decoration. Iijima installed the water circulation system made from filtration tanks, water storage tanks and the exhibition tanks in the Aquarium of Kobe before the Asakusa Park Aquarium

(Asakusa Koen Aquarium, 1899) and the Sakai Aquarium (1903) inherited the same system, both of which he also planned.[78] The last one possessed a tank with a grotto decoration, too.[79]

Fig. 30 The Asakusa Koen Aquarium (Suzuki, Katsumi 鈴木克美. *Suizokukan* 水族館. Tokyo: Hosei University Press 法政大学出版局, 2003, frontispiece)

The image in Fig. 30 shows people watching the fish at the Asakusa Park Aquarium, which had the first Japanese tank made of solid English glass for watching the bellies of fish, a popularised version of above-mentioned Tatsugoro Yodoya's 'Summer Room'.[80]

A similar tank was also installed at the Sakai Aquarium. *The Guidebook of Sakai Aquarium* describes it as follows: 'The 15th tank: This wooden tank is suspended from the ceiling and has a structure that enables people to watch fish bellies. It is therefore called a suspended tank or a middle tank because of its position in the aquarium.'[81] Banded reef cod, sea breams, flounders and scorpion fish were placed in it.

It seems that the tank was displayed in a prominent place, but another guidebook indicates that its purpose was more educational than aesthetic: 'You can see here the colourless, white bellies. The white bellies and the

dark-coloured backs are important for the surviving [...].'[82]

The establishment of aquariums in Japan also influenced the representations that appeared in works of art. Depictions of fish by Kako Tsuji (都路華香 1870–1932) and Bakufu Ono (大野麥風 1888–1976) exemplify this tendency. Tsuji visited the Wada-misaki Aquarium mentioned above and succeeded in representing the fish underwater based on his observations. Of course, he did not just portray the scenery in the tanks but nevertheless a certain degree of influence can be seen in his combinations of fish, which are similar to those in some tanks.[83]

Ono observed fish in the Minatogawa Park Aquarium (Minatogawa Koen Aquarium, 1930) and the Hanshin Aquarium (also called the Hanshin Park Aquarium, 1935), which had a ceiling tank[84], to complete a collection of multilayered block prints (*Great Japanese Fish Picture Collection* 大日本魚類画集 *Dai nihon gyorui gashu*, Fig. 31, 32). Ono observed the undersea world in a submarine offshore of Waka-ura as well[85]; hence, we cannot regard all of his illustrations as the result of his experiences at aquariums. But it is remarkable that fish are depicted showing not only their sides but also their bellies, like the picture of a grey mullet (Fig. 32). Ono block-printed each illustration as many as 200 times so as to represent natural nuances.[86] Thanks to his efforts, we can admire the artistic beauty of the pictures as well as the figures of fish swimming like birds, which is what humans have desired to see over a long period of time.

The impulse to watch fish from the side and from below continued after World War II in Europe, the United States, Japan and other countries. According to Yamamoto, a tank called 'the tunnel under the sea' (海中トンネル水槽 Kaichu tonneru suiso), with a flat glass ceiling was built at Toba Aquarium (1957). Ceiling tanks were also installed in the Amakusa Aquarium of Undersea Nature (Amakusa Kaitei Shizen Aquarium, 1966) and

Fig. 31 The Japanese stingfish from the *Great Japanese Fish Picture Collection* (Himeji City Museum of Art 姫路市美術館, ed. *Ono Bakufu to Dai nihon gyorui gashu* 大野麥風と大日本魚類画集. Himeji: Himeji City Museum of Art Tomo no kai 姫路市立美術館友の会, 2010, p. 24)

Fig. 32 The grey mullet from the *Great Japanese Fish Picture Collection* (Himeji City Museum of Art 2010, p. 38)

Shima Marineland (1970). The tanks at the Toba and Shima Aquariums were independent from the other tanks, and those in the Hanshin Aquarium (mentioned above) and the Amakusa Aquarium were connected with those on both the right and left sides.[87]

The flat ceiling tank has some disadvantages; the precipitates from fish droppings pile up on the glass, which must be cleaned regularly; visitors can be disappointed when they happen to see the facilities over the surface of the water (therefore, the surface of the water must sometimes be covered with seaweeds, bubbles or panels); the water layer looks thin when a viewer looks up through it due to the refraction of light.[88] The large tank of the International Exposition in 1867 likely had these problems. Exhibiting fish overhead can be fascinating, but its effect is lost when visitors are forced to snap out of their reverie.

Thanks to the acrylic introduced to aquariums at the second half of the 1960s, huge tanks 10 metres deep or underwater tunnels have come to be built.[89] Visitors can now watch fish 'flying' above the tunnels or look up at them obliquely from the lower part of the enormous acrylic walls.

The Uozu Aquarium (established in 1913, reopened after the war in 1954) is regarded as the first Japanese aquarium that displayed a tunnel tank made from bent acrylic panels in 1981.[90] Kelly Tarlton (1937–85) also built tunnels in his Underwater World (1983) in Auckland, New Zealand, presumably based on his experiences as a diver. His tunnels are unique in their curves, and each corner can provide new underwater scenes.[91]

We can find such tanks with tunnels all over the world today (Fig. 33). The tank in the Georgia Aquarium in Atlanta is especially huge: 80 metres long, 30 metres wide and 10 metres deep.[92] The dream of the human being seems fulfilled when we look up at the four whale sharks and numberless fish 'flying'. But despite the depth of the water, the surface still does not seem so

far from the bottom, and the artificial ceiling is also still visible (Fig. 34).

There is also another way to watch fish from various angles. For example, fish can be observed from an elevator moving through a cylinder tank, like that at the AquaDom & SEA LIFE Berlin (2003, Fig. 35). The challenge of representing the undersea experience so that fish can be viewed from the side and from below as naturally as possible will continue in the future.

Fig. 33 The tunnel in the National Aquarium Denmark. A part of the floor is also made of acrylic (Photographed by the author. August 2014)

Fig. 34 The tunnel of the Georgia Aquarium (Photographed by the author. September 2015)

Fig. 35 The cylinder tank of the AquaDom & SEA LIFE Berlin (Photographed by the author. August 2014)

Conclusion

This paper has examined the practice of 'watching fish' across several fields, including natural history, art, the goldfish culture and aquariums. Each theme naturally needs further investigation, and due to space constraints we cannot discuss other historically important aquariums like the Crystal Palace Aquarium or the Berliner Aquarium Unter den Linden, or interesting subjects like the paintings of Hieronymus Bosch (ca 1450–1516), still-life paintings and the immersion specimen.

However, a rough sketch can be given here. People of the ancient Mediterranean pursued diligently the challenge of representing, researching and keeping specimens of aquatic life that were once conceived as hidden inhabitants from another world. Watching fish *from the side* was also attempted in this period.

But the collapse of classical civilisation caused the marginalisation of once familiar sea creatures. They were represented as 'half-hidden monsters' on medieval maps. The style of careful observation was not revived until the

reassessment of Aristotle's studies in the Renaissance period, although the people needed a long time to emancipate themselves from the medieval imagination.

The desire to watch fish from the various angles is represented in Western as well as Eastern cultures in the early modern period. Mounted fish were suspended from the ceiling in cabinets of curiosities. In the natural historical literature fish are often depicted showing their side, but there were also illustrations representing the fish bellies like the work of Kazan Watanabe.

Meanwhile, methods of keeping and showing fish *alive* from various angles have been pursued to accomplish 'domination' over fish in the real sense of the term. The production of glass made this possible, and first goldfish (freshwater fish) and then saltwater fish could be kept in tanks. The eras from the Middle Ages to the beginning of modern times are not to be underestimated in aquarium history, because the rise in interest in natural history and the various attempts to exhibit or keep fish enabled the establishment of modern aquariums.

Visitors to aquariums expect to watch fish from any angle even today. This desire has been and will be most indispensable for wondrous experiences, as the Irish legend says, 'Overhead was the sea like a sky, and the fishes like birds swimming about in it'.

(Kansai University, Faculty of Letters, Associate Professor)

This article is the translated and revised version of '"Sakana wo yoko kara, shita kara miru koto" no bunkashi: Roma shiki yogyoike kara hakubutsushi, Wunderkammer, kingyobachi, suizokukan made「魚を横から，下から見ること」の文化史 —— ローマ式養魚池から博物誌，ヴンダーカンマー，金魚鉢，水族館まで.' *Kansai University Studies in Literature* 関西大学文学論集. 65.3/4 (2016) 77–113.

Acknowledgement: The author is grateful to Professor Garry Marvin of the University of Roehampton for the valuable advices and would like to thank Enago (www.enago.jp) for the English language review.

注

1) Marvin, Garry and Bob Mullan. *Zoo Culture.* Urbana: University of Illinois Press, 1999, p. 160.

2) Aramata, Hiroshi 荒俣宏. *Sekai dai hakubutsu zukan* 世界大博物図鑑. Vol. 2 (Gyorui 魚類). Tokyo: Heibonsha 平凡社, 2014, p. 9.

3) Aramata 2014, p. 9.

4) Aramata 2014, p. 9.
Stephen Jay Gould also notes, '[a]ll marine organisms [depicted in the 'creation stories' of *Physica sacra*] appear on top, or out of, the waters–that is, from the perspective of a human observer standing on shore'. Moreover, he mentions the fact that the underwater scenery was rarely depicted before the invention of the aquarium, which displays 'a *stable community* of aquatic organisms that can be viewed, not from above through the opacity of flowing waters with surface ripples, but eye-to-eye and from the side through transparent glass and clear water'. Gould, Stephen Jay. *Leonardo's Mountain of Clams and the Diet of Worms Description.* Cambridge: The Belknap Press of Harvard University Press, 2011, p. 67 and 59.

5) Verne, Jules. *Twenty Thousand Leagues under the Seas.* Trans. William Butcher. Oxford: Oxford University Press, 1998, p. 117.

6) Yamamoto, Kazuo 山本和夫. 'Suizokukan ni okeru tenjo suiso, sonota 水族館における天井水槽・その他.' *Kenchiku kai* 建築界. 24.6 (1975a): p. 33.

7) Yamamoto, Kazuo 山本和夫. 'Suizokukan ni okeru suichu yuhodo sonota 水族館における水中遊歩道その他.' *Kenchiku kai* 建築界. 24.9 (1975b): p. 42.

8) Croker, Crofton Thomas. *Irische Land- und Seemärchen.* Trans. Wilhelm Grimm. Marburg: N. G. Elwert Verlag, 1986, p. 66.

9) Homer. *Odyssey* オデュッセイア. Vol. 1. Trans. Chiaki Matsudaira 松平千秋. Tokyo: Iwanami shoten 岩波書店, 2003, p. 316.

10) Matsudaira, Toshihisa 松平俊久. *Zusetsu yoroppa kaibutsu bunkashi jiten* 図説ヨーロッパ怪物文化誌事典. Tokyo: Hara shobo 原書房, 2005, p. 89, pp. 117–118, 123–124.

11) Nishimura, Saburo 西村三郎. *Bunmei no nakano hakubutsugaku* 文明のなかの博物学. Vol. 1. Tokyo: Kinokuniya shoten 紀伊國屋書店, 2000, p. 280.

12) Aristotle. *The History of Animals* 動物誌. Vol. 1. Trans. Saburo Shimazaki 島崎三郎. Tokyo, Iwanami shoten 岩波書店, 1998, p. 193 (4.10).

13) Aristotle Vol. 2. 1999, p. 164 (9.37).

14) Aristotle Vol. 2. 1999, p. 57 (8.2).

15) Aristotle Vol. 1. 1998, p. 31 (1.5), pp. 299–300 (6.15).

16) Pliny the Elder. *The Natural History.* Vol. 2. Trans. Sadao Nakano 中野定雄, Satomi Nakano 中野里美 and Miyo Nakano 中野美代. Tokyo: Yuzankaku 雄山閣, 2012, pp. 394–395 (9.2–4). The English translation is also referenced: Pliny the

Elder. *The Natural History.* Trans. John Bostock et al. ed. 31 May 2016 <http://www.perseus.tufts.edu/hopper/text?doc=Perseus:text:1999.02.0137>.

17) Pliny Vol. 2. 2012, p. 428 (9.78).

18) Pliny Vol. 2. 2012, p. 409 (9.39).

19) Pliny Vol. 2. 2012, p. 428 (9.80).

20) Jennison, George. *Animals for Show and Pleasure in Ancient Rome.* Philadelphia: University of Pennsylvania Press, 2005, p. 123.

21) Pliny Vol. 2. 2012, p. 429 (9.81).

22) Jennison 2005, p. 124.

23) Toynbee, J.M.C. *Animals in Roman Life and Art.* Ithaca: Cornell University Press, 1973, p. 212.

24) Harter, Ursula. *Aquaria in Kunst, Literatur und Wissenschaft.* Heidelberg: Kehrer, 2014, p. 16.

25) Brunner, Bernd. *Wie das Meer nach Hause kam.* Berlin: Verlag Klaus Wagenbach, 2011, p. 26.

26) Toynbee 1973, p. 208.

27) Pliny Vol. 2. 2012, p. 396 (9.5), 402 (9.15).

28) Nishimura Vol. 1. 2000, p. 256, pp. 290–291.

29) *The Holy Bible: New International Version.* Job 41:1–8. 2 June 2016 <https://www.biblegateway.com/passage/?search=Job+41%3A1-8&version=NIV>.

30) Nishimura Vol. 1. 2000, pp. 291–297.

31) *Physiologus.* Stuttgart: Reclam, 2005, p. 33.

32) Duzer, Chet van. *Sea Monsters on Medieval and Renaissance Maps.* London: The British Library, 2014, pp. 14–18.

33) Creatures with a half-concealed body were also depicted in Japan. *The Rescue of Tametomo by Sanukiin's Servants* (讃岐院眷属をして為朝をすくふ図 *Sanukiin kenzoku wo shite Tametomo wo suku zu*) by Kuniyoshi Utagawa (歌川国芳 1797–1861). Aramata 2014, p. 10.

34) The idea of controlling sea monsters can already be observed in a whaling scene depicted on a Catalan nautical chart (1413). Duzer 2014, pp. 50–51.

35) Duzer 2014, pp. 112–114.

36) Taniuchi, Toru 谷内透. *Same no shizenshi* サメの自然史. Tokyo: University of Tokyo Press 東京大学出版会, 1997.

37) Nishimura Vol. 1. 2000, p. 261.

38) Nishimura Vol. 1. 2000, p. 306.

39) Gesner, Conrad. *Fisch Buch.* Hannover: Schlütersche Verlagsanstalt und Druckerei, 1995 (Rept. of the original German edition, 1670), p. 111.

40) Gesner 1995, p. 152.

41) Dance, Peter S. *The Art of Natural History.* Trans. Okumoto, Daisaburo 奥本大三

郎. Tokyo, Toyoshorin 東洋書林 , 2014, pp. 33–34.

42) Aramata 2014, p. 10.

43) Aramata, Hiroshi 荒俣宏. *Zukan no hakubutsushi* 図鑑の博物誌. Tokyo: Shueisha 集英社, 1994, pp. 170–171.

44) Miyazaki, Noriko 宮崎法子. ‘Chugoku kachoga no imi. Vol. 1. Sogyozu, renchisuikinzu, sochuzu no gui to juyo ni tsuite 中国花鳥画の意味(上)藻魚図・蓮池水禽図・草虫図の寓意と受容について.’ *Bijutsu kenkyu* 美術研究. 363 (1996): pp. 272–274.

45) Suwa, Tomomi 諏訪智美. ‘Nihon no kaiga ni okeru yugyo hyogen: ‘Dai Nihon Gyorui Gashu’ no kaishaku ni tsuite 日本の絵画における遊魚表現：『大日本魚類画集』の解釈について.’ *Geijutsugaku kenkyu* 芸術学研究. 18 (2013): p. 53.

46) Suwa 2013, p. 54.

47) See the pictures of *ayu* (sweetfish) in Hokusai Katsushika’s (葛飾北斎 1760–1849) *Book of Original Drawings* (肉筆画帖 *Nikuhitsu gajo*. Nagata, Seiji 永田生慈, ed. *Nihon no ukiyoe bijutsukan* 日本の浮世絵美術館. Vol. 6. Tokyo: Kadokawa shoten 角川書店, 1996, p. 27) and Hiroshige Utagawa’s (歌川広重 1797–1858) *Illustration of Tone River and Tsukuba Mountain* (利根川筑波図 *Tonegawa Tsukuba zu*. Nagata Vol. 3. 1996, p. 118.

48) Suwa 2013, p. 55.

49) Suwa 2013, p. 55.

50) Nishimura Vol. 1. 2000, pp. 104–110.

51) Nishimura Vol. 1. 2000, pp. 121–127.

52) Nishimura Vol. 1. 2000, pp. 150–164.

53) Suzuki, Katsumi 鈴木克美. *Kingyo to Nihonjin* 金魚と日本人. Tokyo: San-ichi shobo 三一書房, 1997, pp. 46–58.

54) Suzuki 1997, pp. 63–72, 81–82.

55) Yoshida, Tomoko 吉田智子. *Edo sogyo kingyo oroshi don-ya no hanashi* 江戸創業金魚卸問屋の金魚のはなし. Tokyo, Yosensha 洋泉社, 2013, pp. 12–13.

56) Suzuki 1997, pp. 202–203.

57) Suzuki 1997, pp. 157–162.

58) Suzuki 1997, p. 117.

59) The mythological place that lies beyond or under the sea, like the merrow’s house.

60) Harter 2014, p. 17, Brunner 2011, p. 26, Suzuki 1997, p. 79.

61) Harter 2014, p. 19.

62) Gosse, Philip Henry. *The Aquarium*. London: 1856, p. 94.

63) Gosse, 1856, p. 103.

64) Dance 2014, pp. 237–240.

65) Harter 2014, p. 17, 22.

66) Brunner 2013, p. 91.

67) Harter 2014, p. 18.
68) Harter 2014, p. 58.
69) Suzuki, Katsumi 鈴木克美 and Genjiro Nishi 西源二郎. *Shinpan Suizokukan gaku* 新版 水族館学. Tokyo: University of Tokyo Press 東京大学出版会, 2010, pp. 25–26, Harter 2014, p. 58.
70) Harter 2014, p. 64–68.
71) Suzuki, Katsumi 鈴木克美. *Suizokukan* 水族館. Tokyo: Hosei University Press 法政大学出版局, 2003, p. 31.
72) Harter 2014, p. 79.
73) Verne 1998, p. 93.
74) Harter 2014, p. 79.
75) Harter 2014, p. 70.
76) Harter 2014, p. 69.
77) Suzuki 2003, pp. 44–61.
78) Suzuki 2003, pp. 78–109.
79) Sakaishidankai 堺史談会. *Sakai suizokukan ki* 堺水族館記 : Sakaishidankai henshukyoku 堺史談会編輯局, 1903, p. 21.
80) Suzuki 1997, p. 118.
81) Sakaishidankai 1903, p. 24.
82) Dai go kai naikoku kangyo hakurankai sakai suizokukan jimusho 第五回内国勧業博覧会堺水族館事務所, ed. *Sakai Suizokukan zukai* 堺水族館図解 : Kinkodo shoseki 金港堂書籍, 1903, p. 58.
83) Suwa 2013, pp. 56–57.
84) Yamamoto 1975a, p. 33.
85) Himeji City Museum of Art 姫路市美術館, ed. *Ono Bakufu to Dai nihon gyorui gashu* 大野麥風と大日本魚類画集. Himeji: Himeji City Museum of Art Tomo no kai 姫路市立美術館友の会, 2010, p. 98.
86) Himeji City Museum of Art 2010, p. 98.
87) Yamamoto 1975a, p. 33.
88) Yamamoto 1975a, pp. 33–34.
89) Suzuki 2010, pp. 103–106.
90) Suzuki 2010, p. 106.
91) Locker-Lampson, Steve. *Throw Me the Wreck, Johnny.* Wellington: Halcyon Press, 1996, pp. 141–144.
92) Suzuki 2010, p. 302.

【執筆者紹介】（執筆順）

山本登朗	研究員・関西大学	文学部教授
長谷部剛	主幹・関西大学	文学部教授
中葉芳子	非常勤研究員・関西大学	非常勤講師
恵阪友紀子	非常勤研究員・京都精華大学	人文学部特任講師
大島薫	研究員・関西大学	文学部教授
関肇	研究員・関西大学	文学部教授
増田周子	研究員・関西大学	文学部教授
大橋毅彦	委嘱研究員・関西学院大学	文学部教授
溝井裕一	研究員・関西大学	文学部准教授

関西大学東西学術研究所研究叢書 第5号

日本言語文化の「転化」

平成29（2017）年3月31日 発行

編著者 長谷部 剛

発行者 関西大学東西学術研究所
〒564-8680 大阪府吹田市山手町 3-3-35

発行所 株式会社 ユニウス
〒532-0012 大阪府大阪市淀川区木川東 4-17-31

印刷所 株式会社 遊文舎
〒532-0012 大阪府大阪市淀川区木川東 4-17-31

ISBN978-4-946421-53-2 C3090

Kansai University Institute of Oriental and Occidental Studies Research Reports Series
Japanese Literature Studies

"Transformation" of the Japanese Language and Culture

Contents ....

Reexamination of "Wasyu"...................... *YAMAMOTO Tokuro* (1)

A Study of Dunhuang manuscript P.2673
Wangzhaojun Anya Ci .... *HASEBE Tsuyoshi* (21)

Substance of "Matsuogire" that is said to be hundwriting
of Morokata Kazannin — Serve as collection —
.... *NAKABA Yoshiko* (39)

Acceptance of posterity of FUJIWARA Kinto's
"Wakan-rouei-syu" — Possibility that OE Masafusa
added Waka and Chinese poem in this anthology —
.... *ESAKA Yukiko* (65)

A case study of the segregation between Shinto and Buddhism
in 12th Century Japan .... *OSHIMA Kaoru* (85)

The evil woman who revives:
On Kunieda-Kanji's *Oden-jigoku* .... *SEKI Hajime* (105)

Comparison between comics "Urine" of Shigeru Mizuki and the
novel "Stone and Nail", "Departed Soul" of Ashihei Hino
— by the legend of the Kyushu district —
.... *MASUDA Chikako* (141)

Articles in "TAIRIKU-ORAI (The Continental Review)" 1942
— A Commentary on Recent Tendency of
"TAIRIKU-ORAI Prize" .... *OHASHI Takehiko* (171)

A Cultural History of Watching Fish 'From the Side and from
Below' — Roman Fish Ponds, Natural History Books,
Cabinets of Curiosity, Goldfish Bowls and Aquariums —